鳴海 章

情 夜

浅草機動捜査隊

実業之日本社

実業之日本社文庫

情夜　浅草機動捜査隊　目次

序　章　昼火事、万引き、観音裏　5
第一章　卒配　23
第二章　十九歳の座標　77
第三章　刑事　137
第四章　友達　195
第五章　夜の底へ　255
第六章　少年A　313
終　章　それでも春は　369

序章　昼火事、万引き、観音裏

フィーン、カンカン……、フィーン、カンカン……、フィーン、カンカン……。

消防車のサイレンが右の方から聞こえてきた。だんだん近づいてくる。一台、さらにもう一台と加わる。

それぞれのサイレンはタイミングがわずかにずれ、輪唱《りんしょう》になる。建物が途切れ、コンクリート塀に沿って歩いていた鈴木聖也《せいや》は足を止め、右の空に目をやった。

重なりあったサイレンがほぼ同時に鳴りやんだ辺《あた》りに目を向けると曇り空に薄く黒い煙が立ちのぼっているのが見えた。

「近《ちけ》っ」

何も考えずに走りだした。

路地が金杉《かなすぎ》通りにぶつかったところで足を止め、右――サイレンが聞こえてきた方を見た。一つ先の交差点には上野方面から来た車が何台も止まり、早くも渋滞している。先頭の一台が左折しようとして制服警官に停止させられているのだ。野球帽をかぶった年寄りがハンドルを握っている。左折すれば、ついさっき見かけた黒い煙が立ちのぼっている辺りになる。

警官は手振りで直進するようにうながしていたが、年寄りがなかなか反応しない。すぐ後ろにいた軽トラックも左折の合図を出していたが、ウインカーを切り、直進した。後ろの車がつづくものの、年寄りが運転する先頭の一台はなおも警官の前から動こうとしない。

やがて信号が赤に変わった。

交差点の中央には別の警官が立ち、金杉通りの向かい側から交差点に入ろうとする車を右に左にさばいている。

聖也はその交差点に向かって歩きだした。平日の午後なので野次馬はそれほど多くない。せいぜい十数人だ。交差点まで来て、信号が変わるのを待って横断歩道を渡った。右に目をやる。角に鮨屋《すしや》があった。入口も窓も汚いベニヤ板でふさがれ、不動産会社の赤い看板には売り物件とあった。鮨屋につづいて文具店、蕎麦屋《そばや》、洋品店が並んでいる。よく見ると文具店から洋品店まではひとつながりの三軒長屋になっていた。

交差点を渡りきり、薬屋の前に来た聖也は野次馬の後ろに立った。すぐ前に二人連れの年寄りが並んでいる。一人が焦《こ》げ茶のジャンパー、もう一人がグレーのカーディガンを羽織《はお》っている。

燃えているのは、金杉通りから三軒目の蕎麦屋のようだ。消防車が三台、そのほかにパトカーが一台停まっていた。向かいの歩道にはベージュのホースが何本も敷かれ、銀色の服を着た消防士がホースの先端を抱えている。燃えている蕎麦屋の左右から太い水流が噴きだしていた。

焦げ茶のジャンパーを着た年寄りがいった。

「あの三軒長屋で最後まで店やってたのは洋品店だっけ?」

「そう」

灰色のカーディガンが答える。

「店ぇ閉めたのは何年前だ? 二、三年?」

「いや、玉木《たまき》さんの七回忌が去年の夏だったからもっと前だ」

玉木というのが洋品店の主《あるじ》なのだろう。

「その半年くらい前に蕎麦屋が閉まったんだよな」

「そう。文具屋もほとんど同じ頃よ。それから玉木さんは頑張ってたけど、入院したんで店をたたむしかなかった」

焦げ茶のジャンパーが交差点に面した鮨屋を顎《あご》で指す。

「あそこは去年か」

「もう一昨年《おととし》んなるよ。秋だったな。暮れの書き入れ時まで頑張るってオヤジはいってたが、ダメだった。今どき鮨屋に行く奴《やつ》なんざいねえよ」

「そうだな。鮨ってえと、若い連中にはくるくる回ってるのが相場だ」

燃えている蕎麦屋の前に一台の消防車が横付けされ、積んであるハシゴの向きが変えられたかと思うとするする伸びていき、店の入口の上にある横長の看板の上にさしかけられた。銀色の服を着て、酸素ボンベを背負った消防隊員が二人、車のわきから上り、さらにハシゴを伝っていく。

一人が手にした大きなハンマーで窓ガラスをたたき割った。とたんに白い煙がどっと噴きだしてくる。騒がしい中だというのにガラス片が歩道に落ちて割れる音がはっきりと聞こえた。

警官が野次馬の前に来て、両手を広げた。

「危険ですからもう少し下がってください」

警官のすぐ前にいる男が後ろをふり返ったが、野次馬たちは大量の白煙を吐きだしている蕎麦屋に目をやったまま、動こうとしない。

「下がってください」

警官がくり返し、最前列に迫った。野次馬同士の間隔は狭まったものの最前列が十センチほど後退したに過ぎなかった。

警官が声を張りあげる。

「危険だ、下がれ」

ようやく野次馬の隊列が動く。

その間にハシゴを上っていった二人の消防隊員が煙の中へ入っていく。ほどなく一人が出てきて、蕎麦屋の前にいる別の隊員に向かって人差し指を突きたてて見せた。合図を受けた隊員が周囲に向かって怒鳴《どな》る。

「要救助者、一名」

すぐに酸素ボンベを背負った隊員が三人、ハシゴを上っていった。後ろの二人が担架《たんか》を持っている。三人は次々煙の中に飛びこんでいった。

「空き家に誰かいたってのかい」

焦げ茶のジャンパーがいう。灰色のカーディガンが腕組みし、首をかしげた。

「浮浪者《ふろうしゃ》でも入りこんでたかな」

「寒い時期だからなぁ。火でも焚《た》いてたんかね」

「タバコじゃねえのかい」

やがて間の抜けたサイレンが近づいてきた。野次馬の前にいた警官が三人に増え、声を荒らげて野次馬たちを下がらせた。野次馬は口々に罵声《ばせい》を発したが、それでも交差点の外まで下がった。

救急車が聖也たちの立っている交差点とは反対側から近づいてくる。左右からの放水はつづいていた。

やがて蕎麦屋の二階から担架が運びだされ、四人がかりでハシゴを下ろされてきた。

担架には水色の毛布が被《かぶ》せられていて救出されたのが男か女かすらわからない。

救急隊員が消防車のわきに来て、担架を車のついた台に載せると足早に運び去った。

そのときにはすでにハシゴの先端に取りついた消防隊員がホースを構え、煙が噴きだす二階の窓から中へ放水をはじめていた。

聖也は野次馬の群れを離れ、背にしていた交差点で金杉通りを横断し、入谷《いりや》に向かって歩きだした。


またかよ……。


車一台がようやく通れるくらいの狭い入谷の路地を歩きながら聖也はボロくて小さな二階家の玄関を見て思った。

売り物件と赤い字で大きく書かれ、その下に不動産会社の名前と携帯電話の番号が入ったプラスチックのプレートがドアに貼《は》りつけてある。ふり返った。一軒おいた家にも同じ看板があった。

路地に入ってから何軒目だろう。ぽつぽつと売り物件のプレートが目についた。

さらに歩いて行くと今度は古ぼけたアパートがあった。窓は全部ベニヤ板でふさがれ、玄関の引き戸には鎖《くさり》が渡してあった。売り物件のプレートに書いてある不動産会社の名前がさっきとは違っていて電話番号も０３で始まっている。

入谷のこの辺りを歩くのはかれこれ四年ぶりだ。何度か行き来していた頃には空き家がそれほど目につくことはなかった。さっき見た火事は商店ばかりの三軒長屋のうち、真ん中の蕎麦屋が燃えたのだが、三軒ともとっくに閉店していることは年寄り二人組が話していた。

人が少なくなってる？　入谷で？　浅草は目の前だっていうのに？　いくつもの疑問が頭の中をぐるぐる回った。

四年か、とあらためて思う。事件が起こり、少年審判があって、まるまる二年を群馬の少年院で過ごしたあと、十ヵ月間にわたって北海道にある就業支援センターで生活しながら牛の世話をしていた。少年院を出たあとも入院中に身につけた規則正しい生活をつづけ、同時に自立できるよう職業訓練をするのを目的とする施設だ。

牛の世話は決して楽ではなかった。午前四時半に起こされ、まずは厩舎《きゅうしゃ》の掃除だ。乳をしぼるために牛が連れだされたあとの牛房に入り、小便や糞《ふん》で汚れた寝藁《ねわら》を搔《か》きだして新しいものに入れ替える。センターに入ったばかりの頃は、あまりの悪臭に目がちかちかし、咽《のど》がむず痒《がゆ》くなったが、ひと月もしないうちに慣れ、何も感じなくなった。

両側に牛房が並ぶ通路に積みあげた寝藁をレーキで搔き集め、一輪車——ネコ車というのが何となくおかしかった——で厩舎の外に運びだした。乳牛は八十頭ほどで、聖也のほかに八人の退院者がいた。そのほかにもセンターを運営する牧場の人たちがいたが、牛房の掃除は聖也たち退院者の担当だ。割りあてられているのは十頭だが、週に一度、交代で休める日があり、そのほかにも風邪《かぜ》をひいたりして作業に出られない者がいたり、たまに無断外出したまま戻らない奴も出たりしたので、毎朝ほぼ十二、三頭分を掃除しなくてはならなかった。

毎朝早くに起こされるのはつらかったが、三ヵ月もすると慣れたし、牛とも馴染《なじ》みになった。厩舎に入ると担当している牛たちが黒くて大きな目で聖也を追った。息が臭くて、どうしても慣れることができず、まともに吐《は》きつけられるとゲロが出そうになるのは最後まで変わらなかった。

半年が経った頃、すっかり馴染みになった牛の房が空になっていた。同い年ながら三ヵ月早くセンターに来ていて、何かと先輩面したがるユキオがいった。

『食肉市場に連れてかれたんだ』

そのとき、聖也は仔牛《こうし》を産まなければ乳が出ないことや、十四、五歳になると乳の出が悪くなるため、売られて、市場に連れていかれることを教えられた。

『経済動物だからな。牛乳が出なくなったら一円にもならん。だから肉にして売っちゃうんだ』

ユキオの訳知《わけし》り顔が何だか憎らしかった。経済動物というのは、役に立たなくなれば殺され、肉にされるという意味だという。

そのあとユキオは聖也に目を向け、にやりとして付けくわえた。

『おれたちも似たようなもんさ。就業を支援するセンターだなんていってるけど、ただみたいな金でこき使われてるじゃねえか』

ただみたいな金とはいっても二人部屋ながら寮があって、休日でも三食がついた。光熱費はセンターの負担だったので給料はすべて自分のために使えたし、スマートホンを買って月々の料金を払うこともできた。

ユキオがつづけた。

『ちゃんとした仕事に就《つ》けるようになんていっちゃってるけど、無理だろ、そんなの。だいたい牛の仕事なんてどこでやるんだよ』

センターにいられるのは最長一年でしかない。センターを出たあとは、近所にある牛飼い農家で働いたり、北海道やほかの県の農家に行ったりすることもできた。出身者の中でたった一人だが、センターの近所に牧場を持ち、牛と羊を飼っている人もいた。

でも、農家で働きつづける者は半分にも届かなかった。聖也の身元引受人は母だが、現住所は曾祖母《そうそぼ》の東日暮里《ひがしにっぽり》にある家で、もちろん近所に乳牛の世話をする仕事などなかった。

たとえ北海道に残ったとしても酪農の仕事をつづけたか……。

毎朝声をかけ、黒い大きな瞳《ひとみ》に聖也の顔を映していた牛がある日突然いなくなったのはきつかった。今から思えば、最長期間まで二ヵ月を残して東京に帰ってきたのもそのせいだった。

売り物件……、経済動物……、売り物件……、経済動物……、にやりとするユキオの口元……。

「クソッ」吐きすてて聖也は大股で歩きだした。「お前だって、どこへ行ったかわからないじゃないか」

ユキオの携帯番号もメールアドレスも聞いていたが、センターを出て行った直後から通じなくなった。機種変更したのか、料金が払えなくなったのかはわからない。栃木の出身だといっていたが、聞いたこともない町だった。

『田舎《いなか》だよ、すんげえ田舎』

訪ねていったところで実家に戻っているとは限らないし、そもそも訪ねていくつもりもなかった。ユキオだけでなく、センターでいっしょだったほかの連中や少年院で知り合った誰とも連絡をとっていない。

家を出て、近所にあるコンビニエンスストアでマンガを立ち読みした。一冊を読みおわらないうちに店員がやって来て、いやみをいったのでマンガを床に放り捨てて出てきた。だが、どことい って行くあてなどなかった。

公園の前を通りすぎると右に大きなホテルが見えてきた。国際通りが目の前だ。ふと思いついてホテル裏の通りに入る。中学生のとき、アルバイトをした古い衣料品スーパーがあるのを思いだしたからだ。閉店や売り物件になった家ばかり見てきたので、ひょっとしたら潰《つぶ》れているかも知れない。

だが、少し行くと以前と変わらない看板が見えてきた。

激安衣料品スーパー〝コクマ〟――コクマという文字だけが大きく、赤い。ちゃんと営業しているようだ。なぜかはわからないが、がっかりして舌打ちする。

アルバイトといっても聖也はバックヤードにいて、搬入された荷物を棚《たな》に並べたり、店員にいわれて商品を店頭に運んだりする仕事をしていた。時給は安く、センターでもらっていた金にも届かない。

スーパーに近づくにつれ、心臓がどきどきしてくる。

まだいるのかな、牛頭《ごず》さん……。

『牛の頭と書いて牛頭だ。変な名前だと思ってんだろ。でも、馬鹿《ばか》にしたもんじゃねえぞ。地獄の鬼の名前だ。そりゃ、お前、鬼にだって名前くらいあらぁな』

ヤクザだといっていたが、本当のところはわからない。何歳なのかは知らないが、爺《じい》さんだ。いつも薄茶色のレンズが入ったメガネをかけていて、顔が大きく、太っていて、坊主刈りの髪も、鼻の下の髭《ひげ》も白かった。

少年院送りとなった事件が起こったあの頃、牛頭は聖也にとってたった一人の味方だったのかも知れない。

審判の日《ジャッジメント・デイ》といったのは、付添人となった弁護士だ。家庭裁判所で開かれる少年審判は裁判とは違う。弁護人ではなく付添人、判決ではなく決定の告知という。何が違うのか聖也にはよくわからなかった。

事件は中学三年生の夏休み、蒸し暑い夜に起こった。その頃、うるさくつきまとっていた同級生をうとましく思っていた聖也はほかの同級生をそそのかして共謀し、被害者を河川敷に誘いだして暴行をくわえ、さらに川に入ることを強要して溺死《できし》させたとされた。

それまでに聖也は窃盗《せっとう》——主に万引き——での補導歴が複数あり、保護観察処分を受けていた。そうした前歴もあって、集団暴行による傷害致死の主犯とされ、少年院に二年入ることになった。事件は中学生によるリンチ殺人と新聞やテレビを一時騒がせ、目元を黒く塗りつぶされた聖也の顔写真が使われた。

悪ふざけだし、誘われただけで、被害者を殴ったのもやらなければお前が身代わりだと脅されたからだ……、とはいえなかった。警官たちも校長先生のようにむすっとしていた年寄りの裁判官も怖かった。しかし、集団暴行に加わった同級生たちは誰もが聖也に誘われ、殴ったのも聖也だけだといった。たしかに殴ったのは聖也だけだが、それ以外は全部嘘《うそ》だ。だけどいえなかった。黙秘といわれた。怖くて、声も出せなかっただけなのに……。

牛頭はコクマで警備主任をしていた。今もいるのかわからなかった。別に懐かしくなかったし、会いたかったわけでもない。

だが、引かれるように足がコクマに向かっていた。

「ちょっとのぞいてみるだけだ」

わざとつぶやき、アメリカ空軍のジャンパーMA-1――ただし、偽物《にせもの》――のポケットに両手を突っこむと襟《えり》に首を埋め、自動ドアからスーパーの中に入る。衣料品が並んだ店内に客の姿はほとんどなかった。

うつむいたまま、時おり上目遣《うわめづか》いに周囲をうかがって歩く。

店員とすれ違ったが、知らない顔ばかりだ。四年も経てば、店員などそっくり入れ替わっていて不思議ではない。人使いが荒く、給料が安かったのだ。

作業服のコーナーを通りすぎようとしたとき、店内放送が流れた。

〝業務連絡、田中主任、田中主任、外線が入っております〟

はっとする。アルバイトをしていた頃と暗号が変わっていなければ、田中主任に外線が入っているというのは万引きがあったという意味だ。

聖也は店の奥まで進み、バックヤードへの出入口を見通せる場所に立った。もし、万引きがあれば、それこそ牛頭の出番となる。商品を持ったまま、レジを通さずに犯人が外へ出たところで牛頭が声をかける。

何かお忘れじゃ、ありませんか、お客さん——。

ほどなく牛頭が一人の若い女を連れてやって来た。すらりとした美人で、黒目がちの瞳が大きい。

目が合った瞬間、聖也は心臓がきりきり絞られるのを感じた。

万引き犯が女で、しかも美人だった場合、事務所に連れこんだ牛頭がいたずらをすることがあった。身体検査が必要だからといって服を脱がせた上、証拠を残すためにスマートホンで全裸の写真を撮ったあとに……。

たった今、牛頭に右腕をつかまれ、バックヤードに入っていった女は若く美人だ。聖也は左右を見まわし、誰も見ていないのを確かめると牛頭と若い女につづいてバックヤードに入った。

事務所は右の奥にある。牛頭が事務所のドアを開け、女を押しこむのが見えた。

聖也は壁に掛けられた電話機に取りつき、受話器を耳にあてた。外線のボタンを押し、発信音がするのを確かめてから番号を押した。
1、1、0と。
電話はすぐにつながり、女の声がいった。

「はい、警察です。事件ですか、事故ですか」

「万引きです」

答えながら聖也は胸の内でつぶやいていた。

何やってんだ、おれ……。


スーパーの通用口を出た聖也は路地を左に出た。

浅草公園にある交番から警官が来ることはわかっている。少し離れたところで立ちどまり、近所のビルの陰に身を潜《ひそ》めると通用口に目を向けて待つことにした。腕組みし、ざらざらした壁に背を押しあてる。小刻みに足踏みし、低く罵《ののし》った。

「遅えな」

やがて二台の白い自転車に乗った制服警官がやって来る。先に着いたのは小太りの中年、二人目は背が高く、若かった。二人の警官が自転車を止め、通用口に向かう。

若い警官と目が合った。

まさか……。

通用口のスチールドアのわきにはインターホンが取りつけてある。中から外へ出るときはドアノブを回せば出られるが、いったん閉じるとオートロックがかかる仕組みになっていた。

インターホンのボタンに手を伸ばしかけた中年の警官が若い方をふり返る。

「ぼやっとするな、こっちだ、粟野《あわの》」

「はい、すみません」

若い警官が自転車のスタンドを下ろし、中年警官に駆けよるのを見届け、聖也はゆっくりとスーパーに背を向けた。警官が近くにいるときにあわててはならない。

この日、聖也は十九歳になった。

第一章　卒配

1

後部荷台に金属製の箱を取りつけた白い自転車を止め、ハンドルをしっかり持ってサドルを降りた警視庁巡査粟野力弥《りきや》は、ふと視線を感じたような気がした。

顔を上げる。

十メートルほど離れたところにある雑居ビルの入口前に立っている男と目が合った。背が低く、痩《や》せている。偽物臭いオリーブグリーンのMA－1を着ている。二十歳前後だろうと思ったが、その年齢には珍しく髪が黒かった。

男はびっくりしたような顔をして力弥を見ていた。

脳裏に警察学校の教場が浮かんだ。自動車警邏《けいら》隊《たい》出身の教官が教壇に両手をつき、身を乗りだしていった。

『今日は悪者……、つまり犯罪者や悪さをたくらんでいたり、後ろ暗いことを考えていたりする奴《やつ》に目をつける方法を教える。まず連中は、必ず我々の制服やパトカーを見て何らかの反応をする』

相手の目の動きに着目しろと教官はつづけた。

『あわてて目を逸《そ》らすか、逆にじっとこっちを睨《にら》みつけてくる』

講義を受けながら力弥は思わずにいられなかった。

どっち？　それって真逆じゃないの？

『そうかと思えば、不自然なくらい完璧に無視する。まるでそこにお巡《まわ》りさんなんかいませんよというような顔つきだ』

　おいおい何でもありってことかよ——ツッコミを入れる。もちろん無言だし、表情を変えず教官を見つめたまま、腹の底での話だ。

『次に注目すべきは動作だ。たとえばそいつがこちらに向かって歩いていたとする。それが制服を見たとたん、立ちどまったり、わきに逸れようとしたり、道を間違えたような顔をしてくるりと背を向けたりする。ときにはまったく表情を変えずにすれ違ったりする。被疑者《マルヒ》が車を運転している場合……』

　奴、連中、相手がいつの間にかマルヒになっていた。被疑者、被害者《マルガイ》、現行犯逮捕《ゲンタイ》、職務質問《ショクシツ》という業界用語には入校して一ヵ月もしないうちに慣れてしまい、生徒同士の会話でもぽんぽん出てきた。刑事ドラマに出演している気になれたからだ。いや、気分ではなく、警察官採用試験に最終合格し、成績順の採用候補者名簿に名前が載ったあと、警察学校の定員に応じて入校が認められ、入校と同時に警視庁巡査となっている。

　もっともこうした仕組みを知ったのは入校したあとだ。警察学校も高校などと同じく試験さえ通れば入学できると単純に思っていた。ちなみに採用候補者名簿に載ってからの方が身辺調査はぐっと厳しくなる。

『……は急停車したり、曲がろうとしたり、無理にUターンしようとしたりする』

言葉を切った教官が教場に詰めている三十八名——一クラス四十名だったが、入校式当日に二人が退職している——の生徒を見まわしてにやっとした。

『何でもありだと思っただろ。それでいいんだ。要は人を見たら泥棒と思えということ。世の中、マルヒとマルガイの二種類しかいない。そう考えて、おおむね間違いない』

去年四月、府中にある警察学校に入校し、十ヵ月におよぶ初任科を修了した力弥は浅草公園六区交番に配属された。二週間前のことだ。卒業配置と呼ばれているが、数ヵ月から半年でふたたび警察学校に戻り、そこから三ヵ月、初任補修生としての教育を受ける。卒業配置——略して卒配《ソツハイ》、これも入校後に憶《おぼ》えた——は、別名職場実習ともいい、指導官と呼ばれる先輩警察官がマン・ツー・マンでついて交番勤務を行うのだ。

初任補修を終えたあとも実戦実習としてふたたび交番勤務に戻るが、今度は親切ながらも厳しい指導官はおらず、一人で職務にあたって警察官としての能力、技術の慣熟《かんじゅく》を目指す。一定期間を経て、最終的に合格と判定され、ようやく教育期間が終わる。

警察官になるのにほぼ二年かかるわけで、決して短くも平坦でもない。

「ぼやっとするな」

万引きの通報があったスーパーに臨場《りんじょう》し、通用口の前に立った指導官の巡査部長片倉《かたくら》がふり返って声をかけてきた。

「こっちだ、粟野」

「はい、すみません」

力弥はあわてて自転車のスタンドを下ろし、片倉につづいた。通報のあったスーパーは卒配されている浅草公園六区交番から自転車で三分ほどのところにある。

灰色に塗られたスチールドアのわきにはインターホンがあり、その下に小さなプレートが貼りつけてあった。

〈ご用の方はインターホンを押してください〉

片倉が白いボタンを押すとスピーカーからかすかにチャイムの音が聞こえた。力弥はもう一度若い男が立っていた場所に目をやった。すでに男は背を向け、遠ざかりつつあった。

ふいに顔と名前が浮かんだ。

ひょっとして、聖也？

「おい、何やってるんだ」

「すみません」

ふたたび謝り、あわてて片倉の後ろに立った。

そのとき、インターホンから不機嫌そうな男の声が流れた。

「はい」

「警察です」片倉がていねいにいう。「こちらで万引きがあったという通報を受けてきました」

「通報？　そんなもん知らん」

「こちらなんですけどね」

答えながら片倉がドアノブをつかんで回そうとしたが、鍵《かぎ》がかかっているのかびくともしない。

「通報なんか、誰もしてねえって……」

直後、甲高い声が聞こえた。女のようだ。

「ごめんなさい。もうしません。だから裸になるのは許してください」

片倉が力弥に目を向け、低い声でいった。

「表から入れ。売り場を突っ切って、バックヤードの奥にこのドアがある。内側からなら簡単に開くはずだ」

インターホンで答えた男があわてたように怒鳴っている。

「何いってるんだ、お前。おれは何もしてねえだろ」

「ごめんなさい、ごめんなさい」

片倉が顎をしゃくり、鋭い声でいう。

「早く」

「はい」

力弥はスーパーと隣の建物の間に飛びこんだ。狭い。幅は一メートルもなさそうだ。自然と左肩を前に出した半身になる。右手で拳銃《けんじゅう》、左手で警棒を押さえている。表通りに飛びだし、たたらを踏んだ力弥は店内に飛びこんだ。

偽MA－1のポケットに両手を突っこみ、足早に歩く聖也の頭の中には熱い渦《うず》がぐるぐる巻いていた。

あれ、あいつか……、本当にあいつか……、違うだろ……、警官の制服着てたぞ……。

いまだかつて聖也はまともに警官の顔など見たことがなかった。制帽に制服、腰に拳銃を吊《つる》している。帽子のつばを深く下ろしているので目の辺りは暗い影になっている。その奥をのぞきこむ勇気はなかった。

だから誰もが同じに見えた。

知らず知らずのうちに小さく首を振っていた。

違う違う違う、あいつはあんなにでかくない。クラスの中では聖也が一番背が低く、あいつは二番目だった。中学生になったというのに二人とも百五十センチに届かず、おまけに痩せていて力が弱かった。

そんな奴がマッポなんかになれっかよ……。

でも、あの顔は？　それにあの警官は聖也を見て、びっくりしたような顔をしていた。あいつに会ったのは、中学に入学した直後、同じクラスになったときだ。話をするようになったのはどちらもチビで弱っちかったからだ。だが、さっきの若い警官はどう見ても百八十センチ以上はありそうだ。たった五年で三十センチ以上も身長が伸びるなんてあるだろうか。

もし、そんなにでかくなってたら——聖也は唇を嘗《な》めた——裏切りだ。

直後、足が止まった。スーパーの通用口に来たとき、もう一人の警官がふり返って呼びかけたのを思いだしたからだ。

『こっちだ、粟野』

粟野力弥は中学一年のとき、クラスで二番目に背が低かった。

どきどきしながらふり返る。スーパーの通用口の前には白い警官用自転車が二台並んでいて警官の姿はなかった。

聖也はふたたび歩きだし、路地の角を曲がった。

片倉にはスーパーに行くといわれて臨場したが、衣料品の専門店のようだ。それも道路工事や建設現場用の作業用衣類が多い。自動扉が開くのを待って、駆けこんだ力弥の前には色とりどりの防寒つなぎ――内側に起毛したフリースがはりつけてある――がずらりと並んだラックがあった。ラックの間を抜け、通路に入ると左右には紺、黒、灰色、ライトグリーンの作業服上下がかかっている。ミントグリーンのカーゴパンツを手にしていた太った男がぎょっとしたように力弥を見る。髪を短く刈り、折りたたんだタオルを鉢巻きにしていた。

「何だよ、何かあったのかよ」

男は顎を上げ、力弥を見る。

「何でもありません」

穏やかに、にっこり頰笑《ほほえ》んで――教場では市民に愛される警察官たれとくり返し教えられる――、小走りに通りすぎる。制服警官が走って店の奥へ向かっているのに何でもないはずはないが、ほかの答えは思いつかなかった。

万引き発生の通報を受けて臨場し、店の関係者とインターホンを通じて押し問答していたときに女の悲鳴が聞こえ……、やっぱりいえない。いや、説明する必要はない。

売り場を突っ切ったところで足を止めたが、両足が滑《すべ》る。うまくバランスをとって素早く左右を見た。すぐ右に関係者以外立ち入り禁止と大書された自在扉があり、駆けよると半ば体当たりするように押しあけて飛びこんだ。

在庫を置いてあるバックヤードらしく、天井に届きそうなほどダンボール箱が積みあげてある。その間を走り、通用口までやって来た。ドアノブをつかんで回す。手のひらにかちりという感触があってドアを開けることができた。

「こっち」

勝手知ったる様子で片倉が先に立って左へ進み、力弥はあとに従った。狭い通路の先にドアがいくつか並んでいたが、片倉は迷わずもっとも奥のドアの前に立つと乱暴に叩《たた》いた。

「警察だ、開けろ」

返事はない。しかし、ほどなく錠《じょう》を外す音が聞こえ、ドアが十センチほど開いたが、力弥の立っている位置からでは事務所の中を見ることはできなかった。

「誰も通報なんかしてねえよ」

インターホンと同じ声が答える。

「さっきの悲鳴は何だ？」

片倉の声は落ちついている。力弥は片倉の真後ろに立った。ドアの隙間《すきま》から見えたのは顎の大きな男だ。片倉より七、八センチは背が高く、二月中旬だというのに花柄のアロハシャツに白いジャケットを羽織っている。色つきレンズをはめたメタルフレームのメガネをかけ、片倉を見下ろしている。睥睨《へいげい》しているつもりかも知れなかったが、力弥から見れば、頭一つ分小さい。白くなった髪を短く刈っており、頭頂部の地肌が透けている。

男が目を上げた。メガネの上端から直《じか》に目がのぞき、おまけに両方の眉《まゆ》が大きく持ちあがったために何とも間抜けな、そしてどこか怯《おび》えたような顔になる。

『孫子《そんし》の兵法に戦わずして勝つというのがある』

そういったのは武術クラスの教官だ。柔道の猛者《もさ》で四段、背丈は身長百八十七センチの力弥より十センチも小さかったが、身幅は倍もありそうだった。決して太っているわけではない。全身が分厚い筋肉製のプロテクターに覆われているような感じがした。

『マルヒを確保するのにためらってはならないが、それより重要なのは受傷しないこと。お前たちが怪我《けが》をしたら、誰が市民を守るんだ？　いいか、くり返していうが、確保の際、ためらってはならない。受傷してもいけない。もっとも確実な方法はマルヒを威圧し、手を出させないようにすることだ。その点、躰《からだ》がでかいというのは役に立つ。相手に見えるのは、お前たちの背の高さであったり、がっちりした躰、そして制服だ。武術の技量は目に見えない。さらに確実なのは多人数で囲んでしまうことだ。相手が一人なら五、六人で囲めば、たいてい抵抗してこない』

見下ろすことによって力弥は事務所の中にいる男を威圧していた。

「とりあえず中に入れてもらうぞ、ゴズ」

ゴズ？——力弥は無表情に男を見ながら胸の内でつぶやいた——変な名前……、外国人かな、どう見ても日本人みたいだけど。

　ゴズが首を振る。

「だから何にもないって……」

　なおもドアの隙間を塞《ふさ》いでいるゴズを力弥は緊張して見つめていた。両手が見えていないのだ。臨場して被疑者に向きあった際、まずは手に何も持っていないことを確かめるように指導されている。

「何もないんだったら開ければいいだろう。それと間違いなく万引きの通報はあったんだよ」

　片倉は引き下がらない。当たり前だ。通報を受けて臨場した警察官が中から出てきた関係者に何もないから帰れといわれ、はい、そうですかと帰れるはずがない。

「さっさと……」

　ゴズの顔がさっと赤くなり、大声を張りあげようとしたとき、ふたたび女の声が聞こえた。

　今度は事務所の中からはっきりと……。

「お巡りさん、助けて、レイプされる」

「何……」

　ゴズがふり返った瞬間を逃さず片倉がドアを押しあける。一歩踏みだした力弥もすかさずドアの上部に手をあてて押した。

「おっ」

声を漏《も》らしたゴズがたたらを踏んで後退し、ドアが大きく開いた。まずゴズの両手を確認する。

何も持っていない……。

片倉と力弥は同時に中に入った。それほど大きな部屋ではない。右の壁際にはスチールデスクが三つ押しつけて並べてあり、三十インチほどの液晶モニターが五個並んでいた。画面はどれも四分割されていて出入口、店内、通用口が映しだされている。通用口の前には力弥たちの自転車が映っていた。

中央には細長い会議用テーブルが二台、くっつけて置いてあり、折りたたみのパイプ椅子《いす》が並んでいた。テーブルの上にはピンク色のビニールバッグ、同じくピンクのポーチ、黄色の財布、真っ赤なカード入れなどが並んでおり、端にビニール袋に入った小さな熊のぬいぐるみがあった。

目を上げる。テーブルを前にして若い女が座っていた。

力弥は眉根を寄せた。

すんなり伸びた長い手足、ほっそりした躰つきでストレートの髪を顔の両側に垂らしている。整った顔つきではあったが、とびきりの美人というほどでもない。若そうだ。

ひょっとしたら十九歳の力弥より年下かも知れない。

　何より力弥の注意を引いたのは女の目だ。小さな顔、小さく尖《とが》った鼻、小さな顎、その中で目だけが異様に大きく、力弥と片倉に交互に向けられる眼光が強かった。口も小さかったが、濡れたように赤い唇は上下にやや厚め、ぽってりした感じだ。となりの椅子に赤いダウンジャケットがかけてあり、本人は白いブラウスを着ていた。

　このブラウスが問題だった。ボタンがいくつか外され、鳩尾《みずおち》の下まで開いていて、白いブラジャーがのぞいている。胸の膨らみはさほど大きくはない。

　いきなりゴズが動こうとした。だが、片倉がゴズの胸に手をあて、怒鳴りつけた。

「座れ」

　一瞬、ゴズが片倉を睨む。だが、片倉はまじろぎもしないでゴズを見返した。睨みあったのはわずかの間でしかない。ゴズが手近にあった椅子を引きよせ、どすんと尻《しり》を落とした。片倉が力弥に目を向け、次いでゴズを見た。見張ってろという意味だ。力弥はうなずき返した。

　ゴズがアロハシャツのポケットからタバコを抜いて火を点《つ》け、天井に向かって煙を吹きあげる。力弥はゴズの後頭部を見下ろしていた。

　若い女に近づいた片倉が自分の襟元に手をやった。力弥からは背中が見えるだけだが、ブラウスを直せと仕種《しぐさ》で示したのだろう。女がブラウスを直し、ボタンをはめた。

「名前、教えてもらえるかな」

「しおん」

「へえ、珍しい名前だね。どんな字を書くの？」

「詩……、ポエムの詩に遠い」

相手が若いこともあって片倉だけでなく、力弥も女の名前にはとくに驚かなかった。きらきらネームにしては、まだ大人しい方だろう。

「名字は？」

「すもと……、八重洲《やえす》の洲にブックの本」

「ありがとう。何か身分を証明するものはあるかな」

詩遠が赤いカード入れを指す。片倉が見てもいいかと訊《き》くと素っ気なくうなずいた。カード入れを開き、中から一枚のカードを抜いた片倉が女のそばを離れ、窓際に行くと左肩につけた受令機のマイクを取り、送信ボタンを押して話しはじめた。ぼそぼそとして聞きとれない。周囲に警察官以外の人間がいるとき、通信には気を遣う。

はっとした。

詩遠がじっと力弥を見ている。

2

〝第六方面本部から各移動、午前十一時四十五分、台東区西浅草三丁目の衣料品スーパークマにおいて万引き事案発生の一一〇番通報、本事案に対し、応援が発令され……〟

捜査車輌のセンターコンソールに取りつけられた無線機のスピーカーから流れる指令にハンドルを握る巡査部長本橋邦薫《もとはしくにしげ》は首をかしげた。

おいおい万引きで応援要請かよ……。

島嶼《とうしょ》部もふくむ東京都全域を管轄とする警視庁は、地域ごとに第一から第十までの方面本部を置いていた。そのうち第六方面本部は台東区、荒川区、足立区を担当する。本橋は機動捜査隊浅草分駐所において警部補稲田小町《いなだこまち》を長とする班に所属していた。

「西浅草三丁目か、近いな」

助手席の相勤者辰見悟郎《たつみごろう》がぼそりとつぶやいた。

横目で辰見を見る。

「万引きに臨場するんですか」

「どうするかね」

辰見がまるで気のない返事をする。まだ正午にもなっておらず、当務は始まったばかりといえるが、前日の班との引き継ぎを終えた直後、北千住《きたせんじゅ》で倉庫荒らし発生の通報が入って出動した。自動車用品店が在庫を保管している倉庫が破られ、商品を持ち去られたというのだ。倉庫とはいっても店の近所にある古びたプレハブ小屋で、店舗に収まりきらない商品を入れておくため借りていたという。昨今、悪質なあおり運転が増えていることを受け、ドライブレコーダーが売れに売れ、在庫量が大幅に増えたための措置らしかった。

ところがプレハブ小屋に防犯カメラが設置されていなかった。ごっそり盗まれた商品がドライブレコーダーだけに何とも皮肉な結果といえる。

午前九時半に現場に到着、検証、初動捜査にあたったが、わかったのは盗まれたのは午前二時から四時の間、侵入経路は裏の窓を保護していた鉄格子をバールで外し、窓をこじ開けるという乱暴な手口であることくらいだ。しかし、プレハブ小屋を借りたのは一ヵ月ほど前で、そこに新品のドライブレコーダーが大量に保管されているのを知っている者は少ないらしく、店側では犯人の目星がついている様子だった。

二時間近く周辺検索を行い、千住警察署の刑事課盗犯係に引き継いだあと、いったん分駐所に戻ることにした。国道四号線を南千住まで戻り、都道四六四号線に入って、捜査車輛は間もなく泪橋《なみだばし》交差点にかかろうとしていた。分駐所のある日本堤《にほんづつみ》交番は目と鼻の先である。

スピーカーから流れる指令はつづいていた。

〝なお被害者にあってはスモトシオン……、八重洲の洲、本棚の本、詩歌の詩、遠近の遠……〟

本橋はふたたび首をかしげる。

おいおい万引きならマルガイはスーパーの方だろ――。

〝女性、十三歳〟

辰見がシートから躰を起こした。

「現場は西浅草のコクマだな」

「そういってました」

「行こう」

そういいながら辰見が無線機のマイクに手を伸ばす。本橋はちらりと辰見の手元を見た。

「万引きに、ですか」

「コクマなら強制猥褻《キョウワイ》かも知れん」

事態が把握できず本橋は少しばかり混乱していたが、辰見は構うことなくマイクに声を吹きこんだ。

「六六〇三《ろくろくまるさん》から本部、六六〇三にあっては西浅草三丁目、コクマの万引き事案現場に車首を向ける」

間髪《い》を容れず応答があった。

〝本部、了解〟

直後、辰見が床を踏みならした。天井からごとごとという音が聞こえ、赤色灯が突きだし、サイレンが鳴りだす。助手席の足元には赤色灯とサイレンのスイッチがあり、やや強めに踏むと作動するようになっている。

その間に泪橋交差点を越えていた。辰見が顎をしゃくる。

「次を右へ」

「はい」

「いったん国際通りに入れ。そのまま下って千束《せんぞく》三丁目の交差点をまっすぐに突っ切る」

「了解」

次いで辰見が国際通りに面したホテルの名前を口にする。巨大ホテルでランドマーク的な役割を果たしていた。

「現場はホテルの裏、西側にある」

「前から知ってるんですか」

「ああ」辰見がシートにもたれかかり、顎を胸につける。「牛頭が今でもコクマの警備主任をやってると危ない。癖《くせ》の悪い奴でな」

「ゴズ？　牛頭馬頭《めず》の牛頭ですか」

牛頭馬頭は地獄にいる鬼とされ、躰は人だが、頭が牛や馬で、地獄に落ちた亡者を責めさいなむのが仕事というくらいは本橋も知っていた。

「そう」

地獄の留置場係みたいなもんかとちらりと思うが、人権問題がうるさい昨今では警察署に勾留《こうりゅう》されている犯罪者はお客様扱いだ。

「大仰な姓ですな」

「業界ネームだよ。老舗《しにせ》のテキ屋から盃《さかずき》をもらってるって話だ」

「ヤクザ者か」

「今でも現役なのかはわからん。テキ屋の方もつづいているか」

本橋はちらりと辰見の横顔を見た。思い過ごしかも知れないが、何となく声が寂しげに聞こえたからだ。だが、辰見の表情はいつもと変わりない。

前に目を戻した。

捜査車輛は国際通りにぶつかり、左折する。そのまま二百メートルほど走って千束三丁目の交差点に入った。信号が赤だったのでブレーキを踏み、ゆっくりと進入した。ゆるやかに左へ曲がる国際通りから離れ、直進した。

交差点を抜けたところで加速する。辰見がまた床を踏みならし、サイレンと赤色灯を切った。

本橋は警備畑が長く、機動捜査隊に配属されるまでは特殊急襲部隊――SAT《エスエイティ》にいた。二〇二〇年に開催される東京オリンピックに向け、警備面強化の一環としてSAT隊員を機動捜査隊や自動車警邏隊、所轄署の刑事課等に配置することになり、本橋もそのあおりを食らって浅草分駐所勤務となった。

世界中の耳目を集めるオリンピックはテロリストにとって晴れ舞台である。事件を起こせば、全世界から注目されるだけでなく、歴史に名を刻むことができる。各国から選手団だけでなく、首脳クラスが来日するため、標的もよりどりみどりだ。実際、一九七二年のミュンヘンオリンピックでは、パレスチナのテロ組織が選手村に侵入し、イスラエル選手団を襲撃、十一名が殺害される事件が起こっている。

機捜隊での勤務は長くても二年で、オリンピックの前にはSATに戻るという約束で異動してきた。すでに一年半近くが経っており、今年の終わりには古巣へ復帰する。

配属されて一年間は、班長稲田の相勤者として勤め、去年十月新たに米谷《よねや》という巡査が配属されたのを機に辰見と組むようになった。辰見とは階級は同じ巡査部長だが、年齢は二十八も違う。辰見はいったん定年退職したあと、再任用で機捜隊に戻ってきていた。

辰見が左前方を指さす。

「そこだ」

コクマはすぐにわかった。すでにパトカーが二台、店の前に止められていたからだ。十三歳への強制猥褻となれば、今のご時世では国際的な大事件ではある。

スーパーの入口前に立った力弥は店の看板を見上げていた。激安衣料品スーパー〝コクマ〟と書かれている。

「何見てるんだ？」

声をかけられ、ふり返る。片倉が店の中から出てきた。

「名前です。コグマじゃなくて、コクマって、どうしてなのかなと思って」

「ほら」

片倉が店の入口わきに吊り下げてある木製の看板を指さした。年季の入った看板は白く塗られていたが、ペンキがひび割れている。そこに黒々と有限会社小久間とあった。

「何だ」

「おや」片倉が店の前に目をやってつぶやくようにいう。「機捜のお出ましだ」

機捜と聞いて、力弥は胸がはずむのを感じた。前に向きなおると右手からやって来たシルバーグレーのフォードアセダンがパトカーの後ろに停まった。助手席のドアが開き、黒いスーツを着た男が降りた。ノーネクタイで、頭はスキンヘッドと見間違うほどに短く刈ってある。

「おやおやおや」

片倉がぶつぶついう。黒いスーツの男――機動捜査隊の辰見が片倉に向かって手を挙げた。

「久しぶりだな」

「辰見部長、とっくに定年されたと思ってましたが」

名前の下にブチョウとつけるのは巡査部長を呼ぶときの習わしである。

「再任用の出戻りだよ。年金が出るまで食いつながなくちゃならん」

渋い表情で首を振った辰見が力弥に目を向けたので一礼した。

「ご無沙汰《ぶさた》しております」

ぎょっとした片倉が力弥を見る。

「知り合いか」

「はい」

何とか返事はしたものの、何とつづけてよいかわからず力弥は苦笑してしまった。辰見が口を挟む。

「何年前だっけ」

「六年になります」

答えた力弥の頭の天辺《てっぺん》から爪先まで眺めわたして辰見が片方の眉を上げる。

「六年か。自転車で二人乗りしてた中学生が今じゃ立派な警視庁巡査だ」

力弥と辰見を交互に見ていた片倉がどちらにともなく訊いた。

「どういうこと?」

「おれがパクったんだよ。あの頃は小沼《おぬま》と組んでてな。明け方近かったか、学校の名前が入ったジャージー着て、友達といっしょだった」

「深夜に中学生がふらふらしてれば声をかけますね」うつむいた力弥は制帽の後ろをわずかに持ちあげ、頭を掻いた。「自転車の二人乗り、それにあのときは歩道を走ってましたからダブルで道路交通法違反です」

脳裏にあの夜の光景が鮮やかに浮かんだ。前に乗ってペダルを踏んでいたのが力弥、後部荷台に座っていたのが聖也だ。歩道が途切れ、脇道のあるところでいきなり目の前に軽自動車が出てきて力弥はあわててブレーキをかけた。直後、真横にセダンが停止し、運転席と助手席からスーツを着た男が降りた。警官以外、考えられない。力弥と聖也は自転車を捨てて逃げだした。

路地に駆けこんだ力弥を追いかけてきたのが小沼で、聖也はその場で辰見に捕まった。

聖也――臨場した直後、スーパーの裏で見かけた若い男を思いうかべる――やっぱりお前なのか。

会わなくなって五年以上経っていたが、聖也は何も変わっていなかった。中学二年生のままだ。

はっとして目を上げた。辰見と片倉が力弥に目を向けている。辰見の後ろにはフィールドジャケットを着たごつい男が立ち、やはり力弥の顔をのぞきこんでいた。

片倉が訊いてくる。

「どうかしたのか」

「あ……、いえ、何でもありません。あの頃を思いだしたもので」

何となく聖也のことをいいだせなかった。聖也だと確信が持てなかったからではない。むしろ逆だ。聖也に違いないと思っていた。気になるのは、雑居ビルの入口にもたれ、スーパーの通用口に目を向けていたことだ。少なくとも力弥が来るとは思っていなかっただろう。目が合ったとき、心底びっくりしたような顔をしていた。

「そんな昔から辰見部長と因縁《いんねん》があったとはね。世の中、狭いもんだ」

あのとき声をかけられたことで小沼と知り合い、親しくなることで警察官を目指すようになった。

「六年前なんて……」辰見がぼそぼそという。「この歳になると昨日か、一昨日みたいなもんだが」

「粟野をパクったときの相勤者が小沼っていわれましたけど、あの？」片倉が辰見に訊く。「例の、捜査一課に行った」

「そう」素っ気なくうなずいた辰見が後ろに立っている男をふり返った。「片倉部長は浅草警察署が長くてね、それで前から知ってる。そして粟野巡査とは、今話したような因縁がある」

辰見が片倉と力弥に向きなおる。

「相勤者の本橋部長」

「よろしく」

片倉が小さくうなずく。力弥はすっと背筋を伸ばした。すかさず辰見がいう。

「敬礼なんてするなよ」

力弥は中途半端に一礼する。頬《ほお》が熱くなるのを感じた。辰見が重ねて訊く。

「今は交番か。ここに来てるってことは公園六区？」

「はい。卒配で浅草ＰＳに来ました。同期の中で自分だけ希望が通りまして」

「へえ」辰見が眉を上げる。「それじゃ、片倉部長が指導官か」

「はい」

辰見が片倉に視線を移す。

「ここはまだゴズが仕切ってるのかい？」

「そうです」

片倉が顔をしかめる。

「例の悪い癖が出た？」

「本人は強く否定してるんですがね。自分は何もしてないって。でも、女の子のブラウスの前が開かれてまして、下着が見えたもんで」

「十三だとか。中学生じゃないか」

「いや、それが……」片倉が声を低くする。「身分を証明するものを求めたら在留カードを出してきました。父親がスリランカ人なんですよ。それで本人もスリランカ籍で、その上未就学なんです」

「それで応援要請か、なるほど」

「母親は日本人で、迎えに来ることになってます」

「ここへ？」

「いや、時間がかかるそうなんで娘はとりあえずPSに連れていって、そこに来てもらう段取りになってます。そろそろ……」

ちょうど片倉がいいかけたとき、黒塗りのセダンが二台、スーパーの前にやって来て止まった。それぞれの車から二人ずつ降りてくる。あとから来た方には男女二人組が乗っていた。四人は辰見と本橋に一瞥《いちべつ》をくれ、片倉に声をかけて店の中へと入っていった。

　片倉が低声のままいった。

「先の二人組は暴力団担当、あとの二人は少年係です」

「時代かねぇ。マルボウも変わったもんだ」辰見が店先に目をやった。「ちょっと前までどっちがヤクザかわからんような恰好《かっこう》をしてたもんだが、どっかの高級官僚っていい、たちじゃないか」

「あちらの業界人ファッションも変わってますからね」

　辰見が片倉に目を向ける。

「何か気になることがあるみたいだな」

「何となくなんですけどね」片倉が首をかしげ、次いで圧《お》しだすようにいった。「ゴズは何もしちゃいないような気がするんです」

「どういうことだ？　その娘の狂言だと？」

「万引きしたのは間違いないようですが……、いまどきの子供が考えることはわかりません」

「チャイルドポルノに国籍問題……、オリンピック前に一番神経尖《とが》らせてるところではあるな」

　辰見が独り言のようにつぶやいた。

3

浅草警察署生活安全課少年係の二人の捜査員に付き添われ、洲本詩遠がスーパーコクマから出てきたとき、本橋は目を瞠《みは》った。背が高かった。おそらく百六十五、六センチか、もう少しあるだろう。

詩遠が十三歳と知ったとき、本橋は胸底がうずき、何とも落ちつかない気分になった。双子の娘と同年齢なのだ。

娘は春香《はるか》と千秋《ちあき》という名だが、八月五日生まれ、暑い日だったのを憶えている。本橋は暑いのが苦手だ。しかし、そのために名前に春と秋を持ってきたわけではないとうそぶいている。

二人とも小学三年生からスポーツ少年団に入り、バドミントンをしている。ちょうど日本人選手が国際大会で上位に食いこみ、人気が出てきたこともあったが、背丈が同じ年齢の平均より少し低めだったので身長差が決定的に影響しない競技を選んだ。

もう一つ、有利な点があった。一卵性双生児であるため、見た目がそっくりでありながら春香は右利き、千秋は左利きという違いがあった。ユニフォームだけでなく、顔や体型が同じでありながらラケットを持つ手が違う。相手を混乱させやすかったせいか、小学校高学年の部では東京都大会女子ダブルスでベスト4にまで進出している。バドミントン人気もあって、いくつかの私立中学から誘いがあったが、娘たちはいつまで競技をつづけられるかわからないとクールに判断し、地元の公立校に通っている。

中学に入るとほぼ平均並みの百五十センチ台半ばまで背は伸びたが、詩遠は娘たちより十センチは背が高かった。躰が大きいと大人びて見える。それでも十三歳は十三歳、娘たちと同い年であることは本橋を落ちつかない気分にさせた。

父親がスリランカ人ということだが、母親似なのか見た目はごく普通の女の子でしかない。大きな黒い眸《め》がみょうに気になる顔立ちではあった。何より気になったのは、未就学という点だ。どのような事情があるのかいずれ知る機会があるかも知れないし、ないかも知れない。今回は自ら万引き事案を引きおこしてはいたが、これから先、あまり警察と関わりにならない方がいいに決まっている。

詩遠が少年係の車輛に乗せられ、走り去って間もなく牛頭が出てきた。両側にマルボウがいたが、手錠はなく、腕をとられてもいなかった。太った男で、二月だというのにアロハシャツに麻のジャケットというい ささか寒そうな恰好をしていた。まぶたと唇が分厚く、薄い色の入ったサングラスをかけていて、いかにも古き良き時代のヤクザ者という印象を受けた。

詩遠と牛頭が出ていったあと、辰見が分駐所に帰るといい、戻ってきた。機動捜査隊の任務は初動にあり、すでに所轄署の捜査員が事案の関係者を連れていった以上、現場に仕事はなかった。

　機動捜査隊浅草分駐所は日本堤交番の二階にある。鉄筋コンクリート四階建ての建物は警視庁麾下《きか》でも珍しく、交番というより一個の所轄署並みである。かつてはマンモス交番の愛称で知られ、所轄署における一つの課と同格とされていた。昭和四十年代、後背地である山谷《さんや》では労働争議が頻発《ひんぱつ》していた。騒動が起こったときに対処できるよう交番としては異例の規模を持ち、四階には機動隊一個中隊五十名が寝泊まりできるスペースがあった。

　昭和から平成へ年号が変わってもマンモス交番の格はそのままだったが、平成二十年に山谷地区交番から日本堤交番へ名称が変更され、同時に浅草警察署地域課の一交番になっている。

　本橋は交番の裏手にある駐車場に車を入れ、エンジンを切った。助手席の辰見がシートベルトを外し、ダッシュボードに埋めこまれた保管庫に手を伸ばすのを横目で見た。保管庫のテンキーを辰見が叩いた。
　6、6、0、3——無線機の呼び出し符丁《ふちょう》と同じだ。一般に公開されているわけではないが、少々杜撰《ずさん》だし、あまりに芸がないような気もする。保管庫の扉を開けた辰見が中から拳銃、警棒、手錠のケースをつけた帯革を取りだして足元に置いたソフトアタッシェに放りこんだ。

　機動捜査隊員は私服ながら勤務中拳銃の携行が義務づけられている。初めて辰見と組んで当務に就いたとき、車に乗りこむや帯革を外し、保管庫に入れるのを見て度肝《どぎも》を抜かれた。服務規程違反にほかならない。

『歳でね。二十四時間もこんな重いもんぶら下げてたんじゃ、腰が曲がっちまう』

　しれっといってのける辰見に驚かされたが、もっと驚いたのは班長の稲田をはじめ、班員の誰もが辰見がふだん拳銃を身に着けていないことを知っていたことだ。稲田班のみならずほかの二つの班や交番勤務の警官も知っている。見て見ぬふりというレベルではなく、ごく日常のありふれた光景としか映っていないようなのだ。

　郷にいっては郷に従えって奴かと本橋は自らを納得させた。

　拳銃といえば、本橋も特例扱いを受けている。SAT時代から愛用しているSIG／SAUERのP226に九ミリパラベラム弾を十五発——弾倉に十四発、薬室に一発——入れ、腋《わき》の下に吊っている。

　本橋の拳銃をしげしげと眺めて辰見がいった。

『肩、凝《こ》るだろ』

　さらにつづけたものだ。

『あんたが十五発も持ち歩いてくれれば、それだけで警官三人前だ』

　通常、警察官が携行する拳銃には五発装塡《そうてん》される決まりになっている。辰見の分もカバーしてお釣りが来るといいたいのだ。正確には、拳銃の種類によって、装塡数が十発以下なら五発、十一発以上なら十発まで装塡することになっているが、ベテラン警察官相手にあえて説明の必要はないだろうと判断した。

　二人は車を降り、交番の通用口から入って階段を上りはじめた。分駐所は二階にある。

「辰見部長も牛頭がやってないと思ってますか」

「どうして？」

「片倉部長の話を聞いてるときに何だか納得したような、しないような顔をしてたように見えたもので」

「どっちだよ」辰見が苦笑する。「牛頭はたしかに女癖が悪いって噂《うわさ》がある。万引きした女を事務所に連れこんでは好き勝手にもてあそんでるってな」

　辰見が本橋を見上げた。

「だが、そもそも気の小さな奴なんだよ。手を出してもなかなか問題にならないような相手ばかり選んでる。主婦とかちゃんとした勤めを持ってる女とかな」

「年増好みなんですか」

「それはわからんが、どっちにしてもあんな若い娘に悪さするような度胸はない」

　二階に上がると右の方でぼそぼそという話し声が聞こえ、本橋は目をやった。廊下の端で稲田が背を向けているのがわかったのでとくに声をかけず分駐所に入った。

分駐所には机を集めた島が三つあり、もっとも入口近くが稲田班に割りあてられている。先に入った辰見が無造作にソフトアタッシェを机に置き、そのまま窓際の応接セットに向かった。応接セットとはいっても黒いビニール張りのソファがコの字になっていて、中央にテーブル、窓の下に大型テレビがあるだけだ。分駐所に来客はほとんどなかったが、それでも訪問者があれば応対をする場所だったし、そのほか食事、ちょっとした打ち合わせ、休憩に使っていた。

長椅子には、稲田班の浜岡卓《はまおかすぐる》、植木《うえき》さくら、米谷真唯哉《まいや》の三人がいた。廊下に稲田がいて、そこへ辰見、本橋が戻ってきたので稲田班の全員がそろうことになる。

辰見が誰も座っていないソファに腰を下ろし、天井を見上げて大きく息を吐《つ》いた。植木がすかさず声をかける。

「お疲れさまでした」

「ああ、本当にお疲れさんだ。朝から出ずっぱりは年寄りにはきつい」

浜岡と米谷が控えめに笑う。フィールドジャケットを脱いで椅子の背にかけた本橋もソファに行き、米谷のとなりに座った。霜降りグレーのTシャツにショルダーホルスターを着け、P226を差しているが、誰も見向きもしない。米谷にしても赴任してきた当初こそぎょっとしたように見つめたが、二度目には関心を失っていた。所詮《しょせん》拳銃も警察官にとってはスマートホン程度の道具に過ぎない。

植木が米谷に向きなおる。

「それで理由は何なんですか」

「理由というか……」米谷が苦笑して頭を掻く。「大した話じゃないよ」

辰見が躰を起こした。

「何の話だ？」

植木が辰見に顔を向ける。

「米谷さんの名前です。真唯哉って珍しくないですか。名前をつけたのはお父さんだそうですけど、大のミステリファンなんだそうで」

機動捜査隊は刑事への登竜門といわれている。初動捜査が主たる任務で、事件のみならず事故の現場にも真っ先に臨場し、さまざまな事案に対処するため、経験を積むのに最適だ。そのため新米とベテランが配属され、ペアを組むことが多い。定年退職後、任用延長で機捜に戻ってきた辰見はベテラン中のベテラン、巡査である浜岡、植木は新米に近い。米谷は四十そこそこの巡査長で、これまでは銃器薬物対策に従事してきた。それなりに経験も積んでいるが、さらに刑事犯全般に手を広げようということなのだろう。そうした中、警備畑に軸足を置く本橋は特異な存在といえた。

「そんなたいそうな話じゃないんですが」米谷が相変わらず苦笑しながら言葉を継いだ。「父がアメリカの有名な警察小説シリーズのファンでして、その中にユダヤ系の刑事が登場してるんです。で、私の名字の米谷はマイヤとも読めまして」

「まいやまいや……」植木が怪訝《けげん》そうにいう。「変な名前」

「まあ、その小説に出てくる刑事の名前がそんな感じでして」

「それで米谷さんも刑事になったんですか」

植木が真剣な顔つきで訊き、米谷が首を振った。

「いやいやそういうわけじゃない。採用試験を受けて、合格して、警察官になった。刑事もたまたまなったたっていうか」

「たまたまですか」浜岡が得心がいったという顔でうなずいた。「私も似たようなものかな。お巡りさんに憧れてたってわけじゃなかった」

稲田が分駐所に入ってきて、辰見のとなりに腰を下ろすなり切りだした。

「コクマの万引き事案に臨場したんですって?」

「ああ、ちょうど近くにいたんでね」

「あそこの警備主任を以前から知ってるんですか」

「おれは浅草がそこそこ長いから」辰見が稲田に目を向ける。「何かわかったのかい」

「たった今、浅草警察署のマルボウから電話がありましてね。事務所に取りつけてあった防犯カメラの映像で牛頭が何もしてないってわかったそうです。六区交番が臨場して、牛頭が応対してる間に女の子が自分でブラウスのボタンを外して、広げてるところが映っていたというんですが」

「何で、そんなことを？」

辰見の問いに稲田が首を振る。

「わかりませんねぇ」

かまって欲しかったのかな――本橋はちらりと思った。


「アウォシマァドゥ、アウォシマァドゥ……」

力弥の前に立っているのは髭面《ひげづら》の外国人男性だった。力弥よりわずかながら背が高く、細身だった。男の腕を取っている女性は小柄だったが、きれいなグリーンの目をしていた。

いや――力弥は背中に汗が噴きだすのを感じながら胸の内でつぶやいた――グリーンの目とかいってる場合じゃないだろ。

交番の前に立っているとき、スマートホンを手にした外国人カップルが近づいてきた。それだけで背中にじわりと汗を感じた。交番で勤務に就いているのは力弥と片倉の二人だけでしかなく、片倉は警察電話で話をしている。

「アウォシマァドゥ、アウォシマァドゥ……」

男がくり返すものの何をいっているかまるで理解できない。そもそも英語なのか、ほかの言葉なのかもわからない。

「えー、ジャストモーメント、プリーズ」

両手を胸の前に上げ、カタカナで発音し、交番の中をふり返った。ようやく片倉が受話器を置き、さっと立ちあがる。心底ほっとして力弥は外国人カップルに向きなおると精一杯の笑顔を見せた。

「お待たせしました」

片倉が出てきて日本語で答える。男の方が手にしたスマートホンを片倉に見せ、同じ言葉をくり返した。スマートホンには地図が表示されていた。

「ああ、わかりました」落ちついて答えた片倉が男性を見上げ、スマートホンを指さした。「ちょっと触れてもいいですか。タッチ、オーケー?」

「イエス、オフコース」

男が片倉の目の前にスマートホンを出した。片倉とほぼ同じくらいの背の高さの女ものぞきこむ。片倉が画面に指をあて、ゆっくりと動かした。カップルは真剣な顔つきでのぞきこんでいる。

やがて指を止め、今度は人差し指と親指を開くようにして画面を拡大した。一点を指した。

「こちらです」

「おお」男が破顔する。「サンキュー、サンキュー」

次いで二、三度タップするともう一度片倉に礼をいって遠ざかっていった。

「すみません」力弥は頭を下げた。「何いってるか全然わかりませんでした。やっぱり浅草で勤務に就くには外国語は必須ですね」

片倉が人混みに紛れていく外国人カップルの背を目で追いながらいう。

「夫婦だろうな。奥さんのお腹《なか》には子供ができてるのかも知れない」

「は？」

片倉が力弥をふり返る。

「日本語だよ。淡島堂《あわしまどう》はどこかって訊いてたんだ。濃い淡いの淡に島と書いて、お堂、それで淡島堂だ」

アウォシマァドゥ……、淡島堂……、さきほどから脳裏でくり返されていた言葉がいきなり漢字に変換された。

「なるほど」

「浅草寺《せんそうじ》の境内にあって、本堂の西側にある。ここから歩いても三分くらいで、安産の御利益《ごりやく》があるといわれてる」

「そうなんですか」

片倉がにやりとして付けくわえた。

「今の二人が日本人で、日本語で淡島堂はどこですかと訊かれたら案内できたか」

言葉に詰まった。またしても背中に汗が浮かぶ。片倉の目が交番の中に向けられた。視線の先にはスチール机がある。その上に周辺の地図が広げられ、透明なプラスチックのボードがかぶせてあった。

「はい、すみません。ご指導、ありがとうございます」

交番の中に入った力弥は地図の上にかがみ込んだ。指をあて、浅草寺本堂から西——地図では左に指を動かしていく。すぐに淡島堂は見つかった。

「ありました」

「当たり前だ。平成六年にそこに移築されてから同じ場所にある」

「移築って、前は違う場所にあったんですか」

「二天門《にてんもん》のわきだ。名称は違ったけどな」

「よくご存じですね。さすが片倉部長」

「ところで、二天門がどこにあるかは知ってるよな？」

「失礼しました」

ふたたび地図にかがみ込み、指をあてた力弥に片倉が声をかけた。

「本堂を挟んで東側、淡島堂とはほとんど一直線に並ぶくらいだ」

「はい」

答えながら指を右へと動かしていく。浅草寺本堂を越えた先に二天門とあった。

「結構大きな門ですね」

「おいおい」

片倉が苦笑いしかけたとき、耳に挿したイヤフォンが喚《わめ》きだした。

〝至急、至急、第六方面本部から各移動。浅草三丁目二十……〟

立ちあがり、イヤフォンに右手をあてた。交番の前に立っていた片倉も同様に手をあてている。

〝……暴れている模様。年齢四十歳から五十歳、男性。なお、当該男性にあっては半裸状態にあり……〟

交番の奥のドアが開き、帯革のバックルを留めながら班長の杉田《すぎた》が出てきた。休憩中だったのだ。

「二人ともすぐ応援に行け」

返事もそこそこに力弥は片倉につづいて自転車にまたがった。

警察官が乗る白い自転車は速い。だが、特別な装備がついているわけではなく、ごく当たり前の実用的な自転車だ。変速機すらない。では、なぜ速いか。お巡りさんが一生懸命ペダルを踏むからである。

人混みを縫うように走る片倉に離されまいと力弥は懸命に漕《こ》いだ。

4

一報を受令機で聞いたときには半裸といっていたが、いつの間にかパンツまで脱ぎ捨てたらしく片倉とともに現着したとき、男は素っ裸になっていた。

現場は交番から言問《こととい》通りを横断して、さらに北に入った住宅街だった。何のことはない公園六区交番より浅草警察署の方がはるかに近い。五台のパトカー、三台の覆面《ふくめん》車が臨場しており、すべて赤色灯を回転させている。通りの南北には規制線が張られ、人も車も通行を遮断《しゃだん》されていた。

現着したのが早めだったので片倉と力弥は男を囲む警察官の輪の最前列に圧しだされる恰好になっていた。男は力弥に背を向け、対面する警察官に向かって大声を発した。

「おらぁ」

声が裏返り、甲高い。

力弥は男の瘦せた背中を呆然《ぼうぜん》と見つめていた。つるっ禿《ぱげ》の頭から首筋、背中の真ん中を通って尻の割れ目まで黒い線が走り、そこから何本もの横筋が伸びている。全身縞柄《しまがら》で虎《とら》の模様のようだった。

男が取り囲む警察官を睨みながらゆっくりと躰をめぐらす。背中の真ん中から伸びた横縞は胴を回りこみ、胸や腹の半ばまで達している。先端が尖っていて、やはり虎を真《ま》似《ね》ているようだ。

刺青《いれずみ》なのかな——力弥はふと思った。

目を上げ、男の顔を見たときには噴きだしそうになった。頭の天辺を通った黒い線が眉間《みけん》にまで達し、背中と同様、左右に枝を伸ばしている。ちょうど眉に重なって弓なりになった線が描かれ、鋭く跳ねあがり、目の下にもくまのように半円が描かれていた。

「目の上は眉代わりだ」まるで力弥の視線をとらえたように片倉がいう。「あいつは毛がない。頭が禿《は》げてるだけじゃなくて。下、見てみろ」

視線を下げた。股間《こかん》もつるつるでだらりとたれさがった男の象徴がぶらぶらしている。全身を見れば、つい笑ってしまいそうな恰好だが、男の目を見たときには背筋に悪寒が走った。

警官たちを睨《ね》めまわしていると思いきやまったく焦点が定まっていない。力弥に向けられたときには、深くてうつろな空洞をのぞきこんだような気さえした。

片倉が舌打ちする。

「しようがねえなぁ」

「ご存じなんですか」

力弥は虎模様の男から目を離さずそっと訊いた。

「ここらじゃ有名な覚醒剤中毒だ。腕、見てみなよ」

静脈の経路がはっきりとわかる。薄い小豆色のケロイドになっているのだ。

「ひどいですね」

警察学校の講義で覚醒剤中毒者の動画、写真をうんざりするほど見せられたが、全身のあらゆるところに注射痕《ちゅうしゃこん》があった。一日に何度も、ときには数十回も針を刺すので傷がだんだんとケロイドとなり、さらにはたこのようになって針が刺さりにくくなる。注射する場所を変えているうちに痕《あと》が広がっていくのだ。

覚醒剤はタバコに混ぜたり、パイプを使って煙を吸いこむアブリなら躰を傷つけることがなく、初心者にも抵抗がないといわれる。だが、効くまでにかなりの量が必要で、かえって摂取量が増えるといわれた。ほかに歯茎《はぐき》や肛門、女性器などの粘膜に擦《す》りこむ方法も傷が残らない。

だが、すぐに薬効に対する抵抗力が増し、煙を吸ったり、粘膜からの吸収では効き目を感じられなくなる。そこから筋肉注射になり、静脈に直接薬を入れるようになるまであっという間だとも教えられた。静脈注射でも効き目が薄くなってくるため、注射をする間隔がだんだんと短くなり、一時間おき、三十分おき、やがては連続して打ちつづける。

　警察官たちは油断なく男を観察しながらもあえて声をかけていなかった。両手に何も持っておらず、全裸になっているため、凶器を隠し持っている可能性はない。

「それにしても寒くないんですかね」

　力弥は小さく首を振った。今朝見たテレビの天気予報では、最低気温が二度、晴れるものの日中でも十度に達しないといっていた。ワイシャツの上に防刃《ぼうじん》ベストを重ね、冬用の制服を着ていながら背中がぞくぞくしている。革靴《かわぐつ》を履いていてさえアスファルトの冷気がはいあがってくるというのに虎模様の男は裸足《はだし》なのだ。足の指が真っ赤になっている。

「あまり感じてないのかもな。お薬のおかげだろう」

　片倉が制帽をわずかに持ちあげ、ひたいの生え際を掻いた。

「この男、ここらじゃ有名だっていわれましたね」

　問いかけると片倉がうなずいた。

「ああ、こいつは……」

「タイガーキング」

　捜査車輌の屋根に片肘《かたひじ》を載せた辰見がいった。本橋はタイガーキングに目を据えたまま訊きかえした。

「あだ名ですか」

「自称だが、本名でもある。寅王《とらおう》って名だ。おそらく寅年の生まれなんだろうが、親も酔狂《すいきょう》な名前をつけたもんだ」

「キングタイガーならドイツの戦車なんですけどね」

「何だって？」

「いえ」本橋は苦笑いして首を振った。「何でもありません」

第二次世界大戦のヨーロッパ戦線で活躍する戦車兵を描いた映画を見たのを思いだしていた。稲田に薦められたのだ。女性ながら稲田はガンマニアを自称しており、機動捜査隊を希望したのもＳＩＧ／ＳＡＵＥＲ　Ｐ２３０が貸与されているからだという。スマートで恰好のいい半自動拳銃であることは認めるが、いかんせん三二口径ではしようがない。パンチ力に欠ける。

『映画には本物のキングタイガーが使われてるのよ』

稲田が興奮していった。ハリウッド映画なのでドイツ軍は敵役だったが、キングタイガーは圧倒的に強力な戦車として登場していた。もっとも敵が強大であるほど撃ち斃《たお》したときのカタルシスは大きい。稲田ほどには感激はしなかったものの、退屈もしなかった。

辰見をちらりと見る。腰に負担がかかるからといって当務中も拳銃を身につけないのだからマニアにはほど遠いだろう。

SATにも案外ガンマニアが多かった。拳銃好きがこうじて警察官となり、さらにSATの隊員になれば、特殊銃も撃てる。警察では、ライフルであれ、短機関銃であれ、拳銃以外は一括《ひとくく》りに特殊銃と呼ばれた。本橋はライフル射撃の訓練を受け、短機関銃へッケラー・ウント・コッホMP5A3も使っていた。MP5A3は今も携行しているP226と同じ九ミリパラベラム弾を使用するが、同じ銃弾でも銃身が長い分弾速は増大し、三点射――連射といっても映画やドラマのようにトリガーを引きっぱなしにするわけではなく、連続して三発ずつ撃つだけだ――すれば威力が増す。MP5A3には、セレクターでバーストモードが選択できるようになっているが、本橋だけでなく、たいていのSAT隊員はフルオートに入れっぱなしにして単発、バースト、弾倉にあるかぎりの弾丸を撃ち尽くす連射を引き金にかけた人差し指だけで使い分けた。

MP5A3とP226があれば、たいていの敵は制圧する自信がある。

キングタイガーならぬタイガーキングが奇声を発し、躰を反転させると本橋に背を向けた。ひっそりと失笑してしまう。背中にも縞模様が入っている。本人は虎を模しているつもりかも知れないが、貧弱な躰に黒い縞模様というだけでは寒々しい。

手に何も持たず、全裸の貧相な男を十数人の警官が囲んでいる。さすがに警棒すら抜いていない。人数で圧倒するのは受傷しないためでもあるが、一斉に取り押さえることでマルヒに怪我を負わせないためでもある。とくに昨今はスマートホンで動画撮影し、インターネット上にアップロードする輩《やから》が多く、警察、とくに上層部には頭の痛い事象ではあった。

タイガーキングと向かいあう中にひときわ背の高い警官がいるのに気がついた。

「あれ、午前中に会った六区ＰＢの若者じゃないですか」

「そう、粟野だ。ここらじゃ、公園六区が真っ先に駆りだされるだろう。警察学校の術科を生かすシーンだな」

粟野の目はタイガーキングに据えられている。卒業配置なら重度の覚醒剤中毒者が暴れている現場に来るのは初めてかも知れない。本橋の位置からでも粟野の顔が引き攣《つ》っているのがよくわかったし、当然のことながら本橋と辰見には気づいていない。周囲の状況を見てとれるようになるまでには、それなりに場数を踏まなくてはならないのだ。

タイガーキングがまたしてもぐるりと囲む警官たちを睨めまわしたかと思うと叫びだした。

「何も知らない愚か者どもよ」

毛のない股ぐら晒《さら》して、愚か者って——本橋はまた失笑させられた——どっちが？

タイガーキングがつづける。

「間もなく、だ。間もなく、この地に暗黒大王が降臨される。お前たちは暗黒大王の恐ろしさを知らない。大王が降臨すれば、すぐにも大殺戮《だいさつりく》が始まるであろう」

覚醒剤の副作用の中でもっともポピュラーなのが妄想《もうそう》だ。誇大妄想であり、被害妄想である。警備部時代に覚醒剤中毒者と相対したことはなかったが、機捜に来て一年半の間に何人も見た。警官に追われているとか、ヤクザ者であれば敵対する勢力が放った殺し屋に狙われているといったものが多い。機捜では犯人を確保すれば、所轄署に身柄を引き渡してしまうことが多いのでじっくり話し合ったことはなかった。幸いだと思っている。

「いいか」腕を伸ばし、警官たちを指さしながらタイガーキングが声を張りあげる。「思い知るがいい。間もなく、だ。間もなく暗黒大王が降臨する」

「ノストラダムスかっての」

片倉が吐きすてる。力弥は片倉をのぞきこんだ。

「何ですか、それ」

「知らない？　一時はすげえブームになったんだけどな。一九九九年七の月、宇宙から暗闇《くらやみ》の大魔王が降りてきて、人類は滅亡するといわれたんだよ」

「一九九九年ですか。それ、自分が生まれた年ですよ」

片倉が力弥を見上げ、ふうと息を吐いた。

直後、背を向けていたタイガーキングがいきなりふり返り、躰を低くしてアスファルトを蹴って力弥に向かって突進してきた。

その瞬間からすべてがスローモーションで再生されているように見えた。

「てぇめぇぇぇ」

タイガーキングが発する怒号が間延びして聞こえ、唇の端に白い泡《あわ》が溜《た》まっているのがはっきりわかった。

「あぁわぁのぉ」

またしても間延びした声が今度は右から聞こえた。片倉の声のような気がしたが、目をやる余裕はない。

躰が硬直していた。その上、アスファルトを蹴《け》った際、タイガーキングの股間にぶら下がっているものが跳ねあがり、腹を打つ先端に目が釘付《くぎづ》けになってしまったのだ。

タイガーキングが跳び、両腕を力弥に向かって伸ばしてくる。指先が襟元にかかろうとしたとき、右から衝撃が来て転んでしまった。

周囲でいっせいに怒号が飛びかい、力弥は目をぱちくりさせた。

タイガーキングは自ら跳んだのではなかった。力弥に手を伸ばした刹那《せつな》、タイガーキングの後ろにいた警官が突き飛ばしたのだ。自分の足に覆いかぶさってくる虎模様の男を見ながら道場における逮捕術の講義を思いだしていた。

『マルヒが逃げようとした場合、絶対にしてはならないことがある』

柔道着姿の教官が生徒たちを見まわしていった。

『マルヒの肩や腕をつかんで引き戻すことだ。これは絶対にダメだ。相手が凶器を持っていた場合、振り向きざまに逆襲を食らう恐れがある。いいか、そのときは後ろから突き飛ばすんだ。相手はつんのめって、そのまま前に倒れる』

右肘をついて上体を起こそうとしている力弥の足の上にタイガーキングが乗り、さらに三人の警官がその上に覆いかぶさった。

タイガーキングの右腕を取り、関節を決めた片倉と目が合う。

「怪我、ないか」

唾《つば》を嚥《の》みこみ、ようやく声を圧しだした。

「はい。大丈夫です」

周囲の音はいつの間にか元に戻っている。

それからタイガーキングは五人がかりで力弥から引きはがされ、改めてアスファルトに押しつけられた。

「暗黒大王が来る。暗黒大王が来る」

唇の端から大量の泡を吹きながらタイガーキングはなおも叫びつづけていた。

「痛っ」

洗面台の前に立った力弥は右肘にできた擦り傷に触れ、思わず声を漏らし、顔を歪《ゆが》めた。

午後、タイガーキングこと前田寅王確保の際、片倉に突き飛ばされて転び、右肘、右膝をすりむいていた。もし、片倉が突き飛ばしてくれなければ、前田につかみかかられていたはずで、もっと大きな怪我をしていたに違いない。

前田を取り押さえたとき、片倉に怪我はないかと訊かれた。大丈夫ですと答えたことに嘘はない。まるで痛みを感じなかったからだ。擦り傷に気がついたのは、日勤を終え、いったん浅草警察署に戻って夕方の業務をすませ、寮に戻ったあとだ。寮は浅草署から徒歩二分のところにある。

自室で制服から運動着に着替えたときには気づかず、自室でいつも通り日誌を書いて食堂で夕食を済ませたあと、浴場まで来て運動着を脱いだときにようやく痛みに気がついた。何とも間の抜けた話だ。

トランクス一枚の恰好で洗面台の前に立ち、まずは右肘を鏡に映した。傷は幅二センチ、長さが五センチほどあった。小豆色の瘡蓋《かさぶた》になっている。右膝《みぎひざ》は丸く、こちらも二センチほどの大きさだ。

「名誉の負傷だ」

わざと声に出し、トランクスを脱いでタオルと風呂道具を入れたプラスチックの桶《おけ》を手にすると浴室の扉を開けた。

傷を見たとたん、躰を低くして迫ってくる前田の姿が脳裏に浮かんだ。それだけでなく、突然の出来事に反応できず硬直して棒立ちになってしまったことを思いだした。前田は素手で裸だった。凶器を持っていないことはわかっていた。

それでも力弥はまぎれもなく恐怖を感じ、身動きできなくなったのだ。名誉の負傷と自分にいい聞かせたのは、ぶり返した恐怖を何とかふり払おうとしたからにほかならない。熱いシャワーを浴びながら躰の芯《しん》が凍りつきそうに感じていたし、膝が震えだしそうになるのをこらえていた。

目をつぶり、顔にシャワーをあてて口の中でつぶやく。

「チクショウ」

スーパーコクマで牛頭が万引きをした若い女を事務所に連れていくのを見て、思わず警察に通報してから五日が経っていた。聖也は浅草寺の境内を歩いていた。その後、牛頭がどうなったのか気にはなっていたが、コクマをのぞいてみる度胸はなかった。

ふたたび浅草にやって来たのは、粟野らしき若い警官が気になっていたからだ。あのとき、警官は聖也を見て、びっくりしたような顔をしていた。通報して十分もしないうちにポリチャリで駆けつけたということは最寄りの交番にいるかも知れないと思った。浅草寺周辺の交番といえば、雷門《かみなりもん》のわきと公園六区に一つずつある。コクマからの距離を考えると六区にある交番の方がはるかに近い。わかってはいたが、交番を訪ねるわけにもいかず浅草寺まで来てしまった。

本堂を眺めながら歩いていたとき、目の前に赤いものが立ちふさがり、思わず足を止めた。

聖也はぽかんと口を開けてしまった。

あのとき、牛頭に連れていかれそうになっていた若い女が目の前に立ち、聖也をのぞきこんでいる。

にやりとして女がいった。

「あんた、セーヤ?」

第二章　十九歳の座標

1

どっくん、どっくん、どっくん……。

まわりが急に静かになり、聞こえてくるのは心臓の音だけになった。ちょっと首をかしげ、聖也の目をのぞきこんでいる女を見返していた。

女の唇が動いた。

「このあと、何か用がある?」

「いや、別に」

「じゃ、つきあって」

心臓の鼓動が速くなる。

どっく、どっく、どっく、どっく……。

「いい?」

「いいけど」

女がくるりと反転して歩きだした。どこへ行くのかいわない。ついていくしかなかった。

どうしておれの名前を知ってるのか……。

訊こう、訊かなきゃと思ったが、声が出ない。ひたすら女の後ろ姿に目を凝《こ》らしていた。暗い赤色の革ジャケットを着て、ビンテージ物らしいジーンズに派手なスニーカーを履いている。どうしても左右に揺れる丸い尻に目が吸い寄せられてしまう。目を伏せ、偽《にせ》MA－1のポケットに手を突っこんだ。

五重塔のわきを抜けたところで婆ぁの自転車が追いこしていく。すれすれだった。小さく舌打ちする。赤い門をくぐり、コンビニエンスストアや土産物屋が並ぶ通りを歩く。多くの人が行き交っているが、右からも左からも聞こえてくるのは早口で甲高い中国語か、ほかの国のわけがわからない言葉ばかりだ。

勇気を振り絞って声をかけた。

「どこ、行くの？」

「いいとこ」

女は振り向きもしないで答えた。

また赤い門をくぐった。右側のビルに〈まるごとにっぽん〉と書かれている。どういう意味か。北海道から帰ってきて、浅草寺の近くを歩くのは初めてだ。

いつできたのかな、とまるごとにっぽんビルを見上げて思った。

左に演芸ホール、街灯には六区花道という看板が取りつけられている。女のきびきびした足取りは変わらない。

しばらく歩いていて、何となく右に目をやった聖也の心臓がまたしても跳ねた。交番がある。すっかり忘れていた。コクマに一番近い交番は演芸場なんかが並んでいる通りの先にあったのだ。

見るなと自分にいい聞かせたが、遅かった。目が吸い寄せられてしまう。外国人の応対をしている警官は小太りで、少なくとも力弥には見えなかった。それにコクマの裏で見かけたのが力弥と決まったわけでもない。

国際通りにぶつかって、赤信号で女が足を止めた。並んだ聖也は手のひらをジーンズの尻にこすりつけ、おずおずと訊《たず》ねた。

「どうして……、おれの名前、知ってるんですか」

女は若そうだが、聖也より背が高い。気圧《けお》され、つい敬語になってしまった。

「ですかって、馬鹿みたいにていねいにいってるけど、あたしをいくつだと思ってるの？」

女がぐっと顔を近づけてきた。十センチくらい背が高いので少しかがんだようになる。お互いの鼻先が三センチくらいにまで近づき、また心臓がどきどきしてきて、胸の底の方が甘酸っぱく締めつけられるような心地がする。

女がいった。

「同い年くらいじゃね？　あんた、いくつ？」

「十九」

女が大きく目を見開いた瞬間、どこまでも透きとおった茶色の丸い瞳に太陽の光がさっと射した。瞳の下の方に光が溜まり、金色に輝く。

きれいだなぁ……。

女が牛頭に腕をとられ、事務所に連れていかれそうになったあのとき、ぴかぴか光っている女の瞳に目が吸い寄せられてしまった。それで絶対に牛頭にイタズラさせたくないと思い、夢中で警察に電話をかけた。

女が聖也をまっすぐ見つめたまま、少し首をかしげる。瞳の底に溜まっている金色の光が動いた。

「あたし、十三だよ」

今度は聖也が目を剝《む》き、そのまま女の頭の天辺から靴まで見る。

少し赤みがかった、さらさらした長いストレートヘア、小顔、細い首、真っ黄色のトレーナーに革ジャケット、左肩に帆布のトートバッグ、ジーパン、蛍光《けいこう》グリーンとオレンジのスニーカー……。

つまりかかとの低い靴を履いて、十センチも背が高く、だけど年だけは六つも下だ。

「信じらんない」

そうつぶやいた女の息はブルーベリーの甘い匂《にお》いがした。グミだとわかった。そこだけ十三歳だ。

「でさ」女がつづける。「お巡りが来たの、知ってるよね？」

聖也は何もいえずただうなずいた。

「そのときにね、鈴木って人から通報があったっていったのよ」

思いだした。

立ちくらみがした。

一一〇番につながって、万引きがあったと告げ、コクマの名前と住所を教えたあと、さらに電話はつづいた。

そのとき聖也は焦《あせ》っていた。連れこまれた女がどうなってしまうか心配だったが、それ以上に今にも事務所のドアが開いて牛頭が顔を出しそうな気がしてしようがなかったからだ。前に聖也はコクマでアルバイトをしていたが、今は店とはまったく関係がない。それなのにバックヤードに入りこんで勝手に電話を使っている。

『万引き事件ですね。了解しました』

女の声はきびきびしていたが、それでも聖也は焦《じ》れに焦れ、泣きそうになっていた。

さっさとしろよぉ……。

『今、電話されているのはお店の方ですか』

『そうです』

『お名前は？』

思わず鈴木と答えてしまった気がする。いや、コクマに来たお巡りが鈴木と名前を出している以上、答えてしまったのは間違いない。

「そうしたら、あのジジィがうちに鈴木なんていねえし、万引きなんてねえっていいだしたから、あたし、ブラウスのボタンはずして、ばっと広げて叫んだんだ。ごめんなさいって」

「どうして、そんなことしたの？」

女の目が細くなり、狡《ずる》そうな顔になった。それでもまぶたの間から見えている瞳はきらきらしている。

「あのジジィ、スケベで有名でしょ。万引き女をつかまえて、事務所でやっちゃうって、十三の女がいうことかよ。

だが、聖也の思いなど気にする様子もなく、ぱっと笑顔に戻って女がいう。

「セーヤはあたしを助けてくれた。でしょ？」

「えっ？　あ……、いや……、助けとか……、そんなことは……」

「助けてくれた。それは間違いない。あたし、警察を呼んだのがセーヤだってすぐにわかったよ。ほら、あのジジィに腕をつかまれて、事務所に連れこまれそうになったとき、あたしたち、目が合ったじゃない？　いろいろわけがあって今はきれいな躰でいなきゃならないんだ」

十三できれいな躰って何だよと思いつつ、もっとも気になることがあった。

「さっきから聖也、聖也っていってるけど、おれの下の名前、警察が知ってるわけないよ」

通報したときには鈴木としかいっていない。

女が躰を起こした。息の匂いが離れていくのが惜しかった。

「歳とった方のお巡りが無線で何かごそごそやってるときにジジィがちっちゃい声でセーヤかなっていってたんだ」

ヤバイよ、ヤバイよ――聖也は目の前が真っ暗になり地面が消えてしまったように感じた。

牛頭に気づかれたとしたら……。

しかし、女はあっけらかんと言葉を継いだ。

「ジジィのそばには若い方のでっかいお巡りがいたんだけど、セーヤっていったのに全然気づかなくてね」

力弥の間抜けめ――粟野力弥だと決まったわけでもないのに聖也は腹の底で罵った
――ちゃんと周り見てろよ、お巡りだろっての。

C'mon, baby アメリカ
ドリームの見方を Inspired
C'mon, baby アメリカ
交差するルーツ、タイムズスクエア

「この歌、好きなの？」

部屋には大音量でカラオケがかかっているので聖也は大声を出さなくてはならなかった。女は面倒くさそうな顔をして訊きかえした。

「何？」

聖也は身を乗りだし、思い切って女の耳元に口を近づけ、同じことを訊いた。女が顔を上げ、しばらく曲を聴いていたが、首を振った。

「知らない」

「知らないって何だよ。自分で選んだんだろ」

「流行《はや》ってるベスト20ってのを全部入れただけ。カラオケ、もともと好きじゃないし」

古いカラオケボックスの一室に聖也は女と二人きりだった。部屋は四人から六人用で、てかてか光るオレンジのビニールを張った長椅子《ながいす》が二つ、白いテーブルを挟んで向かい合わせに置いてあり、壁際に通信カラオケの機械があった。部屋に入るなり女が部屋の照明を落とし、リモコンを使って選曲し、ボリュームを最大に上げた。だが、マイクを持とうともしなかったし、テレビ画面も見ていなかった。

聖也には入口のそばに座るようにいい、自分は聖也と並んだ奥に座った。ガラスを入れたドアからは見えにくい位置になる。

テーブルにはウーロン茶が二つ、スナック菓子を盛ったバスケット、もう一つバスケットがあってそこにはマイクが二本入っていた。カラオケのリモコンと合わせ、すべてテーブルの端に寄せてあった。

カラオケボックスは女と出会った浅草寺本堂の前から歩いて十分ほどのところにあった。国際通りを横断したときには、コクマに近くなると思って、またドキドキしたが、女が左——コクマから遠ざかる方向に向かったのでほっとした。

連れてこられたのが古いカラオケボックスだったので聖也はあわてた。ジーパンのポケットに突っこんである西陣織の小銭入れには三十円しか入っていない。うつむいて金がないというと女が鼻を鳴らし、先に立って店に入った。トートバッグから黄色の細長い革財布を取りだし、料金を払った。ちらりと見ただけだが、紙幣がぎっしり詰まっていた。女が無造作に取りだしたのは、一万円札だ。

金を払う女の肩越しに見ていて思わずにいられなかった。

本当に十三歳？

どうしてそんな大金を持っているのか訊こうとはしなかった。あれこれ質問して、女がぷいと行ってしまうのが怖かったからだ。もう少しいっしょにいたかった。だが、黙ってもいられなかった。そわそわ落ちつかず喋《しゃべ》らずにいるのも怖かったからだ。

「ここ、よく来るの？」

「あたしは二回目。友達がよく使ってる。古いボックスだから……」

あとが聞きとれなかった。

「何だって？」

「防犯カメラっていったんだよ。店が古いから面倒っちい防犯カメラがついてない。知ってる？　どこのカラオケボックスでも廊下にも部屋の中にも防犯カメラがついてるんだよ」

「どうして？」

「金のないガキどもがラブホ代わりに使うんだ」女がにんまりする。「あたしの友達はここで売春してるんだけどね。十分もあれば、二万や三万、すぐに稼げる。面倒くさくないっしょ」

聖也はため息を嚥《の》みこみ、出入口に目をやった。ドアには大きなガラスが入っていて、廊下から丸見えだ。それでも女が選んだ部屋は廊下の突き当たりにあるので飲み物なんかを注文して従業員が運んでくる以外、人が前を通ることはない。

廊下をうかがう聖也を見て、女が笑った。

「何、ビビってんの?」

「いや……」

反射的に言い返し、向きなおったもののテーブルに女が並べているものを見て言葉に詰まってしまった。

テーブルにはピンク色の小さなポーチ――とぼけた顔の熊のイラストが入っていた――が置いてあり、すでに開いてあった。わきにレの字に曲がったガラス製のパイプが並び、女が最後に小さなビニール袋を取りだし、目の前にかざしてみせる。中には白い粉が入っていた。

「ジャン」

「何?」

答えは想像がついたので、声は弱々しく、かすれてしまった。

「エス」

覚醒剤だ。

聖也はうなだれるようにうなずいた。

「そう、おれ、ビビりだ」

レの字のガラスパイプは底の部分が丸くなっている。女はビニールの小袋の端を糸切り歯で噛《か》んで破り、中味をパイプの底に入れる。空になった小袋は無造作に丸めてポーチに突っこんだ。

「あの……」

「何、聞こえないよ」女が眉をぎゅっと寄せた。「こっち、来て」

そういって女がソファの上で尻をずらす。聖也は移った。ついでにソファの前の方に尻を引っかけ、テーブルに左肘を載せて女の手元が廊下から見えないようにした。

横目でちらりと見た女が頬笑む。

「このタイミングでいうのもアレなんだけどさ、まだ、名前聞いてないよね」

「しおん、詩に遠い」

詩遠がさっと聖也に顔を向けた。またしても二人の鼻先が三センチくらいにまで近づき、胸の底がきゅっとすぼまった。

「で、あんたはスズキセーヤ」

「せ、い、やだよ」一音ずつ区切っていった。「聖人の聖に十円也の也」

「ナリ?」

詩遠が首をかしげたのでテーブルに人差し指で也と書いてみせた。

「見たことあるかも」

素っ気なくうなずいた詩遠がパイプの吸い口をくわえ、ライターに火を点け、丸くなった部分から伸びているもう一方の管に近づけた。詩遠が頰をへこませるとライターの炎が曲がって吸いこまれた。

唇を嘗《な》め、聖也は声を圧しだした。

「さっき十三だっていってたよね」

だが、詩遠は答えようとせず、息を止めたまま、首を振った。やがて大きく息を吐き、聖也に向きなおって答えた。

「十三だよ」

「中学生だろ。学校は？」

「うぜ」

詩遠が顔をしかめたのでふいに心配になる。しかし、すぐに笑顔に戻った。

「学校なんか行ってないよ」

「どうして？」

「スリランカ人だから」

あっさりといい、詩遠がパイプを差しだしてくる。聖也はおずおずといった。

「それ、シャブ、だろ？」

「極上のユキネタ」詩遠の目が金色になり、きらきらしていた。「はい、お礼。この間は助けてくれて、アリガト」

廊下から差しこむ弱々しい光を受け、詩遠が親指で押さえている吸い口がぬらぬら濡れているのがわかった。

詩遠の唾……。

聖也は手を伸ばしながら胸の内でつぶやいた。

おれ、たぶんヘンタイだ。

2

古びた薬局の前を通りすぎ、二軒おいた先で本橋はハンドルを左に切る。狭い通りに捜査車輛をねじこんだ。左右の家屋にはカーテン越しの灯《あか》りが見えた。

時速二十キロ以下でそろそろと進んだ。左にシャッターを下ろした倉庫、向かいのアパートは暗く、まるで人の気配がない。分駐所のある日本堤交番から西へ数百メートル来ただけなのにぽつぽつと空き家が目についた。

「まだ、いるな」

助手席で辰見が低くいう。

すぐ先の左に空き地があった。住宅かアパートを取り壊した跡地がそのままになっている。そこに黒い軽自動車が停められていた。ゆっくり近づくうちに運転席に小さな炎が見えた。タバコに火を点けているようだ。

三十分前に通りかかったときにも同じ車が停まっていた。後部スライドドアに柱が内蔵され、開口部の広い点がセールスポイントだ。幼稚園児くらいの子供が傘を差したまま乗り降りする演出でゆったりした開口部をアピールするテレビコマーシャルを見たときには車の中がぐちゃぐちゃになるだろうと思った。

辰見がシートベルトを外し、躰を起こす。

「職質、行こう」

「了解」

軽自動車の真後ろに寄せて捜査車輛を止め、ハザードランプを点ける。辰見が降り、ミラーで後方を確認してから本橋もつづいた。捜査車輛の後ろを回りこみ、左後ろから軽自動車を眺めた本橋は左眉を上げた。またしても運転席にライターの火が見えたからだ。

タバコに火が点かなかったのか、それとも火が点きにくい葉巻でも喫《す》ってるのか……。

運転席のわきに立った辰見が窓ガラスを拳で軽く叩く。

「すみません。警察です」

その間に本橋は助手席側から運転席をのぞきこんだ。車のエンジンはかかっていない。手にしたライターが点いたままなので運転者のシルエットがぼんやり浮かぶ。髪の長い女のようだ。ライターが消え、運転席側の窓が下がった。

「はい」

語尾が上がった女の声は不機嫌そうだ。辰見が天井に手をあて、顔を下げ、真正面から女の顔を見る。

「先ほどからこちらに停められているようですが、何かトラブルですか」

本橋は車の中を観察していた。街灯の光が後部ガラスから射し、衣類やコンビニエンスストアの袋、空のペットボトルなどが散らかっている車内の様子がわかる。

「いえ、別に。ここに車停めてちゃいけないんですか」

「ええ。私有地ですからね。あなたが地主さんなら別ですが。地主さんですか」

「いえ」女の声がくぐもる。「そうじゃありませんけど」

助手席には黒っぽいバッグが置いてあった。平べったいショルダーバッグのようだが、車内が暗いので色、柄はよくわからない。

そのとき、女がくわえていたタバコを取り、灰皿に押しつけた。まだ長かった。灰皿には二口、三口しか喫っていないようなタバコの吸い殻が折れ曲がり、押しこまれている。タバコを喫わない本橋は一箱いくらするのか知らなかったが、決して安くはないだろう。ボディのつやが失われ、車内が散らかっている軽自動車に乗っていて金持ちには見えない。

辰見がつづける。

「免許証を拝見できますか」

「どうして見せなきゃいけないんですか」

「他人の土地に勝手に車を停めていれば……、まあ、いろいろうまくない」

女が舌打ちするのが聞こえた。辰見が気にする様子はない。助手席のバッグに手を伸ばそうと上体をひねった女が初めて本橋に気づいてぎょっとしたような顔になる。頬がこけ、顎が尖《とが》っていた。パーマをかけてちりちりにした髪が左右に広がっていた。

本橋は表情を変えずに女を見返していた。女がバッグに手を入れ、財布を取りだす。少なくとも取りだそうとしたのは財布だけだろう。だが、車の中と同様バッグの中も乱雑になっていたようでほかのものも飛びだす。

女が二つ折りの財布を開き、運転免許証を取りだして辰見の鼻先につきつけようとした。そのときすでに辰見は窓枠に両肘を置き、車内に顔を突っこんでいる。女が差しだした免許証をあっさりと無視し、助手席に広がったものを見ていた。

「ほら」女が辰見の鼻先で免許証を揺らす。「免許、これでいいでしょ」

辰見が免許をつまみ上げ、本橋に向かって振った。軽自動車の後部を回りこんで辰見のわきに行く。顔を寄せてきた辰見が低声でいう。

「老眼がひどくてね」

うなずいた本橋は免許証を受けとり、辰見と女に背を向けた。街灯の光を受けるためだ。女の名前は桜井《さくらい》美玲《みれい》。先ほど見た女の顔を思いだし、完全に名前負けしてるなとちらりと思う。生年月日は昭和五十七年九月二十五日となっているので三十六歳になる。年齢よりはるかに老けて見えた。現住所は江戸川区春江町《はるえちょう》となっていた。

一応、照会かけるかと思いながらふり返ると辰見が運転席の窓に手をつき、中をのぞきこんでいた。

「それ、注射器かな」

「そう」桜井は悪びれたところもなく、答えた。「亭主が糖尿病で、私は昔看護師をしてたからインシュリンを打つのに使ってるの」

糖尿病患者がインシュリンを打つのに注射器をバッグに入れていることはある。また、所持品中に注射器を見つけられた覚醒剤中毒者も糖尿病を理由にする。

「旦那は悪いのかい」

「結構、悪いわね」

「奥さんとしちゃ大変だな。ところでちょっと車の外に出てもらえるかな」

「どうしてよ」

「車の中を見せてもらえるかな。ついでにバッグの中味も」

「どうしてそんなことしなきゃならないのよ」

「何か見られてまずいものでもある?」

「あるわけないでしょ」

「それじゃ、見せてもらってもかまわないね?」

「いやよ」桜井が頑強に言い張る。「警察に見せる理由なんかないもの。任意でしょ?」

間違いない。桜井は過去に警察と関わっている。本橋は運転席に近づき、辰見のわきに立つと桜井を見下ろした。目を上げているせいだろう。白目の部分が大きく、瞳がぽつんと小さい。

顔が黄色っぽく、みょうにでこぼこしていた。


その後、桜井が意外なほどあっさり車内検索に応じた。

応援を要請するとすぐに浅草警察署からパトカーがやって来て、本橋は臨場した警官二人と三人がかりで調べたが、バッグから飛びだした新品の注射器以外これといって怪しいブツは見つからなかった。それでも空き地とはいえ、無断で他人の土地に車を乗りいれていた以上不法侵入の疑いはあり、任意同行を求めることになった。

本橋と辰見はパトカーにつづいて浅草署までやって来た。生活安全課銃器薬物対策係に桜井を引き渡したあと、刑事、生活安全両課の大部屋がある二階廊下でスマートホンで班長の稲田に連絡を入れ、経緯を報告した。

「へえ」電話口で稲田が感心したようにいう。「尿検も素直にやるんだ。意外ね」

「あっさりでしたね。辰見部長の狙いは最初っからシャブだったようですが」

被疑者から採取した尿を検査して覚醒剤反応が出れば、とりあえず使用は証明できる。覚醒剤取締法では製造はもとより所持、使用、販売のいずれも罪となる。だが、桜井の所持品からは注射器以外見つかっていない。覚醒剤そのものがなくとも空のパケか使用済みの注射器でもあれば、話は違ってきたのだが……。

「ところが女が変に自信満々でしてね」

本橋は率直な感想を口にした。辰見が尿の検査を申し出るとすんなり受けいれただけでなく、むしろ進んで検査してもらおうじゃないかという印象があった。そこが今ひとつ解せなかった。

「今、尿検の結果待ちなのね？」

「そうです」

「辰見部長もそこに？」

「深呼吸しに行ってます」

本橋の答えに稲田が低く笑う。タバコを喫うことを深呼吸と称するのは辰見特有の言い回しなのだ。

「ＯＫ、こっちはとりたてて急ぐ事案は発生してない。のんびりした夜ね。尿検の結果を聞いたら分駐所に戻って。何かあれば、連絡する」

「了解しました」

スマートホンを切って、フィールドジャケットの下に着こんでいる防刃ベストの胸ポケットに戻した本橋は廊下の端に向かって歩きだした。トイレ、更衣室の先に衝立《ついたて》が立っている。突き当たりにはスチールドアがあり、その上に非常口と書かれた緑色のランプが灯《とも》っていた。

衝立を回りこむとガラス張りの一角があった。広さはせいぜい二畳ほどでしかなく天井に排気口が設けられていた。スタンド式の灰皿が二つ、辰見はくたびれたスーツを着た中年の男と向かいあっていた。衝立は大部屋からの目隠しになっている。中に入ろうとはせず、ガラス越しに辰見たちを見ていた。ガラスで仕切られた喫煙所はガス室に等しく、タバコを喫わない本橋ならものの一分で頭の芯がきりきり痛んでくる。

辰見がタバコを灰皿に押しあてて消し、もう一人の男といっしょに出てきた。

「ガス室並みだ。高額納税者だってのにひでえ扱いをしやがる」

辰見がぼやく。

「やめりゃいいじゃないですか」

「かれこれ半世紀になる。なかなか抜けだせない」

半世紀前なら辰見も未成年だろうが、とっくに時効だ。辰見が傍《かたわ》らの男をふり返った。

「本橋部長、相勤者だ」

次いで本橋に顔を向ける。

「こちらは薬物対策の木戸《きど》係長」

本橋と木戸は互いに小さく頭を下げた。辰見が言葉を継ぐ。

「今、前田の一件を聞いてたんだ、この間の……」

前田寅王――タイガーキングは前回の当務中に遭遇した重度のシャブ中だ。本橋はどちらにともなく訊ねた。

「まだここに？」

木戸が答える。

「いったんは連行したが、あまりにひどくてね。即刻病院に送ったよ」

木戸がちらりと辰見に目をやり、辰見がうなずき返す。ふたたび本橋に目を向け、つづけた。

「実はちょっと気になることがあってね。確保される寸前あいつが暗黒大王とわめいていたのを憶えているかな」

「ええ、そんなことをいってましたね。それが何か……」

「まだ確実じゃないんだが、うちらの管轄に関西方面から大物の売人が入ったって話があってね。知っての通り浅草には年間五千万人の観光客が来て、そのうち十六パーセントが外国からの客、インバウンドって奴だ。その大物ってのが外国人相手に商売してるらしい。日本人じゃないという情報もある。これも確実じゃない。そいつのあだ名が……」

「暗黒大王？」

訊き返した本橋に木戸がちらりと苦笑する。

「皇帝《カイザー》って呼ばれてるらしい。実はこのところ管内のシャブ事案が増加してる。目立つってほどでもないが、気にはなる。どうも末端価格が下がってるらしい」

「どういうことですか」

「新規業者が進出するときの常套《じょうとう》手段だ。低価格でブツを供給して競争相手を排除する。商売の基本だな。それにインバウンド。昔は外人といえば、売人の側だった。それがこの頃じゃ顧客になってる。旅行気分で浮かれてる連中が違法薬物に手を出すのは日本にかぎったことじゃない。日本人もオランダに行けば、マリファナをやってくるだろ。あの国じゃ、喫う分には合法だから」

またえらいところにインバウンドがからんできたもんだなと本橋は思った。日本の好景気の何割かはインバウンドに支えられているとも聞く。売人から顧客への変貌《へんぼう》も好景気につながっているのかも知れない。

ふと思いだして本橋はいった。

「この間、前田は暗黒大王が降りてくるといってましたが、とっくに降りてきているわけですか」

「わからんね」木戸が首を振る。「今のところ確証はつかめてない。兆候が見られるというレベルでね」

それじゃ、といって木戸が大部屋に向かったあと、本橋は辰見にいった。

「班長に電話しました。桜井の尿検の結果が出てから分駐所に戻ればいいそうです。今夜は静かだそうで」

「嵐の前の何とやらかね」

ちらりと笑みを浮かべる辰見にさらに訊ねた。

「ところで、どうして桜井に目をつけたんですか」

「まずはあんなところに車を停めて、三十分以上も動いてなかったろ」

「その点は自分もおかしいなとは思いました」

「次はタバコだ。最初に通りかかったとき、おれたちは後ろをゆっくりと通りぬけたけど、その間に三回ライターが点くが見えた。シャブ中の特徴の一つなんだよ。とにかくタバコに火を点けて、二口、三口喫っては消して、また火を点ける」

「チェーンスモーカーとは違うんですか」

「違う」辰見がきっぱりという。「スモーカーならきっちりタバコを喫う。どの吸い殻もだいたい同じ長さなんだ。三分の一残す奴、半分残す奴、フィルターギリギリまで……、これはおれだけどな。あの車の灰皿を見たとき、吸い殻があふれてて、しかも長さはばらばら……、ほとんど喫ってないのも多かった。おれみたいな貧乏性には信じられん。タバコも安くない」

「どうしてそんな吸い方になるんですかね」

「シャブ中が欲しいのはシャブだけだ。一回打てば、次の一回が欲しくなる。それしか考えられなくなる。車内を検索したときにパケは見つからなかった。おそらくもう食っちまったんだろう。それでいらついて、タバコに火を点けては消して、また火を点けてた。あとは顔だ」

「顔?」

「シャブ顔といってな、常習者は痩せているだけでなく、顔色が悪いし、吹き出物が多い。肝臓をやられて黄疸《おうだん》が出てる奴もいる。あの女、顔が黄色かったろ。それに吹き出物ででこぼこしてた。どっちも混ぜ物のせいだ。不純物たっぷりの溶液を次から次へと静脈に入れる」

「ぞっとしますね」

そのとき大部屋から怒号が聞こえた。

「嘘いうな。おれの小便からシャブが出るわけがないだろ。でっち上げだ。お前ら、揃《そろ》いも揃って大嘘を吐《つ》いてやがる」

おれとはいっているが、女の声、おそらく桜井だろう。辰見と本橋は大部屋に向かって駆けだした。


おれ、ヘンタイだ——暖かな布団に頭からすっぽりくるまった聖也は目を閉じたまま、胸の内でつぶやいた。

昨夜、詩遠とカラオケボックスに行った。歌いもしない曲をかけっぱなしにして、詩遠がポーチからガラスのパイプとライターを取りだした。それから白い粉の入ったビニールの小袋——パケを聖也に見せた。

ガラスのパイプはレの字をしていて、底が丸くなっていた。まっすぐ上に伸びた吸い口を外し、パケの中味を中に入れた詩遠が吸い口を差しこんだ。吸い口をくわえ、斜めに突きでているガラス管にライターの火をかざす。詩遠の頬がへこむたび、ライターの火が曲がるのを見ていた。

しばらく止めていた息を吐いた詩遠がパイプを差しだす。

『はい、お礼。この間は助けてくれて、アリガト』

ぶっきらぼうなアリガトという言葉が耳に残っている。

聖也は一度もタバコを喫ったことがない。酒はたった一度だけ。コップに三分の一ほどのビールを飲んだだけで心臓がばくばくして息苦しくなり、それからの三十分で三度吐いた。

少年院に送られる前、一度だけ覚醒剤を打ったことがある。ひどい目に遭った。周りにいた誰もが気持ちよくなるといったのに注射したとたん、地面がぐにゃりと曲がって立っていられなくなった。次に地面が回りだした。たまらず吐いた。胃袋が空になるまで吐いたのに吐き気は収まらずめまいが止まらなかった。目をつぶるとめまいはもっとひどくなり、ついには転げまわったものだ。

それでもパイプを受けとった。詩遠の唾で濡れた吸い口に口をつけてみたかったからだ。間接キスになる。

吸い口をくわえ、夢中で吸った。暖かな空気が口の中に流れこんできた瞬間、舌に刺すような苦みが広がった。だが、詩遠が見ている前で吐きだすことも顔をしかめることもしなかった。パイプを詩遠に返した。

『肺に溜めておくんだよ。むせちゃ、ダメ』

口を閉じたまま、うなずいた。

それから何度か自分が吸ったあと、詩遠がふたたびパイプを回してきた。二度目はそれほど苦くなかったし、目が回ることもなかった。

何度目だったろうか、ふいに聖也は自分の手足が伸びていくのを感じた。躰が巨大化していくのだ。

おれは最強だ——何度も怒鳴ったらしい。そのたびに詩遠が笑った。詩遠に笑って欲しくてパイプを吸い、叫んだ。咽がひりひり痛んでもやめなかった。実際、巨大化した聖也は世界中を敵にしても負ける気がしなく……。

「聖也」

階下から呼ぶ曾祖母《ひいばあ》ちゃんの声で思いが途切れた。

「何？」

怒鳴りかえした。

「もうじき昼んなるよ。ご飯、食べちまっておくれ。片付かなくてしようがない」

「わかったよ」

大声で返事をした聖也だったが、声ほどの勢いはなく、のろのろと布団から這《は》いずり出る。カーテン越しに陽が射しているというのに寒かった。

3

何だったんだろう、あれ、あのときの、あの感じ……。

聖也は世界最強の巨人となり、カラオケボックスを突き破り、詩遠も、浅草の街も見下ろしていた。シャブを吸って、肺に溜めこんで、少しすると、あの感じがやって来て、手足がぐんぐん伸びていった。

もう一度味わえたら……、いや、味わいたい……、欲しい……。

渇きが募っていく。

布団から抜けだし、ジーパンを穿《は》いてTシャツの上からグレーのヨットパーカーを羽織った聖也は階段を下り、居間のちゃぶ台の前にあぐらをかいた。スマートホンをかたわらに置く。

パイプの丸い底に落としたシャブはすぐに溶けてしまった。ピンクのポーチをしまった詩遠が代わりにスマートホンを取りだし、LINEしようといわれた。互いにスマートホンを近づけ、振って友達になった。詩遠にしてみれば、どうということはなかったのかも知れない。聖也にとって、女の子と友達になったのはLINEでは初めてだ。いや、女の子と友達になったこと自体、生まれて初めてだ。

友達、友達、友達と何度も胸の内でくり返す。

ディスプレイを上にしたスマートホンをちらちら見てしまう。ひょっとしたら詩遠が何かいってくるかも知れない。そう思うと一瞬でも目を離したくない。

詩遠と別れたのは午前四時頃だ。詩遠がタクシーに乗って行ってしまったあと、聖也は家まで歩いて帰ってきた。途中、何度も詩遠にLINEを入れようと思い、スマートホンを手に取ったが、そのたびに気持ちがくじけ、ポケットに戻すのをくり返した。

家に帰ってきて、布団に入り、枕元にスマートホンを置いた。ようやく眠ったときには部屋の中はぼんやり明るくなっていた。ＬＩＮＥが入れば、音でわかるのに何度も手にとってチェックした。知らないうちに眠りこんで聞き逃したかも知れないと思ったからだ。自分の方から送る勇気は湧かなかった。

「はいよ、お待たせ」

曾祖母が盆を持ってきて、聖也の前にご飯とおつけ、焼いた鮭の切り身を載せた皿を並べる。おつけは味噌汁《みそしる》のことだ。ご飯に付けるからおつけというのかと思うが、訊いたことはない。曾祖母も祖母も母もおつけと呼ぶ。ちゃぶ台の真ん中には大きめの鉢に山盛りになった切り干し大根と刻んだ油揚の煮物、小鉢にたくわんが盛ってある。

両手を合わせた。

「いただきます」

「召し上がれ」

決まり切ったやり取りだが、きちんとやらないと曾祖母の機嫌が悪くなる。箸《はし》を手にした聖也はまず切り干し大根を大量に取り、ご飯に載せた。ご飯とともに切り干し大根を口に入れ、嚙みしめる。甘辛い煮汁が口の中に広がる。

「うまい」

「そうかい」

聖也の言葉に曾祖母が笑顔になる。本当にうまいと感じている。どちらかといえば甘めに炊いた曾祖母の煮物が好きだ。食べ慣れているせいかも知れないが、優しい味がいい。

食卓に並ぶ焼き魚では鮭の切り身が圧倒的に多い。骨がほとんどないからだ。聖也は箸の使い方が下手くそでサンマでもアジの開きでもぐちゃぐちゃにしてしまい、ようやく口に入れても身より骨の方が多いように感じる。おつけの実は細かく切った大根、ニンジン、ゴボウで、しかも大量に入っている。

家は曾祖父のさらにその父親が建てた。曾祖母が嫁に来たのが六十何年か前でそのときにはあったと聞いている。

『この家はね、東京大空襲でも焼けなかったんだ』

曾祖母は何度もいった。

一階には六畳の居間、襖《ふすま》で隔てた四畳半の仏間、三畳の台所に風呂とトイレ、二階には四畳半二間があり、そのうちの一つを聖也が使っている。仏間には小さな仏壇があり、中に曾祖父、祖父の写真が並べてある。曾祖母は毎晩仏壇の前に布団を敷いて寝ていた。

聖也が使っている部屋にベッドはなく、布団を敷いて寝るようになっている。毎晩布団を敷き、翌朝あげるのだが、北海道のセンターからこの家に来て三日目以降、敷きっぱなしになっている。

どうせ今晩また使うじゃん――そう思ったらいちいち押入にしまうのが馬鹿馬鹿しくなった。

誰かが遊びに来るわけでもないし、聖也にしても昼間から夜まで出かけていて帰ってくるなり布団に潜りこんでしまう。テレビはあるにはあったけれど、四角くて、小さくて、古くて映らない。曾祖母は聖也が帰宅する頃には寝ていた。毎晩、九時には布団に入ってしまう。

居間に祖母が現れた。赤い小花を散らしたパジャマの上に紫色のカーディガンを羽織っている。曾祖母が顔を上げた。

「あら、おはよう。今朝は珍しく早いんだね」

柱時計に目をやった祖母――節《せつ》ちゃんが唇を歪める。

「もう十一時じゃない。いつもより三十分早いだけでしょうが」

ぶつぶついいながら聖也の向かい側に座り、大あくびをする。奥歯に被せた銀冠がずらりと並んでいるのが丸見えだ。

母の母だから祖母には違いないのだが、節ちゃんと呼ばないかぎり絶対に返事をしない。曾祖母を家族みんながばあちゃんと呼んでいるせいではある。節ちゃんは家から歩いて五分ほどのところにあるビルでスナックを経営している。結構夜遅くに帰宅しても節ちゃんはまだ帰ってきていないことがある。

店は毎晩午前一時までの営業だが、客がいれば、そして節ちゃんが酔っ払っていれば明け方までも開いている。ようやく帰ってきても締めきった襖越しに通販番組を仕切るアナウンサーの声が聞こえてくる。いつ眠ってるんだろうと思って、そっとのぞいたことがある。テレビを点けっぱなしにして大いびきをかいていた。

曾祖母が台所に立ち、マグカップにいれたコーヒーを持ってきて節ちゃんの前に置いた。

「ありがとう」

コーヒーをひと口すすり、ちゃぶ台の上を眺めた節ちゃんがぼそりという。

「代わり映えしないわね」

母も同じ家に住んでいた。ずっというわけではなく、交際相手ができると家を出た。別れると戻ってきた。聖也が中学二年になるまで住んでいたのは、これまでもっとも長くつづいた男と足立区の東の方にある団地だ。男の家だった。それでも二年に足りない。小学校を卒業したあとまで、団地に住み、そのあと、中学二年の二学期まで今の家、母にしてみれば実家に戻ってきた。だから聖也が退院するときには実家に引き取ると届け出た。しかし、聖也はセンターに入ることにした。それから十ヵ月して戻ってきたのがこの家だ。そのときには母はいなくて、埼玉県の春日部《かすかべ》にいると曾祖母に教えられた。

十九にもなって、今さら母のおっぱいが恋しいこともないので、あ、そうといっただけだ。

またスマートホンに目をやる。

『あたしたち、似たもの同士だね』

詩遠がいった。スリランカ人の父親は詩遠が産まれる寸前、母国に帰った。不法滞在が発覚して強制送還されたらしい。聖也は自分の父親を知らない。赤ん坊の頃から母一人子一人で育ってきた。

おつけを飲みほした聖也はぽつりとつぶやいた。

「おれ、そろそろ働かなくちゃ」

すかさず節ちゃんがいう。

「よしなよ。今は景気悪いんだ。無理して働くことないって。ばあちゃんの年金があるんだからさ」

「そうだよ」曾祖母も加勢する。「食事と屋根の心配がないなんて、今のご時世どんなに幸せだか」

次いで口の中で念仏をつぶやく。

甘やかされるな、おれ――聖也は胸の内でつぶやきつつ両手を合わせた。

「ごちそうさまでした」

しみじみありがたいと思う。

ビニール張りの長椅子に腰を下ろした力弥は手にしたスマートホンをじっと見つめていた。子供の頃から寝付きがよく、卒業配置についてからは連日緊張を強いられるせいか、寮の寝床に入るとほとんど同時に眠りに落ちたのでスマートホンをいじることがなかった。使うのはもっぱら電話でその回数も少ない。メールはほとんどやらなかったし、LINEなどのアプリも入れていない。ごくまれに検索に使うことはあっても仕事で必要なことばかりだった。

今、見つめているのは検索用の窓だ。

五日前、万引きの通報を受けて臨場したスーパーのそばで鈴木聖也らしき男を見かけた。通報はスーパーの従業員で鈴木と名乗ったと聞いていたが、よくある姓だし、警備主任だという男は鈴木なんていないとはっきりいっていた。

聖也ではない可能性もあった。あのとき見かけた男が中学二年生の聖也そのものだったことでかえって信じられなかった。五年以上が経っている。あのときの男は背が低く、痩せていて、本物の中学生だったのかも知れない。

もし、聖也の身長があれ以来伸びてなかったら……。

力弥は高校に進学したあと、急に身長が伸びた。膝が痛くて眠れない夜がつづき、看護師をしている母親に訴えたら成長痛だと教えられた。中学二年のときに比べれば、三十センチ以上伸びた。

聖也が転校していったのは中学二年の冬休みだ。担任教師は引っ越したというだけでそれ以上説明はしなかった。聖也がどこに住んでいたかは知っていた。団地だ。家の中に入ったことはない。学校を休んでいた聖也に連絡用のプリントを届けに行っただけだ。ドアを細く開けた聖也が何度も詫びながらプリントを受けとった。

聖也が転校したあと、一度だけ団地に行ったことがある。もともとドアに取りつけられたネーム入れは空だったので、引っ越したのかどうかはっきりとはわからなかった。

聖也の噂を聞いたのは翌年だ。台東区内の河川敷で中学生によるリンチ殺人事件が起こった。そのときの主犯格が聖也で、唯一被害者を殴《なぐ》ったという噂だ。躰が小さく、それ以上に気が小さい聖也が誰であれ殴ったというのが信じられなかった。しかも被害者は死亡している。満十四歳になっていたので少年院に送られた可能性はある。

噂は無責任だ。聖也らしいというだけではっきりしたことは周囲の誰にもわからなかった。しかし、今なら……。

スマートホンを握る手に力がこもる。本当に聖也がリンチ殺人事件の犯人で少年院に送致されていれば、警察官となった今なら前歴照会は可能だ。だが、そのためには片倉を通じて上司に許可を求めなくてはならない。聖也との関係を問われるのはかまわないが、あのとき見かけたのが聖也だという確証はない。

たとえ聖也だったとしても、それが何だっていうんだ……。

五年前に起こったリンチ殺人事件についてスマートホンで検索しようとしていた。掲示板には時おり少年事件の犯人の名前が記載されていることがある。それでも五年という時間を考えれば、とっくに実名は削除されているだろう。

そして同じ問いに立ち返っていく。

調べてどうするのか。

「お待たせ」

声をかけられ、力弥は顔を上げた。いくぶん頬を上気させた母が立っていた。力弥はスマートホンをワイシャツの胸ポケットに入れた。

そのスマートホンは高校を卒業したとき、記念として母がプレゼントしてくれた。高校に入学したときから家族ぐるみで契約すると割引になるサービスを利用していて、新しいスマートホンになった今も名義は母のままだが、不便を感じたことはない。警察学校に入るとき、一定の書式に従って電話番号、メールアドレスを届け出ている。

月々の使用料は母が自分の携帯電話といっしょにまとめて払ってくれている。その代わり警察学校に入って巡査を拝命して給料をもらうようになってから母には毎月三万円ずつ仕送りをしていた。

「ごめんね、急患が入って、バタバタしちゃった」

母は千束にある大きな病院で師長をしていた。区立なので区の職員でもある。たまたまこの日、力弥と母はどちらも当直明けで、昼ご飯をいっしょに食べようといわれた。母が勤務する病院は寮から歩いて十五分くらいのところにある。それで病院のロビーで待ち合わせということになった。

母が力弥の頭の天辺から爪先までしげしげと眺める。

「堅苦しい恰好をしてるもんね。やっぱり職業柄？」

「今じゃ、この方がすっかり慣れてる」

力弥は濃紺《のうこん》のスーツに銀地にグリーンのストライプが入ったネクタイを締め、革靴を履いていた。慣れているという言葉に嘘はない。正直にいえば、制服とスーツ以外では運動着くらいしか持っていない。入校時に比べ、身長は変わらなかったが、日頃の鍛錬のおかげで脚や肩に筋肉がつき、高校時代の私服がいずれも窮屈になっていた。

焦げ茶のコートを着てショルダーバッグを提《さ》げた母が力弥の腕を取る。

「どこ、行こうか」

「どこでもいいけど、おれ、腹減ったよ」

「えーっ」わざとらしく声を張った母が不満そうにいう。「せっかく力弥と久しぶりにご飯を食べられるんだから何か美味《おい》しいものって楽しみにしてたのに」

「それは次にしてよ。今日はおれがご馳走《ちそう》するから。薄給なんだから高い店はダメだよ」

「それなら近所にお母さんがよく行ってる喫茶店があるからそこでいい？　定食もあるし、ナポリタンとかカレーも美味しいよ」

「そこでいい」

本当にすぐ近くだった。病院の夜間通用口を出て、百メートルほどのところにあった。母が先にドアを押しあける。

中年の女性がにやっとして声をかけてきた。

「いらっしゃい。何、今日は若い男の人連れなの？」

「いやねぇ、そんなんじゃないったら」

にやにやしていた女性の目が大きく見開かれる。

「ひょっとしてこの人がいつも粟野さんが自慢してる警察官になったって息子さん？」

警察官といったとたん、店の中にいた老人客たち数人がいっせいに力弥を見た。カウンターの中にいたマスターまでがぎょっとしたように力弥を見ている。

どんな連中なんだ――胸の内でつぶやきながらも笑みを浮かべ、女性に一礼した。

「力弥といいます」

「いらっしゃいませ」女性はすぐ近くのテーブルを手で示した。「さあ、座って座って。

お母さんにはよく使ってもらってるの」

力弥は母親と向かい合わせに腰を下ろした。


当務が明け、次の班と引き継ぎを済ませたあと、辰見に電話が入った。電話を終えた辰見が本橋にいった。

『午後四時に浅草署の木戸に会うが、来るか』

場所はニシキという店で、分駐所の近くだという。受けることにした。

機捜配属となった当初、本橋は当務明けにはさっさと引きあげるのを常としていた。まっすぐ帰宅していたわけではなく、本庁警備部もしくは第六機動隊本部に行き、各国で頻発しているテロ事件および犯人についてレクチャーを受けていた。それが相勤者が辰見になったときから事情が変わった。

『おじいは最新テクノロジーに弱くてな。すまんね』

今や警察の内部資料はすべてパソコンで書き、警察の内部ネットを通じて提出するようになっている。実際、辰見がノートパソコンに打ちこむ姿を見たが、左右の人差し指でぽつりぽつりとキーボードを叩く始末なのだ。本橋にしてもお世辞にもタイピングがうまいとはいえなかったが、それでも辰見よりはるかにましだ。

相勤者になった初日、頭を抱えていた辰見が作成しようとしていた文書は簡単な捜査状況報告書でＡ４判の用紙に一枚もあれば十分だった。困りはてていた辰見につい助け船を出した。すべては辰見の策略だったのかも知れない。その次の当務から文書作成は本橋の担当にされてしまった。

今日の文書は面倒だった。桜井美玲に着目したところから書き起こし、職務質問をしかけたときに未使用の注射器を発見した。この時点で辰見は他人の土地に無断で車を乗りいれていたことを事由に任意同行を求める。桜井が案外素直に応じたので応援を呼び、車内と持ち物を検査したが、覚醒剤に結びつくものは見つからなかった。浅草署に同行させて尿検を行ったところ、陽性反応が出て……、そこから騒動が大きくなった。

入り組んだ報告書を書いている最中、前後の事実関係を辰見に確認しようとしたが、昼前には分駐所を出ていた。そこから本橋の悪戦苦闘が始まり、報告書を仕上げ、稲田に提出したときには午後三時を回っていた。

ニシキに午後四時と聞いて、何となく錦という名の喫茶店だと思った。スマートホンで検索したが、分駐所の近くにあったのは二式でちゃんこ料理屋だった。たしかに分駐所から歩いて十分もかからないところに店はあった。茶色ののれんに二式とあり、変わった名前だと思いながら引き戸を開けた。

玄関を入ってすぐ右側、靴を入れる棚の上に飛行機の模型が置いてあった。エンジンが四つあって胴体の底が船のようになっている、いわゆる飛行艇で、どういうわけか背後に城の模型があった。添えられたプレートに旧帝国海軍二式大艇とあった。店主が好きなのかはわからないが、少なくとも店名の由来だと察しはついた。

壁には大相撲関係の写真パネルが何枚も飾ってあり、そのうちの一枚には憎らしいほど強いといわれた昭和の大横綱と、まだ若い店主が並んで写っていた。

「いらっしゃい」カウンターの向こうから店主が声をかけてきて、店の奥に目を転じた。「辰《た》っつあん、お連れさんがお見えだよ」

店内は板張りで右手に掘りごたつ風に足を下ろせるカウンター、左側に座卓が三つ並んでいる。もっとも奥で辰見と木戸が向かいあっていた。すでに二人の前には生ビールのジョッキが置いてある。本橋は手前側にいる木戸のとなりに腰を下ろし、あぐらをかいた。

店主がおしぼりを持ってくる。

「何にします？」

「それじゃ、自分も生ビールを」

すぐにジョッキが運ばれてきて、とりあえず乾杯したあと、辰見が口を開いた。

「桜井って、女、大変だったらしい」

「尿検は陽性だったんですよね」

「それがインチキだって、大騒ぎしたんだ。からくりがあってな」

「からくりって、どういうことですか」

「その辺は担当者に語ってもらおう」

辰見が含み笑いをして木戸に目をやる。木戸がビールをひと口飲み、おしぼりで口元を拭いたあと、本橋に顔を向けた。

「コンドームだよ。あの女、亭主……、といっても内縁関係だが、そいつの小便をコンドームに入れて持ち歩いてた」

尿検査に備えてのことらしい。検査直前、男の小便を入れたコンドームを女性器に仕込み、股間にあてがった紙コップで受けていた。被疑者が男であれば、わきに立った警察官がたしかに被疑者の躰から排出されたものであると現認できる。しかし、女の場合、人権問題がうるさいご時世でもあり、たとえ女性警察官でものぞきこむわけにはいかない。

「いくらのぞきこんでも上から見てたんじゃはっきりと確認なんかできないよ」木戸が苦笑する。「桜井は爪でコンドームを破って男の小便を紙コップに入れて検査に出した。しかし、知らなかったんだなぁ」

こらえきれなくなったように辰見が圧し殺した笑いを漏らす。本橋は辰見、木戸と目をやった。

「男もシャブを食ってたんだ。まともなサラリーマンでね。シャブなんかに関わりはなかった。だから桜井も男にシャブ食ってることをいえなかった。夫婦、親子、兄弟でも互いにシャブやってるのを知らないってのはよくある話だが」

「それじゃ……」

本橋の問いかけに木戸がうなずく。

「男も引っぱったよ。男が来てから凄《すさ》まじい夫婦喧嘩《げんか》をおっ始めてな。どっちもシャブ食ってるくせに、シャブなんぞ食らいやがってと罵《のの》しり合いだ」

木戸の話はつづいた。

桜井が空き地に車を停めていたのは、男に知られないようにするためだった。本橋と辰見が見つけたときにはすでに最後の一包を注射し終えたあとで薬が効いているのを楽しんでいた。だが、粗悪品だったのか思ったほどには効かず、それでいらついてタバコをたてつづけに吹かしていた。

「男がシャブを食い始めたのはつい最近のようだ」

目を伏せた木戸の表情が厳しくなる。

「カイザーのせいですか」

「その可能性は高い。そのせいであの女は知らなかったんだろう。亭主には糖尿があるかも知れないといって……、まあ、それは嘘みたいだけど、それで二週間に一度病院に持っていって検査してやるといって小便を渡させていたようだ」

「そういえば、看護師だといってましたね」

「そいつは本当だが、元だ。シャブを食うとだらしなくなる。食ってる間は眠れないし、切れるとこんこんと眠りつづける。仕事どころじゃない。だが、元であれ、看護師に糖尿といわれれば、本当かなと思っちゃうだろ」

木戸はジョッキを持ちあげ、中味を飲みほした。尻ポケットから財布を取りだそうとするのを辰見が止める。

「いいよ、ビールの一杯くらい」

「じゃあ、ご馳走になります」

それじゃといって本橋の肩を一つ叩き、店主に声をかけた木戸が店を出ていった。辰見がタバコに火を点け、煙を吐きながらいう。

「これから奴《やっこ》さんは署に戻る。街中でカイザーについて聞き込みをしてる連中が戻ってくるのは深夜になるだろう。それまでにひと眠りするんじゃないか。ゆうべはおれたちのせいで徹夜だったし、昼になって二人の取り調べを始めた」

「入手ルートの解明ですね」

「そう。カイザーに結びつく可能性がある。しばらくは家に帰れないし、ほとんど眠ることもないだろう」

「へえ」

「刑事ってのは因果なもんだ。職務でもあると同時におのれの在《あ》りようでもある。だから気になる事案があれば不眠不休で追いつづける」

定年という区切りはあるけどね、と辰見は付けくわえた。

4

一昨日、母といっしょにランチを食べたときにも力弥は聖也のことを持ちださなかった。中学生のときに何度も聖也の話をしているので母もよく憶えているだろう。話せなかったのは見かけたのが聖也だと確信が持てなかったからではない。日を追うほどに聖也に違いないと思うようになっていた。

話すにしても何を？

聖也とよく似た男を事件現場で見かけたとでも？

ふっと息を吐き、思いをふり払うと前を行く片倉のあとについて自転車を走らせながら交差点を渡る。ちらりと右に目をやった。スーパーコクマがあった。

日勤についてほどなく片倉が出るぞと声をかけてきた。午前も早い時間帯であれば観光客も少なく巡回連絡や駐車違反の摘発といった日常業務に時間を割ける。連絡簿やチョーク、交通違反切符などを入れたバッグを後部荷台の金属箱に入れ、交番を出た。国際通りを渡って西浅草に入るのは、よくある巡回コースの一つで、とくに理由があってコクマの近くを通ったわけではないだろう。

交差点を過ぎ、コンビニエンスストアの前を通りぬけるとすぐに片倉が右を指し、路地に入る。あとにつづいた。すぐに自転車を止め、片足をついた片倉が前を指さす。

「お前、この先を回って、たった今通りすぎたコンビニのわきに戻れ。そこで自転車にまたがったまま待機しろ。いいか、こっちの……」

片倉がたった今曲がってきた角を指す。

「通りには間違っても顔を出すな」

「はい」

何かが目についたのだろう。現場では悠長《ゆうちょう》に説明などされない。力弥は指示に従うのみである。

「お前のスマホに電話を入れる。そうしたら自転車に乗って通りに出ろ」

「わかりました」

「よし、行け」

力弥は自転車のペダルを踏み、路地を進んだ。次の交差点にぶつかったところで右に折れ、またすぐ右へと戻る。スーパーコクマを左に見ながら通りすぎ、コンビニエンスストアの前に来て自転車を止めた。

防刃ベストの胸ポケットからスマートホンを取りだす。スマートホンには落下防止用にカールしたコードが付いていた。裏にはゴチック体で警視庁と印刷されたシールが貼ってある。職務中は個人用でなく、署で貸与されたスマートホンを携行するよう決められていた。

コクマをふり返った。開店しているようだが、客は出入りしていない。店頭にはダンボール箱に入れたバーゲン品が並べてある。

スマートホンが振動した。耳にあてる。

「はい、粟野です」

「いいぞ、出てこい。ゆっくりとな」

「はい」

スマートホンをベストの胸ポケットに戻し、ペダルに足を載せて踏みだした。交差点を右に曲がる。向こうから自転車が来るのが見えた。二月だというのにハンドルを握っている若い男は七分丈《たけ》のパンツで脛《すね》を剝きだしにしている。さすがに上は厚手のジャンパーを着ていた。片倉が目をつけた理由はすぐにわかった。男の胴に腕が巻かれている。二人乗り――道路交通法違反である。

ハンドルを握った男が力弥の制服を見てぎょっとしたように目を見開き、同時にわきから後ろに乗っている男が顔を出す。こちらも若い。二人とも脱色した髪を逆立てていた。力弥を見た男がさっと左に逸れ、片倉が待ちかまえている路地に入った。

力弥は加速し、路地の入口に来た。片倉がハンドルを持つ男の腕を取っている。力弥は二人乗り自転車のすぐ後ろに自転車を止めて降りた。

「汚ねえよ。マッポが人を欺《だま》して、待ち伏せかよ」

ハンドルを握ったまま、腕を取られている男が喚く。後ろの男は顔を引き攣《つ》らせ、片倉と力弥を交互に見ていた。何かありそうだ。

「マッポじゃなくお巡りさんだ」片倉が落ちついた、だが、有無をいわせぬ口調でいった。「とりあえず二人とも自転車を降りてもらえるかな」

「どうしてだよ。降りる必要なんてあるのかよ」

「あるよ」片倉がぴしゃりという。「二人乗りは立派な道交法違反だ」

二人の若い男はしぶしぶ自転車を降りた。片倉が目配せしてくる。力弥はかがみ込んで後部泥《どろ》よけに貼ってある防犯登録のシールをのぞきこんだ。ナンバーを暗記し、立ちあがって少し離れた。力弥の動きを後ろに乗っていた男が目をまん丸にして追っている。やはり何かありそうだ。

片倉がのんびりした声でいう。

「まず名前を聞かせてもらおうかな」

職務質問の第一歩は相手の身元確認だ。

「何でだよ、何で名前をいわなきゃならないんだ」

ハンドルを握っていた方の声が裏返り、耳にきんきん響いた。力弥は受令機のマイクを取り、口元にあてた。

「公園六区ＰＢから本部」

〝はい、本部〟

「自転車の防犯登録の照会を願います。ナンバーは……」

念のため、もう一度シールを確認してから告げた。わずかに間を置いて答えが返ってくる。

〝当該ナンバーの自転車は盗難の届けは出ていない。なお、所有者は台東区松《まつ》が谷《や》……〟

すぐ近くだなと思った。

〝所有者氏名にあってはサイトウケンタロウ〟

「公園六区ＰＢ、了解」

二人の男が目の前にいるので名前を復唱することはしなかった。

「このバッグは君のかね、それとも後ろに乗ってた彼の？」

「おれんだよ。いちいちうるせえな。モチケンかよ」

持ち物検査、略してモチケンである。少なくともハンドルを握っていた男が警官に止められるのは初めてではないようだ。

「ごねると交番まで来てもらうことになるぞ。さあ、名前だ。まずは教えてくれ。それだけでいいから」

「小林《こばやし》だよ。こいつは連れの本田《ほんだ》」

どちらもサイトウではない。片倉が目を向けてくる。力弥は首を振った。うなずいた片倉が小林に向きなおる。

「ちょっとこの先の交番まで来てもらえるかな。話を聞かせてもらいたい」

「何でだよ、名前をいったら終わりだっていったじゃねえか」

ごねつづけようとしても片倉が相手では歯が立たない。昨日今日お巡りさんを始めたわけではないのだ。

受令機のマイクをフックに戻しながら力弥は既視感にとらわれていた。

二人乗りしてたのは六年前の深夜、力弥は中学生で、場所はもうちょっと西……。

十二月にしては暖かい夜だったが、それでも午前三時を回り、学校指定のジャージー姿の力弥は躰の芯まで冷え切っているのを感じていた。おそらく聖也にしても同じだったろう。

「藤崎唯《ふじさきゆい》」

聖也の口からその名前が出たとき、力弥はぽかんと口を開けてしまった。ちらりと見た聖也が舌を鳴らし、唇を尖らせる。

藤崎唯は同じ中学の一年上で、陸上部のエース、種目はやり投げだった。一年生の時に全国大会で上位に入り、二年、三年と連続優勝している。新聞などでは、スピアクイーンと書かれていたが、力弥にも聖也にもよく意味はわからない。

身長は百七十センチを超え、とにかく足が長く、しなやかな躰つきをしていた。学校でやり投げの練習をしているところはほとんど見たことがない。彼女が投げれば、簡単にグラウンドを飛びだしてしまうためだといわれていた。生徒が目にするのは、グラウンドや学校の周囲をひたすら走っている姿だけだった。

二〇一六年に東京でオリンピックが開催されるという噂があったが、二〇一一年三月に東北で大地震があり、津波の被害が大きかったので二〇二〇年を目指すことになったといわれている。二〇二〇年なら藤崎唯は二十歳か、二十一歳になっているのでオリンピック選手になるのは確実、メダルの期待も大きいといわれていた。実際、今年の秋からは全日本の強化選手に選ばれている。

「やっぱりそうだよな」うつむいた聖也がぼそぼそという。「そんな顔すると思ってた。だからいうのがいやだったんだ」

どこからそんな話になったのかわからなかったが、互いに好きな女子の名前を告白しようということになった。なかなか口にできず、譲り合い、押しつけ合い、そんな女子はいないといってみたり、適当にクラスの女子の名前を挙げたりしているうちに一時間、二時間と経っていった。

看護師をしている力弥の母親は夜勤で明日の朝にならないと帰ってこないし、聖也は家に帰りたがらなかった。コンビニエンスストアでパンを買って食べただけで腹は減り、何より寒かったが、どちらも相手を放りだして家に帰るとはいえずだらだらとお喋りをつづけていた。

聖也がやっぱりといったのには理由があった。

まず藤崎唯が学校どころか東京、全国でも名の通った選手だったからだ。評判になったのは中学校記録を次々に塗り替えただけでなく、並みのアイドルでは太刀打《たちう》ちできないほど可愛《かわい》かったからだ。新聞やテレビにも取りあげられ、週刊誌のグラビアに出たこともある。

それに引きかえ聖也はチビでやせっぽち、運動神経も学校の成績もよくなかった。背の高さでは力弥もあまり変わらない。小学生の頃から足は速かったが、球技はまるでダメだった。

力弥はおずおずといった。

「いや……、そうじゃないんだ」

「何が？」

聖也が横目で見る。

「おれも……」力弥は唾を嚥み、言葉を圧しだした。「同じだから」

「嘘？」

躰を起こし、大きく見開かれた聖也の目に水銀灯の白い光が映る。今度は聖也がＵＦＯか幽霊でも見たような顔つきになった。

「嘘じゃない」

答えてから力弥は地面に目をやった。

嘘ではなかったが、正直なところ聖也が藤崎唯の名を口にするまで好きな女子として意識したことはなかった。毎日テレビで見るアイドルグループの方がはるかに身近に感じられたほどだ。だが、聖也が藤崎唯が好きだというのを聞いて衝撃を受け、胸の底がうずくのを感じた。

おれも藤崎唯が好きだ……。

聖也がぼそぼそという。

「おれ、グラビア持ってるんだよね。ほら、週刊誌に藤崎唯が大会に出てるときの写真が出たことがあったじゃない」

「二回か、三回出たよね。どれ、持ってるの？」

「全部。クリアファイルに入れて机の抽斗《ひきだし》に隠してある」

「いいな」

正直に羨《うらや》ましいと思った。今の今まで女子として見てきたわけではないので、クラスの誰かが週刊誌を持ってきていてもわきからのぞきこむだけで欲しいとは思わなかった。だが、今は違う。カラーグラビアには、紫色の袖無《そでな》しのユニフォームにビキニパンツみたいなショーツを穿いた藤崎唯が写っていた。ユニフォームが短く、腹がのぞいていて、くっきりと筋肉が分かれていたことまではっきり思いだした。

やりを投げ終えた直後を撮ったらしく藤崎唯は掲示板でも睨んでいたのだろう。ポニーテイルで眉を寄せ、怖いほど真剣な目で一点を見つめていた。唇がわずかに開いて、白い歯が見えていた。

「やらないよ」

聖也があごを上げていう。力弥は聖也の首を絞める恰好をした。

「くれよぉ、くれ、くれぇ。一枚くらいいいじゃないか」

「やだ。せっかく集めたんだから」

「それじゃ、コンビニでコピーを取らせてくれ」

「どうしようかなぁ」

とぼける聖也の首をつかんだまま、揺さぶった。

不吉な噂もあった。藤崎唯は高校に進学すればやり投げをやめてしまうだろうというのだ。

藤崎唯の父親は心臓外科医で、ドキュメンタリー番組が作られるほどの有名人だ。娘の唯も学校の成績は抜群によく、全国模試でもつねにトップ10に名を連ねていて将来は父を継ぐといわれていた。オリンピックと国立大学医学部合格を両立させるのはさすがに難しいだろうというのが噂の源になっている。

「わかった、わかった」聖也が笑い、両手を上げた。「コピーならいいよ」

「本当だな」

「うん。明日学校に持っていくから帰りにコンビニに寄ろう」

「よし、それなら許す」

「許すって、何だよ。許すのはおれだろ」

「そうだった」

二人はまた大笑いし、立ちあがった。尻が痛かった。公園の芝生を囲む鉄パイプの柵に三時間も腰かけていたのだから当たり前だ。

自転車に乗る。力弥の母親が買い物などに使っている自転車で、聖也と二人のときはよく使っていた。サドルに腰を下ろし、荷台にまたがった聖也がハンドルを握った力弥の胴に腕を回してくる。先に聖也が住む団地に行って降ろし、それから自宅のあるマンションに戻る。せいぜい十分か十五分の道のりでしかない。

公園を出たところで聖也が声を張りあげた。

「やっぱり力弥が運転する自転車は気持ちいいなぁ」

「自転車も運転っていうのか」

「車だもの、運転でいいんじゃない？　そんなことはどうでもいい。とにかく気持ちいい。リレー選手だからな。速い、速い」

体育祭のとき、クラス対抗リレーで力弥はアンカーを務めていた。一年生のときは三位から一位、二年のときは最下位から一気にごぼう抜きしてやはり一位でゴールに飛びこんだ。

力弥はさらに力を込めてペダルを踏んだ。歩道の切れ目で段差を拾い、自転車がはねると聖也がおかしな悲鳴を上げ、二人は大笑いした。頬にあたる風が気持ちいい。

となりにシルバーのセダンが並んだのはその直後だ。聖也がぎゅっと抱きついて訊いた。

「どうする？」

「わかんねえよ。とりあえず逃げよう」

ふたたび加速しようとしたとき、右の路地から軽自動車が出てきた。運転しているのは太った女だ。

「馬鹿」

思わず叫んだものの止まらないわけにはいかない。両手でブレーキを強く握った。シルバーのセダンがすぐとなりで止まり、その間に軽自動車が走り去った。セダンからスーツ姿の二人の男が降りてくる。

警察以外にありえない。

自転車を飛び降り、力弥と聖也は駆けだした。

日に焼けているように見えたからかなと聖也は思った。

もう何百回、いや、何千回と詩遠の顔を思いうかべたかわからない。決して色白とはいえなかった。薄茶色の肌は日焼けのせいだと思っていた。

スリランカ人だから……。

日焼けしたように見える顔に、両端が持ちあがった目が藤崎唯を思いださせたのかも知れない。中学二年生の時、生まれて初めて好きになった女子だ。一つ年上で、将来はオリンピック選手といわれた。成績もよく国立大学の医学部を目指しているとも聞いた。

少年院にいたときもセンターで暮らしていた頃も東京オリンピックの陸上競技に関するニュースには注目していた。どこかに藤崎唯の名前が出るかも知れないと思っていたからだ。しかし、一度も見たことはなかった。医者の道へ進んだのだろうかと思うが、今の聖也に調べる方法はなかった。

いや――布団の上で跳ねおきた――検索してみればいいんだ。

枕元のスマートホンに手を伸ばそうとしたまさにそのときディスプレイが明るくなる。

ＬＩＮＥが入ったのだ。

詩遠からだとわかった瞬間、心臓が一気に全力疾走し始めた。

第三章　刑事

1

コンクリートの階段を三階まで軽いステップで駆けあがった本橋は、スチールドアに鍵を挿して解錠、ドアを引き開け、声をかけた。

「ただいまぁ」

中は暗く返事はない。腕時計に目をやる。午後八時半を回ったところだ。妻は双子の娘のバドミントンクラブの練習が終わるまで付き合い、車に乗せて帰ってくる。帰宅は午後九時過ぎになる。ほとんど毎日のことだ。後ろ手にドアをロックし、靴を脱いであがる。

生ビールから始め、焼酎《しょうちゅう》のロックに切り替えて、〈二式〉の名物だという世田谷ちゃんこ——命名の由来は聞きそびれた——を最後のおじやまで堪能《たんのう》した。店に行ったのは開店時刻の午後四時だが、辰見と木戸は一時間も前から飲みはじめていたらしい。木戸が浅草署に戻るといって空けた生ビールは三杯目だった。

酒を飲んで勤務に戻るのかと思っていたら本橋の顔つきを見ていた辰見がいった。

『別にパトカー転がすわけじゃないよ』

十二畳のリビングダイニングに入り、照明のスイッチを入れた。住まいは品川区にある2LDKの官舎だ。浅草分駐所勤務になってから二十三区をほぼ南北に縦断し、通勤には一時間半を要するが、以前の勤務先である第六機動隊本部までは徒歩十分、走ればその半分で着く。機捜に異動して間もない頃、しょっちゅう顔を出していた。羽田空港が管轄内にあるので情報が集まり、手っ取り早く国際情勢を知るのに便利だからだ。

台所に入り、給湯器と風呂のスイッチを入れた。かれこれ築四十年になろうという官舎だが、鉄筋コンクリート造りで建物はしっかりしているし、給排水システムは数年前に全面交換されていた。もっとも風呂に入れるようになるまで二十分ほどを要する。

テーブルの上に置いてある夕刊を取り、フィールドジャケットを脱いでソファに腰かけようとしてサイドボードの上に並んでいる写真立てに目が留まった。数十個あり、ほとんど双子の娘の写真が入っている。赤ん坊の頃から始まり、幼児の頃、幼稚園でのお遊戯会などの写真があり、小学生になってからはたいていがバドミントンをしているところだ。

二人を抱いた妻の写真が入った一つを手に取った。

若いな——ちらりと苦笑いが漏れる——たった十二年前なのに。

結婚して今の官舎に入り、娘が生まれたあとも同じところに暮らしている。かれこれ十四、五年になるが、一度も引っ越しをしたことがなかった。浅草分駐所勤務となるまで目と鼻の先にある機動隊に籍を置いていた。二十歳で機動隊に入り、二年後に結婚して現在の家族向け官舎に移るまでは職住一致、本部の上階にある待機寮にいた。

足かけ十五年になる機動隊暮らしで羽田空港警備、それからSATへの異動はあったが、いずれも通勤圏内だった。浅草分駐所までは約一時間半かかる。官舎の最寄り駅から浅草までは私鉄線で一本だが、駅から日本堤交番まで徒歩二十分はあった。それでも三日に一度当務が回ってくるだけなので運動がてら歩くことにしていた。二キロ弱しかないのでたとえジュラルミンの大楯《おおだて》を抱えて走ったとしてもウォーミングアップほどでしかない。

〝お風呂が沸きました〟

結局、夕刊は読まないままテーブルに戻し、寝室で下着姿になると浴室に向かった。脱衣場のかごにTシャツとトランクス、靴下を入れ、浴室に入ってシャワーを浴びる。全身をざっと洗ってから湯船に浸かった。

生ビール二杯、焼酎をロックで三、四杯飲んでいたが、さほど酔いは感じていない。両手で湯をすくい、顔をこすった。

脳裏に辰見の声が蘇《よみがえ》る。

『刑事ってのは因果なもんだ。職務でもあると同時におのれの在りようでもある』

機動隊一筋でやって来て、今も軸足は機動隊に置いている。警察官になった当初から刑事になりたいと思ったことは一度もなかった。

「あの人の影響だな」

独りごち、低く笑った。

卒業配置でついた指導官がことあるごとに刑事なんぞろくなもんじゃないといっていた。体格のいい人で、元は機動隊員だったが、三十歳のときに地域課勤務になったといっていた。

あとから思えば、遠回しに機動隊へ勧誘していたのかも知れない。

『刑事ってのは私服だし、日勤だから、一見楽そうに思える。朝九時に出勤して夕方五時には退勤だ。まあ、月に一度か二度は当直で泊まり勤務が回ってくるけどね』

それからぐいと顔を近づけ、本橋の鼻先で人差し指を突きたてた。

『ひとたび事件が起これば、もう家には帰れない。自分がデカやってる所轄に捜査本部なんて立った日にゃ地獄よ、地獄。だいたい所轄には道場がある。柔道、逮捕術の訓練のため畳敷きになってるというが、嘘だよ。布団をレンタルしてきて敷きつめるためだ。捜査本部に駆りだされた連中はそこで寝る……、と思うか』

本橋がうなずくと指導官が首を振った。

『最初の一週間なんかほとんど寝られないよ。よくて大部屋のソファでうたた寝できるくらいだ。おれが知ってるデカなんか、大部屋にいると係長に蹴飛ばされるんで、資料室に潜りこんでは床に新聞敷いて寝てたもんだ』

その点、機動隊はいいと指導官はつづけた。訓練は多少きついが――実際に経験した今だからいえるが、多少というレベルではなかった――、警備任務に就いていないときには時間の余裕もあるので昇任試験に向けた勉強もできるし、何より体育会系のノリがあるので毎日が楽しいといった。たしかに体育会系のノリはあった。怒鳴り散らされるのは日常茶飯事、鉄拳が飛ぶことも珍しくない。昇任試験の勉強に時間を割けるのはたしかだったが、寮で参考書を開いていれば先輩が飲みに誘いに来るか、昼間の訓練疲れで机に突っ伏して熟睡してしまうのがオチだった。しかも巡査部長にも人数制限があるため、試験に通っても巡査長のまま待機ということも珍しくなかった。

しかし、本橋は後悔していない。中学、高校と柔道部で通し、体育会系であったし、ごちゃごちゃだらだら指導を垂れられるより一発殴られた方が手っ取り早かった。今ならパワハラ、モラハラと大問題になるかも知れないが、性分に合っているのだから仕方がない。

勤務にしても事前に周到《しゅうとう》な計画が立てられるため、配置される場所、時間はきっちり決まっていた。ごくまれに緊急呼集がかかったが、ルーティーンで待機組が決められているので寝ているところを起こされるようなことはなかった。

後悔はない。

だが、今はなぜか焼酎ロックをちびちび飲みながら述懐していた辰見の様子が浮かんでくる。

『デカんなったときはまだ三十手前だった。それから三十年以上になるが、あっという間だったな』

刑事は一つの事案が起こると寝食を忘れて追いかけるというが、つねに数件から十数件を抱えているともいう。中には何十年と抱えたまま、手がかりを求め、被疑者と鉢合わせすることを期待して街をうろつく。オン、オフがない。一つの事件が解決して行きつけの居酒屋で打ち上げというのはドラマの中での話だ。

だから……。

『職務の合間を縫って飲んでるわけさ。飲んでは歩き、歩いては飲む』

それがデカとしての在りようだと辰見はいうが、生ビールを三杯空けて署に戻っていった木戸の代わりに言い訳しているようにも聞こえた。

風呂から上がり、パジャマに着替えてソファに座ったとき、ちょうど妻と二人の娘が帰ってきた。玄関から駆けこんでくるなり娘たちが本橋の両側から抱きつく。

「父《ちち》ぃ、父ぃ」

お父さんでもパパでもなく、父と呼ぶ。妻の方針だったが、悪くはない。娘たちの頭を左右の手でくしゃくしゃにする。

「ほら、あなたたち、汗臭いままでしょ。父はお風呂上がりよ。先にお風呂に入っちゃいなさい」

本橋は妻がいっているのを聞き流し、娘たちの汗に濡れた頭を撫《な》でていた。

中学一年生にしては少々子供っぽいところがあるかも知れない。だが、あと二年もすれば高校生になる。どこへ進学するか、将来……。

初めて本橋は官舎が手狭になってきたと感じ、引っ越しを考えなくてはと思った。


「へえ、テレビと同じだ」

桜田門にある警視庁本庁を見上げて、力弥は思わずつぶやいた。研修の一環で内部を見学したが、そのときはバスが地下の駐車場に直接入ったので外から眺めるのは初めてになる。

ほどなく巨大な玄関からグレーのスーツ姿の小沼優哉《おぬまゆうや》が小走りに出てきた。

「お待たせ」

「いえ、ぼくも今さっき着いたところです」

昨夜、小沼から携帯に電話が来て、昼飯でもどうかと誘われた。ちょうど労休だったので二つ返事で了解し、午前十一時半に本庁前に来てくれといわれた。小沼は現在本庁捜査一課の一員だが、自転車の二人乗りで補導されたときには機動捜査隊浅草分駐所に勤務していた。小沼との出会いによって力弥は警察官を目指すようになり、今に至っている。

「それじゃ、こっちへ」小沼が先に立って歩きだす。「うちは入るのが面倒だからね」

「ホンテンをうちっていうんですね、やっぱり」

警察学校に入ってから本庁をホンテンというのには耳慣れていたが、自ら口にすると落ちつかない気分になる。警察官ぶってる感じがするのだ。

「まあね」

小沼が案内したのは本庁のすぐ裏にある合同庁舎だった。入口に差しかかると制服姿の警備員に警察手帳を提示した小沼が告げた。

「連れといっしょです」

「ご苦労さまです」

警備員が敬礼するのにうなずき小沼が歩きだす。警備員が力弥にも敬礼した。答礼しそうになったが、今日は紺地のスーツを着て、もちろん無帽だ。会釈《えしゃく》をして小沼のあとを追った。エレベーターで最上階に上がる。乗っているのは二人だけだった。

「この近所だと農水省の職員食堂が有名なんだ。一般の人が何の手続きもなく入れるんでね。全国の農畜産物が集まってきて、安くて美味しいものが食べられる」

「特産品の宣伝を兼ねてるんですね」

「たぶんね。ここは一般の人がフリーでは入れない。だけど警察庁と公安部が入ってるんで手帳を提示すれば問題ない。それに……」

小沼が背広の襟《えり》に着けたバッジを指す。丸く、小さなバッジには赤地に金色の文字でＳ１Ｓ　ｍｐｄと独特な書体で記されている。

「こいつがあるから所属までバレバレだ」

警備員が小沼の襟元に目をやっていたのを思いだす。

「ぼくの手帳でも入れるんですか」

「ああ、入れるよ。だけど……」小沼がにやっとする。「粟野が本庁に呼ばれるとすれば、警視総監賞をもらうか、重大な譴責《けんせき》処分の通達時だろ。どっちにしても気楽に飯って気にはならんだろう」

「そうでしょうね」

警察手帳は浅草警察署地域課にある専用の保管庫に入れてある。休日、非番のときに持ち歩くことはできない。

最上階まで来ると小沼が慣れた様子で廊下を進んだ。奥にあるレストランに入り、入口わきのレジ横に立っていた白いジャケットの男性に声をかけた。

「予約しておいた小沼ですけど」

「お待ちしておりました。ご案内いたします」

窓際のテーブル席に案内された。白いテーブルクロスの上にはナイフ、フォーク、スプーンが並んでいる。力弥はそれとなく周囲を見まわした。テーブル席がずらりと並んでいる。ちょうど昼食時間帯だというのにぽつりぽつりとしか客の姿はなかった。

「ここ、高いんじゃないんですか」

「気にしなくていいよ。うちの社員には特別割引があるんだ。それでも多少値は張るけど、就職祝いがまだだったろ。ご馳走《ちそう》するよ。予約するときに料理も注文してあるんだけど、ステーキでよかったかな」

「ステーキ」思わず笑みが浮かんだ。「大好きです。久しぶりだなぁ」

ほどなくスープが運ばれてきた。シンプルなコンソメのようだが、うまいと思った。次いでメインディッシュのステーキが運ばれてくる。力弥の前に置かれた肉は小沼に比べて倍ほども大きい。両方を見比べて訊いてしまった。

「これでいいんですか。こっちの方がはるかにでかいですけど」

「おれももうじき四十だからねぇ」小沼が力弥の前の皿を見て小さく首を振る。「とても食い切れん。さ、食おう」

「はい。いただきます」

ミディアムレアの肉を切りとり、頬張る。嚙みしめると肉汁が口の中いっぱいに広がり、香りとうま味が鼻を通った。

「うまい」

陶然《とうぜん》とつぶやく力弥を見て、小沼が満足そうにうなずきナイフとフォークを手にした。食事をしながら力弥は恐る恐る訊ねた。

「今、職務中ですよね。忙しい中、恐れ入ります」

「捜査一課がしょっちゅう出張ってるのは刑事ドラマの中だけだよ。知ってるかい、強行犯担当だけで第一から第七まである」

「係が、ですか」

「係はその下だ。課でも係でもなく単に第一強行犯捜査というのが部署の名前。その下にだいたい三つの係がある。だから強行犯係だけでも二十以上の係になっている」

警視庁管内で捜査一課が出動する場合、係長が自分の部下を率いて所轄署に乗りこんでいく。

「小沼さんは？」

「第三強行犯捜査第二係……」小沼がにやりとする。「の一番下っ端。まだ一年弱だから雑用ばかりさ」

ステーキを食べ終え、食器が片づけられるとすぐにコーヒーが運ばれてきた。

「ちょっと失礼します」

力弥は上着の前ボタンを外した。さすがにズボンのベルトを緩めるのは憚《はばか》られる。小沼が笑みを浮かべて二度、三度とうなずく。力弥は改めて頭を下げた。

「今日はわざわざありがとうございます」

「うん」小沼がコーヒーカップを置き、まっすぐに力弥を見た。「実はお母さんから電話をもらってね」

「母《かあ》ちゃん……、母からですか」

「そう。この間、いっしょに昼飯を食ったんだって？」

「はい」

「心配してたぞ。力弥が何か悩んでいるようだけど、仕事がらみなら親にも相談できないだろうって」

　母は何もいわなかったが、気づいていたようだ。悩みといっても何もかもはっきりしていない。そもそもコクマで見かけたのが聖也であるかも確かではないのだ。そのような状態で相談できる相手がいるとすれば小沼しかいない。以前のように機捜浅草分駐所で勤務しているなら自分で電話することも可能だったかも知れない。だが、捜査一課員となれば、やはりどこか畏《おそ》れ多い。

　うじうじ悩んでいてもしようがない——力弥は肚《はら》をくくって目を上げた。

「実はスーパーで万引きって通報があって、指導官の片倉部長といっしょに臨場したんです。そのときに……」

　スーパーの裏に自転車を止めたとき、目と鼻の先に立っている男が中学時代の同級生鈴木聖也に似ていると思ったこと、通報してきた者は従業員の鈴木と名乗ったが、警備主任をしている牛頭という男が鈴木という従業員がいないといったことを話した。

小沼が探るような目を向けてくる。

「鈴木聖也に間違いないのか」

力弥は低く唸《うな》り、首をかしげた。

「はっきりとはわかりません。中学二年になるまで同じクラスだったんですけど、あいつとぼくはどっちもチビで……」

「そうだったな。最初に捕まえたときは小学生かと思ったよ。それが見る見るでかくなって」小沼が目を細める。「すまん、すまん。つづけて」

「ぼくがスーパーの裏で見かけた聖也に似た男なんですが、チビだったんです。あれからざっくり六年は経ってるのにあのときのままでした。実は……」

力弥は目を伏せた。中学二年で聖也が転校していった翌年、聞いた噂について話をしようと思ったが、あくまでも噂に過ぎないのだ。だが、もっとも気になる点ではある。ここで小沼に話せなければ、ほかには誰にもいえないことはわかりきっていた。

「噂でしかないんですが……、ぼくもちゃんと調べてはいないんです。聖也は転校していった先でリンチ殺人事件に加わって……」唇を嚙め、無理矢理言葉を圧しだす。「唯一手を出したという話なんです。でも、信じられなくて。あいつは弱虫だし、人を殴ったことなんてありません。ぼくといっしょにいる頃は二人そろって殴られるばっかりで」

「指導官には話したのか」

表情を変えずに訊く小沼に力弥は首を振った。小沼がうなずく。

「それじゃ、前歴照会は無理だな」

そういって腕を組んだ小沼がしばらく黙りこんだあとにいった。

「まず噂が本当かが気になるね。中学三年でも殺人がらみならおそらく少年院送致になってるだろう」

力弥はうなずいた。

「それとスーパーの万引き事案だね。通報者が鈴木と名乗っていながらスーパーの従業員にはいない。偶然そばで見かけた男がその鈴木に似ていた」

「鈴木という名字はよくありますから」

「でも、気になるんだろ？　たまたまそこにいたのか、粟野が六区ＰＢにいることを知ってて通報したのか……、疑問はいくつかある。わかった。とりあえずおれの方で調べられることはあたってみよう。そっちも何か気になることができたらメールを入れてくれ。メールならこちらの都合で見られるから。返信確実とは約束できないけど」

「ありがとうございます」

すっかり冷めたコーヒーを飲みほし、レストランを出た。

帰りの電車の中で小沼からメールが入った。そこには鈴木聖也がリンチ殺人事件を起こし、群馬の少年院で二年を過ごしたこと、それに現住所が書かれてあった。

2

腕を組んだ本橋は目の前の机に向かっている男の幅の広い肩越しにノートパソコンのディスプレイをのぞきこんでいた。男の左にはスマートホンが置いてあり、木田《きだ》携帯と通話相手の名前が表示されていた。

ノートパソコンのディスプレイに表示された東京都の地図上に赤い点が出現し、男が声を発した。

「捕まえました」

「どこだ?」

スマートホンから声が流れる。スピーカーモードで使っているようだ。

「都内……、南ですね」

答えながらキーボードの上で十本の指が素早く動く。手がずんぐりしているのでまるで十匹の芋虫《いもむし》がうごめいているように見える。赤い点を中心にして地図が拡大されていく。本橋にも馴染みのある場所が段々と大写しになってきた。

「羽田……、国際線ターミナルですね」

「それで？」

「少々お待ちを」

ふたたび男がキーボードを連打した。

本橋は目を瞠った。画面が切り替わり、地図に代わって羽田空港国際線ターミナルビルの３Ｄ透視図が映しだされた。コントロールキーを押したまま、方向キーを操作すると目の前でビルの形が変わり、斜め上から見ているようになる。透視図の中にも先ほどの赤い点が表示されている。

斜め上から見ているように角度を調整した男がいった。

「三階……、出発ロビーですね。通路Ｄ……」

視点が移動し、透視図の中に入っていく。通路の端にある柱に大きくＤと記されている場所だ。各航空会社の発券カウンターが並んでいる。

「韓国の航空会社のカウンター、そこの五番窓口にいます」

スマートホンから木田の金切り声が帰ってくる。航空会社の名前をくり返した。

「ってことはソウル便か」

「いえ、そこまではわかりません。仁川《インチョン》かも知れないし……、ちょっと待ってください」

キーボードの上で十匹の芋虫がラインダンスを披露《ひろう》するとふたたび画面が切り替わり、今度は三階ターミナルの映像に切り替わる。空港警備を担当したこともある本橋にはこれまた馴染みのある映像だった。ターミナル中央の天井に取りつけられた防犯カメラが撮影しているのだ。カメラがズームアップしていき、後ろの壁に大きく〝5〟と掲示されたカウンター前の様子を映しだしていく。

画面中央にはかたわらにスーツケースを置いた派手な恰好の女が映しだされた。

「見つけました。赤いコートを着て、大きなサングラスをかけてます」

「クソッ」木田がうめく。「間違いない。誰といっしょだ？　男か」

本橋は腕組みしたまま、首をかしげ片方の眉を上げた。

ほどなくスーツケースを曳《ひ》いた女が二人、近づいてきて、最初にとらえた女に声をかける。三人が大口を開けて笑う様子が子細に映しだされた。防犯カメラの解像度は恐ろしいほど向上している。

「いえ、女性ですね。同じくらいの年配の……」

「女だって？　間違いないか」

「はい。どうやらお友達のようです」

電話口で木田が唸る。

「大したもんだ」

本橋はディスプレイを見たまま言った。低い声だったにもかかわらずノートパソコンを操作していた男が跳びあがる。目を見開き、本橋をまじまじと見つめた。

「先輩……」

「何？　何かあったのか」

スマートホンが喚いた。本橋は声を張った。

「久しぶりだな、木田」

「本橋ぃ？」声がひっくり返った。「お前、異動したはずだろ。どうしてそんなところにいるんだ？」

「異動というならお前もいっしょじゃないか。丹澤《たんざわ》に位置確認させてた相手は誰だ？　指名手配中のテロリストか」

「うるさい。プライベートだ。放っておけ」

「おやぁ？」本橋は呆然と立ち尽くして目を向けている丹澤に目を向けた。「今、丹澤が使ってるのは隊のパソコンだよな。それに携帯電話の位置情報を確認するシステムは警視庁のものじゃないのか」

スマートホンがぶつっと音を立てた。木田の名前を囲んでいたグリーンの枠が赤に変わる。切ったようだ。

本橋は眉根を寄せ、丹澤を睨んだ。身長は本橋とそれほど変わらないが、体重はゆうに百キロを超えているだろう。巨漢で柔道四段だが、国立大学の理工学部出身、コンピューターのエキスパートにしてハッカーだ。警察、とくにかつて本橋が所属し、今も軸足を置いているつもりの機動隊管轄下には羽田空港があり、国際線ターミナルの防犯カメラシステムに侵入するなど朝飯前だろう。

「木田のかみさんか」

今、丹澤が追っていた女のことだ。うつむいた丹澤の目が左右に動く。

「だろ?」

重ねて問いかけるとうなずいた。顎の下のたるみが盛りあがる。ふいに顔を上げた丹澤が反撃に出る。

「先輩こそ、こんなところで何をされてるんですか」

本橋は黙って肩越しに室長席を親指でさした。

「ちょっと相談事があってね。それでお訪ねしたわけだが、たまたまお前さんが面白そうなことをやってるみたいなんで見学させてもらってた」本橋は目を細めた。「いくら木田の頼みだからって、私用はまずいんじゃないの?」

携帯電話の使用履歴から位置を割りだす方法は携帯電話が一般に普及した二十年ほど前からあった。もっとも警察が捜査上必要だといっても裁判所に捜索差押令状を申請しなくてはならず手間がかかった。携帯電話がスマートホンに変わり、GPSが当たり前のように実装されるようになると位置情報がリアルタイムで発信されるようになり、所有者か電話番号がわかれば、割りだせるようになった。しかし、大手通信会社は個人情報保護、通信の秘密を楯《たて》に警察への協力を拒み、捜査上どうしても必要であれば、煩雑《はんざつ》な手続きを経て提出させなくてはならない。

そこで警察は裏の手を編み出した。

架空のモンスターを捕まえる通信ゲームが大流行したのを受け、ゲーム会社がGPS情報を把握するようになったことに目をつけ、内々に協力を要請した。ゲーム会社の運営には警察の許認可も必要であるため、両者の利害は一致、むしろ進んで協力してくれていた。だが、蜜月《みつげつ》期間はさほど長くはつづかなかった。今年に入って一部のマスコミがゲーム会社が警察に協力していることを問題だとして大騒ぎしたのである。マスコミは犯罪者の味方か、と本橋は思った。

本橋は表情を緩め、丹澤の腕をぽんと叩くと室長席に向かった。労休を利用し、機動隊における国内外の情報を管理する企画室にやって来た。室長は機動隊時代の先輩である。

カイザーについて情報が得られないか相談するつもりだった。

本橋は室長席の前に折りたたみ椅子を置き、腰を下ろした。

「今日はご相談がありまして……」

誰かと待ち合わせをしているとき、聖也はどんなふうにしていればいいのかよくわからない。だから待ち合わせの時間に、待ち合わせの場所に行き、あとは足下を見ている。スニーカーはセンターにいる頃に買った。わきが黒ずんでいるのはセンターで牛舎から寝藁《ねわら》を掻《か》きだすときに牛の小便が染みこんだ跡だろう。

あのとき臭い息を吐いていた牛――初めて担当した一頭だ――はもういない。吐きそうになるくらい臭かったのにもういないと思うと懐かしく、そして哀《かな》しくなる。大きくて丸く、黒くて、つやつやしていた牛の目をのぞくと魚眼レンズでのぞいているような自分の顔が映っていた。

詩遠から遊ばない？　とＬＩＮＥが入った。すぐに大丈夫と返信した。すぐに返事が来た。

明後日、午後一時――

――大丈夫

浅草寺は人がいっぱいだから神社の方で――

――神社、どこ？

鳥居のところ――

――大丈夫

ジーンズのポケットからスマートホンを取りだし、時間を確かめる。一時までまだ二十三分もあった。またポケットにねじこむ。いつも家で着ているヨットパーカーの上に偽MA－1を羽織って出てきた。曇りで少し寒いかなと思ったからだ。浅草神社の鳥居から入ってすぐ左にある鉄製の柵に腰かけていた。鳥居は目の前にある。詩遠が来れば、すぐにわかるはずだ。

小学校五年生のときのことだ。下駄箱《げたばこ》にメモが入っていた。用紙の下の方に笑顔のネコのイラストが入っていた。放課後、学校裏の神社に来てくださいとだけ書いてあった。イラストも字も女の子っぽくてどきどきしたが、名前はなかった。神社に行き、参道の横にあるしょぼい木立の中をうろうろと歩いた。どれほど待ったかわからない。あの頃は時計も携帯も持っていなかった。放課後とあっただけではっきり何時と書いてはいなかった。それでも待った。

しばらくすると雨が降りだしてきた。大きな鈴がぶら下がった軒下に入って、座って待つことにしたけれど、さすがにうす暗くなってきたし、腹も減ったので帰ることにした。境内を出て、道路に出たとき、ひとかたまりになった同じクラスの女子六人と行き合った。とくに声をかけなかったし、声もかけられなかった。いつものことだった。互いに無視してすれ違った直後、女子たちがどっと笑った。翌日、学校に行くと昨日下駄箱に入っていたのと同じメモ帳を机の上に置いている女子がいた。すれ違った六人の中にもいたが、その中で一番可愛くない女子だった。

小学校四年生以降、女子と関わったのはそのとき一度だけで、中学に入ると力弥といっしょにいる時間が長く、二年生で転校してからは……。

聖也はふたたびスマートホンを取りだした。LINEは入っていないし、電話もメールもない。一時までは十一分ある。スマートホンをジーパンのポケットにねじこみ、爪先で乾いた地面をほじくろうとしたとき、スニーカーの爪先が現れた。新品のブランド物だ。

顔を上げた。詩遠がにっこり頰笑む。

「早かったんだね」

「別に……」聖也は唾を嚥みこんだ。「行くところもないし」

「立ちなよ」

「そうだね」

聖也は立った。身長差があるので見上げてしまうし、何となく気圧され、うつむきそうになるので上目遣いになった。この間と同じように詩遠が腰をかがめ、聖也をのぞきこむ。またブルーベリーの匂いがした。

「行きたいところがあるんだけど、笑わない？」

「笑わない」

「約束だよ」

念を押され、うなずいた。よしといって詩遠が歩きだす。詩遠としては普通に歩いているのだろうが、背が高く、脚も長いのでどうしても早歩きになった。両手をジャンパーのポケットに突っ込み、目の前でくるくる動く詩遠のかかとを見ていた。

来ないんじゃないかと不安だった。いや、きっと来ないと確信していた。それであらかじめ小学校五年のとき、神社に呼びだされ、すれ違いざまに笑われたことまで思いだして、心の準備をしていたのだ。

ふいに詩遠が立ちどまり、ふり返ったかと思うと聖也の左手を取り、そのまま右手をポケットの中に入れてきた。ぽかんと見上げてしまった。詩遠が鼻にしわを寄せてにっと笑い、ポケットの中で指をからめてくる。詩遠の手は温かく乾いているのに聖也の手は汗ばんでいながら冷たい。

「人がいっぱいいるし」

聖也は口の中でもごもごいった。恥ずかしかった。今まで女の子と手をつないで歩いたことなどない。たとえポケットの中とはいえ……。

詩遠がのぞきこんでくる。

「いや？」

「いいけど」

そのまま歩きつづけた。

最初に笑うなと約束されたわけはすぐにわかった。詩遠が行きたいというのは浅草の遊園地なのだ。

「あたし、初めてなんだ」

遊園地に行くつもりだったのだろう。今日の詩遠はイエローのキャップを被り、背中に刺繍《ししゅう》の入ったジャンパーを着ていた。やはり十三歳には見えなかった。

「聖也は来たことある？」

「小学生の頃に……」

曾祖母と祖母に連れられ、二、三度来たことがあった。だが、あまり話したくなかったので何となくごまかしてしまった。入口で入園料と乗り物のフリーパスを二枚買ったが、詩遠が払ってくれた。今日も聖也の財布には数百円しか入っていない。

まずはローラーコースターに乗った。平日だというのに三十分待ちだが、詩遠が平気な顔をして列に並ぶ。入口で金を払うときに離した手をふたたび握られると待ち時間なと気にならない。ようやく順番が来て、真ん中くらいの座席に並んで座った。あっという間にスタート地点に戻ったが、詩遠が悲鳴を上げつづけ、笑っているのを見て、聖也も嬉しくなった。

スペースショットで六十メートル上空まで打ち上げられ、ディスク・オーではぐるぐる回る巨大な円盤に乗せられ、左に右に大きく揺さぶられた。そのほかにもアトラクションを渡り歩いたが、詩遠はずっと笑いっぱなしだ。お化け屋敷では聖也にしがみついて来たが、出たとたんに子供だましねと鼻を鳴らした。しかし、ずっと震えていたのを聖也は知っている。

そして一軒の家の前に立った。

「次はこれ」

「わかった」

平気な顔をして答えたものの恐れていたアトラクション——ビックリハウスだ。お化け屋敷より他愛ないじゃないかと自分にいい聞かせなくてはならなかった。係員に案内され、家の中に置かれたベンチに座る。やがて重々しい音が響いたかと思うと部屋全体が回転しはじめる。

「何これ、馬鹿みたい」

そういって詩遠が笑ったが、聖也は顔を引き攣らせ、声も出せずにいた。

小学校一年生のときだ。初めて連れてこられたときに乗って、驚き、恐怖のあまり泣きだしたのである。泣きだしただけならまだしもお漏《も》らしまでしていた。幸い遊園地の係員にはばれなかったが、曾祖母と祖母に大笑いされ、そこで遊園地は中止となり、尻に貼りつくパンツを気持ち悪く思いながら自宅まで歩いて帰った。以来、一度も乗っていない。曾祖母と祖母はそのアトラクションの前に来ると必ずトイレに行ってきたらといって笑った。

もう十年以上も前のことだし、十九にもなっているし、詩遠がそばにいるといい聞かせてみたものの部屋が回転しだすと顔どころか躰まで硬直してしまった。好き嫌いに理由はない。ダメなものはダメなのだ。

だが、次の瞬間、聖也は声をあげそうになった。

手足が伸び、それに合わせて躰も大きくなっていくのを感じたからだ。あっという間にぐるぐる回る部屋を突き破り、遊園地をまたいで見下ろしていた。

カラオケボックスで感じたのと同じだが、シャブを使ったわけではない。

どうして……。

訳はわからなかったが、巨人になる感覚は心地よかった。

何とかごまかしきり、めぼしいアトラクションを一回りしたあと、クレープを食べた。クレープを食べるのも小学生以来だ。一口目はあまりの甘さにびっくりしたが、二口目には慣れた。

食べ終え、ジーパンの尻に手をこすりつけていると詩遠がいった。

「聖也は知ってたの?」

「何を?」

「あのオヤジが女の子にいたずらするの?」

スーパーコクマの警備主任牛頭のことをいっているのはすぐにわかった。地面を見つめ、口を閉ざしていると詩遠がさらに訊いてきた。

「聖也もいっしょにしたことあるの?」

反射的に顔を上げ、答えた。

「ない」

間髪を容れず詩遠がうなずく。

「信じる。聖也は嘘をいってない。あのね、あたしが可愛がってる妹分があのオヤジにいやらしいこととされたんだ。それであの日、復讐《ふくしゅう》に行った」

「妹分って……、小学生?」

「まさか。高校だよ」詩遠が笑う。「あのオヤジだって子供相手にいたずらはしないでしょ」

「高校生って……」

詩遠がさっと手を出してきて、人差し指を聖也の唇にあてた。

「あたしは聖也が思ってるより大人よ。歳は関係ない」

うなずくのも忘れ、聖也は詩遠の目に見入っていた。ポケットの中では温かかった指がなぜか唇にはひんやり感じられる。頭の芯がしびれ、ぼんやりしてくる。

人差し指を聖也の唇に当てたまま、詩遠がにっと笑っていった。

「もう一度、あの馬鹿みたいなのに行こう。部屋がぐるぐる回る、あれ」

「よっしゃ」

聖也ははずんだ声で応じた。

結局、暗くなるまでくり返しアトラクションで遊び、屋台で売っているスナックをいくつか食べた。遊園地の入口で詩遠とは別れたが、次に会う約束はしなかった。

聖也は帰り道、躰の芯がうずうずしてスキップしそうになるのを感じていた。国際通りを渡り、家のある方に向かって歩きつづけているとき、後ろから声をかけられた。

「聖也じゃねえか」

ふり返る。牛頭が立っていた。瞬間的に膝の力が抜け、がくがく震えだす。動けなかったばかりでなく今度こそ小便を漏らしそうになった。

近づいてきた牛頭がぐいと顔を寄せ、すっぱい口臭が漂ってきても動けなかった。

「この間、万引きだって通報したのは鈴木だって、警察がいうんだ」

うつむいている聖也の視線に牛頭の大きな顔が割りこんでくる。

「お前だな？」

唇が震え、声にならない。

「あん？」

声を張られ、聖也は思わずうなずいてしまった。

3

死体は両足をベッドに残し、上半身がずり落ちていた。死んでいるのは若い女で、全裸だった。左頬を床につけているせいで口がゆがんだ三角形となり、底辺にあたる部分から透明なよだれが広がっている。見開いた目は金色だ。

カラーコンタクトだな――しゃがみ込んで女の顔をのぞきこんだ本橋は胸の内でつぶやく――金色の目なんて気色悪いだけじゃないか。

現場は浅草寺の西、遊園地からほんのわずか北に入った飲食店街にあるラブホテルだった。午前十一時過ぎ、ホテルから客室に死体があると通報が入り、班長の稲田と米谷、辰見と本橋の二組が臨場した。すでに浅草警察署地域課によって現場周辺には規制線が張られていた。公園六区交番の管轄内だが、かつて辰見に補導されたことがきっかけで警察官になった粟野という巡査は見当たらなかった。

「これが本物なら被害者《マルガイ》は十六歳ってことになりますね」

ソファに置いてあったバッグの中味を調べていた米谷がいう。わきから稲田がのぞきこみ、マルガイと見比べる。

「本人と見て間違いなさそうだね」

本橋は顔を上げ、米谷に目を向けた。

「十六ってのは？」

「バッグの中に生徒手帳があったんですよ」米谷がパスケースを開いて照明にかざす。「埼玉の私立高校ですね。川辺……、ゆうなかな、結ぶ菜っ葉」

「ゆうなか、ゆなね」

稲田が横から口を挟む。米谷がつづけた。

「生年月日は平成十四年十月三日」

先ほどから本橋は奥歯を食いしばっていた。双子の娘は平成十七年生まれだ。

部屋は全面フローリングで入ってすぐ右が浴室、トイレ、左にソファとテーブルがあり、壁際にテレビが置かれている。ベッドは左の奥でヘッドボードを壁に押しつけてあり、女はベッドの右側に落ちていた。

浴室をのぞいていた辰見がいう。

「風呂を使った形跡はないな」

「了解」

稲田が応じ、本橋のわきに来てしゃがみ、死体を見た。上着の内ポケットから金色のボールペンを出し、首筋から背中にかけて広がっている女の髪をわずかに持ちあげ、首筋をのぞきこんだ。

「見たかぎり索状痕《さくじょうこん》はないね」

索状痕は紐や指などで首を絞めたときにできる鬱血《うっけつ》した跡のことだ。女の首筋は白く、傷一つない。若いと死んだあともきれいなものだ。だが、それもわずかな間でしかないことはわかっていた。死後、数時間もすれば、変容していく。

「班長」

パスケースを調べていた米谷が声をかけてくる。稲田がふり返った。

「何？」

「これ」米谷がパスケースを開き、透明なポケットを指して見せた。「パケが三つも入ってますよ」

そういってふたたびパスケースを照明にかざして顔を近づける。

「どれも結構な上物ですね。結晶がきらきらしてやがる。ユキネタでしょう」

「ブツが良すぎたってことかしら」

つぶやく稲田に本橋は目を向けた。

「どういうことですか」

「ここを見て」

稲田がマルガイの左腕をペンで示した。肘の内側辺りだ。

「注射痕は真新しいのが一つ、その内側にもう一つあるけど、こっちは注射をしてから二、三日ってところかな」

白い肌に透けている静脈の上に小さな点が二つ並んでいた。一つは生々しい赤、もう一つは赤黒い瘡蓋《かさぶた》になっていた。

「ほかに注射痕は見当たらない」

稲田が立ちあがり、ベッドに載ったままの下半身を見た。両足は開かれ、股間の下は濡れ、緩んだ肛門からは黄色の便が出ている。若い女の股間をのぞきこむといっても死体だ。相手はもう何も感じない。

部屋には悪臭が充満していたが、マルガイが失禁したせいにほかならない。

「アブリはやってたかも知れないけど、注射は見たところ二度だけね」

「経験が浅いということだな」

いつの間にかそばに来ていた辰見がいう。四人とも白い綿手袋と半透明のオーバーシユーズカバーを着け、頭は耳まですっぽりとプラスチック製のキャップで覆っている。スキンヘッド並みに髪を短く刈っている辰見も例外とはならない。現場に立ち会うときの規則なのだ。

辰見がベッドに目をやる。

「枕のそばが濡れてるのは嘔吐《おうと》したあとだろう」

本橋も見た。枕の手前が広範囲に濡れており、未消化の破片が散らばっている。オレンジ色に見えるのは嚙みくだいたニンジンだろうかとちらりと思う。機動鑑識がやって来るまで死体に手を触れたり、動かしたりすることはできない。あくまでも機捜は初動捜査が担当なのだ。

「過剰摂取か」辰見が低い声でいう。「一回目に打ったのはたっぷり混ぜ物が入ってて、今回はユキネタだ。同じ量を打てば、ひっくり返っても不思議じゃない」

一度に摂取できる量はせいぜい〇・一グラムだ。だが、流通の過程で何度も混ぜ物がされる。かさを増すためにほかならない。さらに売人たちが自分で使う分を捻出《ねんしゅつ》するのに量を増やしてごまかす。いくら量が増えても効くのは覚醒剤の成分でしかない。出回っているパケには〇・二グラムから〇・三グラム入っている。死亡した女子高校生が所持していたパケは見た目には通常出回っているものと同じ量だとしても覚醒剤の有効成分は三倍か、それ以上になる。使いはじめて間もなく耐性が低ければ、致死量だ。

死体を見下ろしていた稲田がぼそりという。

「この子が一人で入ったとは考えにくい」

「ああ、連れがいたろう」辰見があとを受けた。「ざっと見まわしただけだが、部屋には隠しカメラはなかった。あとは受付の防犯カメラが何を捉えているかだ」

ほどなく機動鑑識員と浅草警察署刑事課強行犯係が臨場し、交代する恰好で機捜の四人は部屋を出た。ホテルの記録を調べれば、マルガイと連れが何時に部屋に入ったかがわかり、司法解剖によって死亡推定時刻も出るだろう。

機捜の次の仕事は周辺の検索、聞き込みになる。ホテルの玄関で四人はキャップ、シューズカバーを取り、手袋を脱いだ。


「オラーイ、オラーイ、オラーイ……」

背中に大きくコクマと入ったブルーの作業服を着た中年女が甲高い声を張りあげていた。周囲に響きわたる声量にくわえ、おかしなイントネーションがやたら耳障りだ。聖也は唇を思いきり歪めていた。中年女はコクマの売り場主任をしている。入荷のときには店舗の裏のシャッターを開け、トラックを誘導していた。

「はーい、ストップ」

トラックが停止し、運転手が降りてくる。売り場主任と同年配くらいで前を開いたジヤンパーの間から丸い腹がせり出ている。

「お疲れっしたぁ」

主任の声に聖也はまた顔をしかめた。若い子ぶっているつもりなのかやたら語尾を伸ばすところが気持ち悪く、嫌悪が募った。

「毎度どうも」運転手が伝票を出した。「お宅はいつも元気で気持ちいいねぇ」

「元気だけが取り柄っすから」

たまに聞くなら元気がいいだけで済むが、毎日聞かされるとたまらない。主任が伝票にサインすると運転手がトラックの後部に回り、扉を開けて乗りこんだ。

「はい、お手伝いして」

主任が聖也に声をかけてくる。口の中でぼそぼそと返事をしてトラックの後部に近づいた。荷台を囲うコンテナの中で運転手がダンボール箱を押してきた。ちらりと聖也に目をくれ、薄ら笑いを浮かべる。

「カサはあるけど、中味は衣類だからそんなに重くない。大丈夫だろ」

「はあ」

「さあ、行くぞ。気をつけて」

運転手がダンボール箱を押し、荷台の後端から押しだすのを聖也は受けとった。両手で抱え、反転し、コンクリートの上に箱を置く。主任はいかにもチェックしてますといった顔つきで伝票から顔を上げない。

何のチェックだよ、馬鹿野郎——腹の底で罵った聖也は二つ目の荷物を受け取り、一つ目の横まで持っていって下ろした。

伝票には、決まり切ったフォーマットに今日入荷するダンボール箱の数だけが手書きで入っている。箱の中味について記載はないし、箱にもおかしな漢字が印刷されているだけだ。中国で使われている簡略化された文字らしいが、聖也に読めるのはところどころでしかなく、中味は想像もつかなかった。伝票に個数しか書き入れられていないのは誰も箱に印刷された文字を読めないからだ。

一抱えもあるダンボール箱八つが今日の入荷分だった。

運転手がトラックの後部扉を閉め、しっかり施錠している間に主任が胸ポケットに差したボールペンで伝票にサインする。運転手に伝票を挟んだボードを返してにっこり頬笑んだ。異様に白い前歯がずらりと並んでいる。歯茎が真っ黒なのはすべて差し歯だからだろう。

伝票をさっと見た運転手がトラックに乗りこみ、ドアを閉めてエンジンをかける。

「ありがとうございましたぁ」

またしても声を張りあげ、語尾を伸ばす。

聞こえてねえよと胸の内で罵る。

並べたダンボール箱に近づいてきた主任が眉を寄せて箱を見る。次いで聖也に目を向けた。

「手前の四つはA－1、あとはB－2だね。どれも下段に入れるだけだから一人でも大丈夫でしょ」

たとえ最上段に入れるとなっても主任に手伝うつもりなどさらさらない。年甲斐《としがい》もなく派手なオレンジやピンク、きらきらしたガラスの粒で盛りあげた爪が折れれば大事件になる。

「中味は何ですか」

「あんたは気にしなくていいよ」

どうせ答えられないだろうと思ってわざと訊いた。予想した通りの答えが返ってきたことにほんの少し満足する。ふんというように主任が背を向け、通用口から入っていったあと、台車にダンボール箱を二つ積み、倉庫に入った。大きなシャッターが三枚取りつけられているが、巻きあげてあるのは通用口に近い一枚だけだ。

倉庫の中にはスチールの棚が二個ずつ、三列に並べられている。列は通用口に近い方からA、B、Cで1が事務所側、2が背中合わせになっている方を指した。台車をA－1の前につけ、下段にダンボール箱を入れた。中味は衣類だろうが、トラックの運転手がいうほどには軽くない。滑り止めのゴムいぼがついた軍手をはめていても落としそうになり、低く罵った。

「チクショウ」

ふたたびコクマの倉庫でアルバイトするようになって三日目だった。詩遠と浅草の遊園地前で別れ、スキップしそうになるほどはしゃいで歩いているときに牛頭に声をかけられた。一瞬にして天国から地獄、生きた心地がしなかった。万引きの通報をしたのはお前だろうといわれ、気圧されるままうなずいてしまったときには人生終わったと思った。

ついてこいといわれれば、逆らいようはなかった。しばらく歩いた後に入ったのは小さな鮨屋で、上にぎりをご馳走してくれた。

『礼だ、食え』

いきなり礼をいわれても理由がわからない。飯台に並んだ鮨に手を伸ばさずにいると牛頭が生ビールを飲んで口元をおしぼりで拭い、話しだした。

『あのときの女だがな。あれ、ヤバいみたいよ』

牛頭が目を上げ、聖也を見る。

『すごーくヤバいみたい。もし、悪さなんかしてれば、おれもどうなっていたかわからん。ひょっとしたら今ごろ簀《す》巻《ま》きにされて東京湾に沈んでたかもな』

あんただったら浮かぶんじゃないのかと思ったが、口には出さず、身じろぎもしないで見つめていると顔を寄せてきた。たばこ臭い息が鼻を突く。それから左手の小指を突きあげて見せた。しかし、牛頭の左の小指は第二関節の半ばほどから断ち切られていた。いかにもヤクザ者ぶってはいるが、昔、旋盤工をしていた頃に切り飛ばしたという話をコクマの従業員から聞いたことがある。

『レコだってよ。シャブの売《バイ》やってる大物の、な。実をいうとこれ、これからレコになるらしい』

これをひっくり返してレコ、重なった駄洒落《だじゃれ》に牛頭がくっくっくと笑う。口臭がきつくなった。

『まだ毛も満足に生えそろってないガキだってえじゃないの。おれはすっかりでき上がってるものだと思ってたんだけどよ』

さらに声を低くして、牛頭がつづける。

『カイザーっていうらしい。カイザー、わかる？　学のないお前にわかるはずもないか。皇帝だよ。学校の庭じゃねえぞ。王様より偉い皇帝だ。何でも近々迎えに来るらしい。ついでにここらの縄張《なわば》りをそっくりいただいちまおうって腹らしくてな。おれのところに出入りしてる連中が噂してやがんのよ。背筋が凍ったぜ。そういうわけで知らぬこととはいえ、お前には助けてもらった。恩があるってわけだ。だから食え』

顎をしゃくって飯台を指し、ぎょろりとした目で睨んできた。聖也はあわてて合掌し、玉子の握りに手を伸ばした。

鮨をすべて食べ終わったあと、牛頭が訊いた。

『お前、仕事は?』

聖也は首を振った。牛頭がにやりとする。

『ちょうど良かった。お前が昔やってたバイトだけどな、同じ仕事をしてた奴が先週辞めちまったんだ。つまり空きができたってわけだ。少年院帰りじゃ、どこも雇ってくれないだろ。明日からうちへ来い。ありがたいだろ。鮨を食わせてもらった上に仕事の世話までしてくれるんだから』

倉庫管理のアルバイトは午前八時から午後八時までの十二時間、昼休憩は一時間認められているが、荷物の搬入があれば、そのかぎりではない。日当は一日二千円、時間給にすれば……、計算するのも馬鹿馬鹿しい。

八つのダンボール箱を棚に収め、ひと息吐こうとしたとき、ジーパンのポケットに突っ込んであるスマートホンがかすかに振動する。マナーモードにしたままなので誰に聞かれるはずもないのに周りをうかがってしまった。ツーツツという振動はＬＩＮＥが入ったことを知らせている。今、聖也にＬＩＮＥでメッセージを送ってくる相手は一人しかない。周囲に誰もいないのを確かめ、スマートホンを取りだす。

やはり詩遠からだ。

今度、聖也の部屋を見たいな――

聖也はスマートホンの画面を見つめたまま、そっとため息を吐いた。

「これが分析の結果だそうで」

そういって浅草署薬物対策係の木戸がＡ４判の用紙を机の上に出す。辰見と本橋は身を乗りだして見た。そこには折れ線グラフが上下に三つ並んでいて、それぞれＡ、Ｂ、Ｃと記されている。

辰見が目を上げると木戸がうなずいた。

「Ａがタイガーキングが所持していたパケの中味、Ｂは辰見さんがパクった女……、何ていったっけか」

「桜井美玲」

本橋が答えた。

「そう、桜井だ。あの女はパケを持っちゃいなかったが、内縁の亭主が所持してた。そしてＣがこの間の女子高生が持ってた奴だ」木戸が目を上げ、本橋を見る。「グラフで何か気づくことは？」

「形が似ている」

「そう」木戸がもう一枚用紙を取りだして重ねて置いた。「これは三つの分析結果を同じグラフに載せたものだ。わかるだろ、ほとんど一致してる」

辰見が顎を撫でて訊いた。

「混じってる不純物が一致したってことか」

「そうです。つまり三つのパケの中味はいっしょ。今、不純物といわれましたけど、ごく微量で、高純度のシャブだそうです」

「するとあの女子高生の死因はやっぱり？」

辰見が訊きかえす。

「ショック死ですな。いつも通り……、というか二回目のようでした。注射痕は二つしかありませんでしたから。それ以外の方法をやってたかどうかはわかりませんが、少なくとも注射は二回です。前の回と同じだけの量を打って……」

木戸の表情が厳しくなる。

「カイザーか」

辰見の問いにますます厳しい顔つきとなった木戸がゆっくりとうなずいた。

「おそらく」

4

刑事課の大部屋がある二階から一階の玄関ホールまで降りてきたとき、戻ってきた女性捜査員が辰見と本橋に気づいて声をかけてきた。

「先日はお疲れさまでした」

「ああ、どうも」

辰見が挨拶《あいさつ》を返し、本橋は会釈する。万引き犯が十三歳だったところから臨場した少年係の捜査員だ。顔を憶えている。小柄でショートカット、黒のパンツスーツ上下を着て、右腕にはベージュのコートを掛けていた。かかとが低く、爪先の丸い黒革のパンプスを履いている。私服というものの基本的にはスーツ、色、デザインに指定がある。機捜に来た当初は制服と変わらないじゃないかと思ったものだが、世間の女性会社員はたいてい同じ恰好をしている。警察官の私服は街中に溶けこむことが目的だからお仕着せで不都合はない。しかもスーツは夏冬二着ずつ支給されている。

「あのとき六区交番の片倉が親が迎えに来るようなことをいってたが、来たのか」

辰見の問いに女性捜査員が首を振る。

「すぐにってわけじゃなかったですけどね。あの子の家、茨城なんです」

「それじゃ、つくばエクスプレスか」

「いえ、常磐線の方ですね。北茨城で福島県のとなりなんです」

「結構遠いな」

「うちから連絡を入れたときには母親は仕事中だったんですけど、早退して、特急で来ました。それでも何だかんだで三時間以上かかりましたかね」

「母親の職業は?」

「建設会社で事務をやってるという話なんですが、元々は父親の会社で今は兄があとを継いで社長だそうです」

「それじゃ、早引けもできなくはないか。あの女の子の父親はたしか外国人だったな」

「スリランカです」女性捜査員の表情が曇る。「でも、平成十七年にオーバーステイで強制送還されてるんです」

「平成十七年? それなら……」

「はい。彼女は父親の顔を知らないというか、当時母親は妊娠していて、それを理由に何とか国に送りかえされるのを止めようとしたんですが、ダメでした。ただ国籍は父親と同じでと母親が強く希望したようです」

「どうして?」

「さあ」女性捜査員が首を振る。「わかりません。詩遠は外国語はダメなようです。父親とはまるで接触はありませんし……」

「未就学か」

「少なくともこの間話を聞いたかぎりでは英語も使えるような印象はなかったですね。ちょっと色黒かなとは思いましたけど、顔立ちはその辺の女の子と変わりませんね」

本橋はスーパーから連れていかれるときの詩遠を思いだしていた。たしかに色白ではなく、顔立ちは十人並みだったが、目が印象的だった。澄んでいて、眼光が鋭かった。

辰見が言葉を継ぐ。

「その後父親は？」

「送還されたあとのことはわかりません。わが国としては送りかえして、本人が到着したと先方から連絡が来れば、そこで終わりです。渡航にかかった費用なんかはあちら側の負担になるので請求はしますが」

「踏みたおされて、泣き寝入りか」辰見が目を伏せ、ふっと息を吐く。「スリランカは遠いな」

「今ならスマホのアプリでいくらでも無料通話できますけどね、テレビ電話で。それに格安航空券もいろいろあります。直接スリランカを目指すのでなければ、バンコク、ハノイ、シンガポールなんかを経由して六、七万で行けるんじゃないですかね」

「シンガポール？」

ふいに本橋が口を挟んだので辰見と女性捜査員がそろって目を向けてきた。

「シンガポールがどうかしたのか」

辰見の問いに本橋は首を振った。

「いえ、何でもありません」

女性捜査員がふたたび口を開く。

「シンガポールはアジア南部の経済の中心都市ですからね。日本だけじゃなく、中国各地、フィリピン、タイ、マレーシア、そのほか中東やヨーロッパ、アメリカとも盛んに行き来してますよ」

女性捜査員と別れ、駐車場に出て捜査車輌に乗りこんだ。辰見が助手席、本橋は運転席に座る。辰見が相勤者となってから運転はもっぱら本橋の担当だったが、まったく苦にならない。シートベルトを締め、エンジンをかけた。

「どうしますか」

「とりあえず分駐所に戻ろう」

「了解」

浅草警察署前の駐車スペースから車を出し、左折する。

足立区北部の住宅地でぼや騒ぎがあり、放火の可能性があったため、辰見と本橋が出動したのだが、ひとり暮らしの老女が煮物を作っていてすっかり忘れ、焦げついた鍋から大量の煙があがって近所の住民から通報が入っただけとわかった。現場近くまで行っていたが、引き返してきたのである。分駐所に向かっている間に辰見が木戸に電話を入れ、その後の覚醒剤捜査について問い合わせたところ、分析結果が出たといわれ、立ち寄ることにしたのだった。

基本的に機捜は事案が発生しないかぎり待機している。

「さっきシンガポールに反応したな」

「ええ」本橋は右折させながらうなずいた。「実はこの間古巣に行きましてね。自分は長い間……、というか入庁以来、大半を第六機動隊で勤務してまして」

「たしか南の方にあったな」

「ええ、品川区の勝島《かつしま》に本部があります。羽田も管轄に入ってるんですけど、国際線ターミナルができてから情報管理部門が強化されました。それで先輩を頼ってカイザーについて聞きに行ったんですよ」

「どうして？」

「やっぱり気になりますし、それにカイザーというと外国人かなと思いまして」

「休みの日にわざわざご苦労だったな」

「官舎はいまだに六機のそばなんですよ。家族持ち用ですし、子供が中学生なんで転校とかが面倒なんで」

軸足を機動隊に置いているつもりだとはいわない。今は機捜の一員であり、まして相勤者といっしょなのだ。

「何かわかったのか」

「カイザーを名乗っていて、怪しげな奴だと見られたのは全部ひっくるめると六十八件ありました。羽田の国際線ターミナルだけの数字です。羽田のせいか七割近くがアジア系で、シンガポールを拠点にしている者もいました」

「シャブがらみもあったのか」

「ええ。シャブだけじゃなく、違法薬物全般ですね。税関が摘発したケースが多いんですが。その中にスリランカという名前もちらほらとありました」

「カイザーってのはありふれてるわけか」

「そうですね。まあ、来年のオリンピックに向けて警備部は警戒を強めてますから挙げられる人数も増えて……」

センターコンソールに取りつけた無線機から声が流れだし、本橋は口をつぐんだ。

〝至急至急、本部から各移動。足立区……〟

告げられた住所を聞いて辰見が苦笑する。

「何だよ、ついさっきまでいたところじゃねえか。逆戻りかよ」

〝男が暴れているとの通報があった。なお暴れている男にあっては拳銃のようなものを所持しており……〟

　間髪を容れず辰見が床を踏む。サイレンが鳴りだし、天井付近でごとごとと音がして赤色灯が出た。次いで本橋に目を向けてきた。

「拳銃のようなものだってよ。サットの出番だ」

「抗弾ベスト着用してくださいよ。流れ弾でも危ない」

「あんたの後ろにぴったりくっついてるよ。防弾チョッキなんかよりはるかに頼りになる」

　地方橋《じかたばし》の交差点では信号が赤だった。本橋はブレーキをかけ、車の速度を落としたが、そのまま進んだ。辰見がマイクを取り、口元に持っていく。

「緊急車輌が赤信号に進入します。緊急車輌が赤信号に進入します」

　左右から来ている車輌が一斉に止まる中、本橋は交差点に入り、左折した。マイクをフックに戻した辰見に向かっていう。

「自分を抗弾ベスト代わりに使われるのは全然かまいませんが、サットじゃなく、エス、エイ、テイです」

「了解」

　辰見が苦笑し、うなずきながら両手を上げて見せた。

労休と日曜日が重なったこの日、力弥は決心して寮を出た。小沼から送られてきたメールにあった住所を頼りに聖也を訪ねてみよう、と……。

小沼が知らせてくれたとき、すぐにスマートホンのマップで聖也の自宅を調べてあった。寮から二キロほど西へ行ったところで、歩いて二十分ほどでしかない。しかし、すぐに決心はつかなかった。

少年院を出て、世間の生活に馴染めるよう訓練する施設に十ヵ月いたあと、聖也が戻ってきたのは母親のところらしかった。今もそこにいるのかはわからない。だが、ためらったのはいきなり訪ねていく理由がなかったからだ。

もし、聖也が届けでている住所に今も住んでいたとしてもいきなり力弥が訪ねていけば、怪しく思うに違いない。中学二年で聖也が転校して以来、一度も連絡をとったことがない。それでいて聖也の現住所を知っているとなれば……。

個人情報保護がうるさくなってからというもの自宅住所を知る方法はかぎられる。警察であれば話は別だ。聖也は少年院に二年にいて、おそらく今も保護司のところに月に一度は出頭していると予想される。スーパーコクマのそばで見かけた男が聖也であれば、間違いなく制服姿の力弥を見ているはずだ。

警察であれば聖也の現住所を知っていても不思議ではないが、警察官がいきなり訪ねてくれば警戒するだろう。逆にコクマで見かけた男が聖也でなければ、厄介《やっかい》になる。どのようにして自宅を知ったのか、六年も音沙汰《おとさた》なく、どうして急に訪ねてくる気になったのか……。

いくら思いを巡らせても解決策は浮かばなかった。

もし、聖也がコクマで見かけた男でなければ、正直にすべてを話そうと決めた。今、警察官であること、浅草のスーパーから万引きの通報があり、臨場したときに聖也によく似た男を見かけてお前のことを思いだしたから、と。

あれが聖也だったら、どうするか。それも出たとこ勝負で行こうと決めた。あのとき、聖也がコクマにいたのは偶然なのか、通報してきたのは聖也ではないのか、それが気になったからだと話してみる。

聖也らしき男を見かけてから気になっていたのは間違いない。それに申し訳なさがあった。

この六年間、聖也をすっかり忘れていた。一時は双子の兄弟のように毎日いっしょにいたのに転校していったあとは連絡を取ろうとしなかったし、聖也の事件について噂を聞いても調べようとしなかった。調べる手立てがなかったこともあるが、それ以上に真実を知るのが怖かった。そして、そのうち忘れてしまった。

スマートホンの指示通りに寮から歩いてきてたどり着いた先は古くて小さな二階家だった。玄関先には数は少ないながら植木鉢が置かれ、手入れがされている。人の住んでいる気配は濃厚だったが、表札が鈴木ではなかった。

聖也の母親の実家ではないのか……、母親とは名字が違うのか……、そもそも小沼の教えてくれた現住所が間違っていたとか……。

首を振り、スマートホンを上着の内ポケットにしまう。小沼が間違えるはずはないし、聖也が退院時に嘘の住所を申告するとも考えられなかった。

曇りガラスを入れた木製の格子——すっかり埃《ほこり》が染みこみ、日焼けして真っ黒になっている——の引き戸のわきに呼び鈴のボタンがあった。ボタンだけでスピーカーはない。防寒コートを脱いで右手にかけてからボタンを押した。ガラス越しにかすかなチャイムの音が聞こえる。

それだけだった。留守なのかと思い、もう一度ボタンを押してみようかときめかねているとき、錠を外す音がして引き戸が十センチほど開いた。隙間から顔をのぞかせた小柄な老婆が力弥を見上げている。

「はい」

力弥は腹に力を込めた。

「こちらに鈴木聖也さんはいらっしゃいますか」

「はあ……」老婆の眉間に深いしわが刻まれる。「何のご用でしょう?」

「失礼しました。実は私、鈴木君の中学の同級生で粟野力弥と申します。たまたま聖也君がこちらにいることを知りまして、久しぶりに会いたいなと思って来ました。突然、申し訳ありません」

「同級生……、粟野さん」

老婆がますます不審そうな顔つきとなった。聖也の前歴を考えれば、不安になってもおかしくない。聖也が少年院送致となったのは中学生のときであり、その同級生となればますます怪しく思うだろう。

「今、聖也はおりません」

「どちらに住んでるんですか」

「いえ」老婆が苦笑とはいえ、笑みを見せた。「ここにいますけどね。今は仕事に出て、帰ってくるのは九時過ぎになると思います」

「日曜日なのに？」

「スーパーの倉庫ですから土、日の方が忙しいみたいですよ」

「コクマですか」

「そう、そんな名前だった。たしか……」

「そうですか」

力弥はポケットを探り、出てきたコンビニエンスストアのレシートの裏に名前と携帯電話の番号を書いて老婆に差しだした。

「これ、鈴木君に渡してもらえますか」

「はあ」

老婆がレシートを受けとる。

「よろしくお願いします」

力弥は腰を折り、深々と頭を下げた。

聖也はうつむき、だらだら歩いていた。倉庫で詩遠からＬＩＮＥが入り、すぐに開いていた。とっくに既読というメッセージがついているだろうが、まだ返信していない。牛頭がレコといって断ち切られた小指を立てて見せた。レコという言い方を聞いたのは初めてだが、意味はすぐにわかった。

『これからレコになるらしい』

牛頭の言葉が蘇ったとたん、聖也は立ちすくんだ。浅草寺本堂の前で再会したとき、詩遠がいったことを思いだしたからだ。

『いろいろわけがあって今はきれいな躰でいなきゃならないんだ』

つづけて牛頭がカイザーといった。王様より偉い皇帝だ、とも。そのカイザーが詩遠を迎えに来る。自分の女にするために……。

聖也が通報することなく、牛頭が詩遠にいたずらしていたら殺されていたかも知れないともいっていた。詩遠は自分より三つも年上の妹分が牛頭に悪さをされたことに怒り、復讐するつもりでコクマに乗りこんだ。カイザーの名前を出すつもりだったのか。だが、そのとき牛頭はまだカイザーが何者か知らなかった。それとも詩遠にはほかにも牛頭をすくみ上がらせる方法があったのか。

背筋が凍ったと牛頭はいった。

いやいやいや——聖也は首を振って歩きだす——牛頭なんかヘタレだし、根性なしだし、ビビリだし……。

それでもケチながら上握りをご馳走してくれるほどには怖がっていた。そこだけは本当だ。

詩遠が聖也の部屋を見たいといってきた。曾祖母の家に連れてくるということか。詩遠が聖也の家を知っているはずはないからどこかで待ち合わせをして連れてくるしかないだろう。

敷きっぱなしの布団を片づけて、掃除機くらいかけなきゃならない。押入を改造してジャンパーやジーパンを掛けてあり、あとは映りもしないテレビがあるだけだ。畳が波打っているような古い四畳半だし……。

そこまで考えてふたたび立ちどまった。

うちの便所は和式じゃん！　しかも一階にしかないし、詩遠がトイレに行きたいといいだしたらどうするのか。近所のコンビニに連れていくのか。

恐怖に駆られながらも部屋に詩遠がいるという想像は魅力的で止まらなかった。ふたたび歩きだす。

いつの間にか祖母がやっているスナックの前を通りすぎた。うちは目の前だ。決心がつかないまま、歩き通してきた。どこをどう歩いたのかまるで憶えていない。いつもならだらだらつづく帰り道がひどく短く感じられた。

どうしようか……、返信しなくちゃまずいだろ……、いやいや、牛頭があんなにびびっていたんだから……。

玄関に近づいたとき、後ろから声をかけられた。

「鈴木君？」

ふり返った。

防寒コートを着た背の高い男が歩道に立って、聖也を見ていた。

力弥——少なくともコクマの裏に自転車を止めたお巡りだ。

背を向け、駆けだしていた。躰が反応してしまっただけだ。だけどすぐに思った。逃げ切れるはずがない。

力弥ならリレーのアンカーだ。

第四章　友達

1

「聖ちゃん」

背後からそう声をかけられ、聖也は足を止めた。

今は大人の声になっているはずなのに、あの頃と同じに聞こえた。力弥がちゃん付けで聖也を呼んだのは中学一年の一学期だ。最初は鈴木君、それから聖ちゃんになって、夏休みにはどちらともなく呼び捨てにしていた。たぶんちゃん付けで呼びあうのが小学生のようだと感じたからだろう。

あの頃と同じように呼ばれて走るのをやめた。

いや、嘘。

力弥に追いかけられて逃げられるはずがない。だから止まっただけだ。聖也はふり返らず、自宅に目をやった。

「ここ、ばあちゃんの家なんだ。ばあちゃんっていっても本当は曾祖母《ひいばあ》ちゃんなんだけど。だから……、ついてきて」

「わかった」

力弥の声はさっきと同じところから聞こえてきた気がする。少し落ちついて、両手をジャンパーのポケットに突っ込んで歩きだした。腹が減っていた。曾祖母は夜ご飯の支度をして待っているだろう。カレーライスか、ハンバーグか、鶏の唐揚げか……、夜ご飯は聖也の好きそうなものを用意してくれる。でも、聖也は曾祖母の煮物が好きだ。うつむいて歩きつづけた。どうして力弥が聖也の家を知っているのかは訊くまでもない。警察にはいろいろコネがあるだろう。

尾竹橋《おたけばし》通りにぶつかって、信号のある交差点を左に曲がり、すぐ先にあるケーキ屋――とっくに営業時間は終わっていてシャッターが下りている――がある角をまた左に折れた。

狭い舗装路を歩きつづけながら力弥の足音を聞いていた。革靴を履いているようだ。やがて右に黒い針金のフェンスが見えてきた。開いたままになっている入口を進み、舗装をしていない道の玉砂利を踏んで進む。フェンスは大きな配送センターを囲んでいるのだが、小さな稲荷社にはいつでもお参りできるよう参道の入口は開けてあった。稲荷社と配送センターの駐車場の間にはコンクリートの塀があった。

配送センターの水銀灯で稲荷社は照らされていて、石灯籠《いしどうろう》がぼんやりと見える。葉っぱが落ちた木々が植えられているものの森というには貧弱だった。昔々は境内がもう少し広かったのかも知れない。

石の鳥居をくぐり、石を敷いた狭い道を歩く。水銀灯の光は何本かの木にさえぎられて、ところどころ深い闇《やみ》になっている。もう一つ石の鳥居をくぐると赤い鳥居が四つ、色を塗っていない鳥居が一つあってお堂の前に出るようになっていたが、聖也は右に逸れ、少し開けたところで足を止めた。目の前がコンクリート塀だ。

ゆっくりとふり返った。力弥がまっすぐ聖也を見ていった。

「久しぶり」

「そうだね」

そう答えると力弥は目を伏せ、黙りこんだ。首をかしげ、鼻をつまんで引っぱる。聖也は思わず噴きだしてしまった。

「えっ?」びっくりしたように目をぱちぱちさせて力弥が顔を上げる。「何かあった?」

「変わらないね。鼻、引っぱってる。困ったときはいつもそうしてた」

力弥が手を下ろし、苦笑いした。

「そうかもしんない」

「この間のこと?　別におれは悪いことしてないよ」

「いや」力弥があわてて首を振る。「今日は職務で来たわけじゃないんだ」

すんなり出た職務という言葉に胸の底がざわざわする。聖也はたしかに警察に目をつけられるような真似こそしていないけれど、ついこの間、詩遠といっしょにシャブをあぶって吸っている。

やがて力弥がうなずいた。

「そう、この間のこと。聖也が立ってるのを見て、びっくりして……」

聖ちゃんから聖也になった。この方があの頃っぽい。

「おれ、変わってないから。相変わらずチビだ」聖也はふっと笑い、それから力弥の頭の天辺から足下まで目をやった。「力弥は大きくなったね。今、何センチ？」

「百八十七……、また少し伸びたかも」

「いいなぁ」

素直に羨ましかった。せめて百七十センチあればと何度考えたことか。それでコンビニエンスストアではよく牛乳を万引きしていた。牛乳をたくさん飲めば、背が高くなると聞いたからだ。力弥はよく飲んだのだろうか。それで背が伸びたのか。

「あのさ……」

「何？」

「いや」

訊いたところでどうなるわけでもない。牛乳ならセンターにいる間、毎朝げっぷが出ても無理して飲んでいたけど、一センチも伸びなかった。

力弥がお堂に目をやった。

「ちょっと座らない？」

「いいよ」

　赤い前掛けをしたキツネが向かいあっている先の神社に向かって手を合わせたあと、石段の一番下に腰を下ろした。力弥が足下を見たままいった。

「さっき何か訊きかけたろ」

「うん……」聖也は唇を嘗めてから訊いた。「どうしてマッポ……、お巡りさんになんかなったの?」

　なんかはまずかったか——ちらりと力弥の横顔をうかがったが、気にする様子もなく地面を見つめつづけている。やがて逆に訊きかえされた。

「憶えてるかな、中二んときの冬、チャリにリャンケツしてて警官に止められたろ」

「うん、何となく……」

　唾を嚥みこみそうになるのを何とかこらえた。あの日からの出来事はすべて一点に向かって流れていく。力弥の自転車に二人乗りしていて警官に捕まったのは三番目に思いだしたくない夜の出来事だ。

　だが、力弥はぼそぼそとつづけた。

「刑事が二人だった。辰見さんと小沼さんって人だ。憶えてる?」

「いや」

　首を振った。刑事の名前など聞いたかどうかもはっきりしない。うなずいて力弥がつづける。

「あれがきっかけで小沼さんと仲良く……、知り合いになった」

聖也は苦笑した。

「別に仲良くでもいいよ」

「いろいろあってね。あの頃、おれらは毎晩いっしょにうろちょろしてたろ……」

力弥の声を聞きながら聖也はだんだんと胸が苦しくなるのを感じていた。話があの夜――二番目に思いだしたくない夜に近づいているからだ。

「隅田川の方で車上荒らしがあって小沼さんは警戒についてた。おれ、たまたまそばにいて、小沼さんの顔見るなり逃げだしたんだ」

「カーステでも盗んだから？」

「いや、何もしてない」

「何もしてないなら逃げることないじゃん」

「聖也だって、さっきいきなり逃げたろ。何もしてないなら逃げることなかったんじゃないか」

「びっくりしたからさ」

「マッポにいきなり名前を呼ばれたら逃げたくなる」

「いいの、マッポなんていっちゃっても」

「学校に知られたら指導室に呼ばれる」

「学校って?」

「警察学校。今はソツハイで浅草にいるけど、あと何ヵ月かしたらまた学校に戻るんだ。だからまだ半分生徒なんだよ」力弥が照れ笑いを浮かべ、頭を掻いた。「恰好だけは一丁前だけどね。中味は全然」

「それで、小沼さんの顔見て逃げだしたあと、何かあったのか」

「路地に逃げこんだんだけど、行き止まりだったんだ。それでコンクリートの塀にとびついてよじ登ろうとした。そのとき小沼さんが後ろからおれを捕まえて……、おれ、そのとき手に汗かいててさ、それで滑っちゃって、二人いっしょに落ちた」

「怪我、したの?」

「腕を折っちゃった。そのせいで小沼さんは停職食らったんだ。逃亡しようとした中学生に重傷を負わせたんだからね」

「何もしてなかったんだろ」

「そうだけど、そのとき小沼さんは何にも知らないわけだからさ」

身内をかばうような口振りが何となく面白くなくてスニーカーの爪先で地面を掘りはじめた。

「あのあと、おれたち、脅されてたろ。あいつの兄貴にさ」

一番思いだしたくないあの日にまた近づいた。やはり力弥は何か知っていて、それを訊きたくて家の前で待っていたのか。

「おれ、怖くなって、それで小沼さんに電話したんだ。停職なんて知らなかったし、携帯の番号だけは教えてもらってたから。でも、来るな、警察に行けっていわれてさ。がっかりしたよ。やっぱり親切そうに見えても警察官って自分の職務に関係ないとそんなもんかなってね」

力弥が首を振る。

「違ったんだ。風邪ひいて寝こんでたんだよ。熱が四十度くらいあったんだけど、近くの駅まで迎えに来てくれた。今から考えると、どんな事情があるにしても中学生を自宅に入れちゃまずいんだけどね。たとえ男子でも。まあ、それはいいや。とにかく小沼さんのところに行ったら真っ赤な顔して苦しそうだった。それで母ちゃんの病院に連れていったりして……」

力弥の母親が看護師をしていたのを思いだした。一晩病院で寝て、熱が下がったという。それ以来、仲良くなったらしかった。

一通り話しおえると力弥が聖也に目を向けた。

「この間、コクマの裏で見かけたときはまさかと思ったんだ。よく似てるけど、何年も経ってるのに全然変わってなくて。あの頃のままだったから」

「それで調べてみたのか」

聖也の切り返しに力弥がはっとしたような顔をする。わずかに間を置いてうなずいた。

「そう。中学のとき、冬休みが終わって学校に行ったら担任がいきなり聖也が転校したっていって……、それっきりになったろ」

「母ちゃんに新しい男ができて引っ越したんだ」

スニーカーの爪先で地面をほじくり返しながら力弥の視線を横顔に感じていた。違う。力弥が訊きたがっているのは、そこじゃない。わかっていた。

「今は埼玉にいるけど、おれはお邪魔虫なんでばあちゃんのところにいる」

一番思いだしたくない日に行き着いてしまった。

聖也は低い声でいった。

「あの日死んだのはさ、ゴンジなんだ」

しばらくの間、力弥は声を出せず、呆然と聖也を見つめていた。聖也がゆっくりと顔を向け、力弥を見る。水銀灯の光が反射して、一瞬、目が白くなった。

「ゴンジ、憶えてるだろ?」

「ああ」

力弥は何とか声を圧しだした。

四角い顔をして、目の細い男だ。中学二年のとき、同じクラスにいた。しかし、名前も名字も憶えていない。皆がゴンジと呼んでいて、力弥も同じように呼んでいたせいだ。

ヤクザの組に入っている兄貴がいるとゴンジはいつも自慢していたが、クラスの大半は嘘と決めつけていた。ゴンジは根っからの嘘つきで病的とさえいえた。それで誰もゴンジのいうことを信じなかった。兄貴がゴンニイで、その弟だからゴンジ、あだ名の由来はそれだけでしかない。

力弥は唇をひと嘗めして言葉を継いだ。

「どうしてゴンジが？」

あの日というのが聖也が少年院送りとなったリンチ殺人事件が起こった日を指し、被害者がゴンジなのだろうと察しはついた。中学三年の夏休みに聖也がリンチ殺人事件に加わって少年院送りとなったという噂が立った。唯一、被害者を殴ったのが聖也だったという。

新聞やテレビで報道された。そのときに被害者のフルネームが出たかも知れないが、力弥にはゴンジに結びつけられなかった。

もう一つ、力弥と聖也を殺すとメールをしてきたのがゴンニイであり、パニックに陥った力弥は小沼の自宅に押しかけた。小沼が高熱を発して動けなくなった夜のことだ。くだんのゴンニイは同じ頃自転車を使った引ったくり事件を起こし、被害者の老婆《ろうば》がバッグを取られまいとして転倒、電柱に頭を打って死亡した。それでゴンニイは少年院送致となったため、力弥と聖也は無事だった。

「あいつ、兄貴が入院したんで学校にいられなくなったんだ。それで転校してきたのがおれのいた学校だった。ゴンジって馬鹿だからさ、兄貴なんかとっくにいないのに、うちらの学校に来たときも兄貴はヤクザだって威張ったんだよ。本人は訾められまいとしたのかも知れなかったけど……、ホント、馬鹿」

聖也が目を伏せ、また爪先で地面をほじくりながらつづけた。

「おれ、前の学校のことがあるからあいつには近づかなかったんだよ」

「そうだろうな」

「そのうちあいつがいじめられるようになった。当たり前だよな。弱っちいくせに偉そうにしてるし、相変わらず嘘ばっかり吐いてたし……、おれでもあいつと喋《しゃべ》ってると殴りたくなった」

ゴンジというのはとにかく落ちつきがなく、授業中でもじっと座っていることができなかった。教師が注意すれば、大声でわめく。泣かすぞ、殺すぞ、相手が女性教師なら犯すぞ……、もっと汚い言葉を投げつけた。

話は嘘ばかりだ。銀座の高級鮨店では兄貴のおかげで顔だからいつでもカウンターで好きなものを食って、一度も金を払ったことがないとか、アイドルタレントの誰それが輪姦されたときには自分も現場にいて最後だったけどやったとか——すぐに嘘とわかるような話ばかりしていた。

また、誰かがゴンジに向かって何をいっても最初の返事は『いや、違う』だ。ゴンジ以外のクラスメートが話していると『それ、違う』といって割りこんでくる。それでいてゴンジがいうのはすぐばれるような嘘ばかり。皆が違うといっても自分の主張をがんとして曲げようとしない。

力弥はうなずいた。

「おれも、だ」

聖也が弾かれたように顔を上げる。

「何が？」

「おれもゴンジを殴りたいと思ったことあるよ。何度も……、あいつと話をするたびにかな。やれなかったけど」

「それはおれも同じだ」

聖也が力なく笑う。力弥は聖也の横顔をうかがった。

「でも、ゴンジには近づかないようにしてたんだろ」

聖也がうなずく。

「それなのに……」

なぜ、ゴンジのリンチに加わったのかとはさすがに訊けなかった。言葉を探しているうちに聖也が話しだした。

「ゴンニイが引ったくりでパクられたろ。相手の婆さんが転んで、頭打って、死んじゃって」

「うん」

「あのときに使ってたチャリ……、おれがパクった奴だったんだ」

思いだした。あの日、夜遅くに聖也も力弥もゴンジからメールを受けとっていた。ゴンニイが呼んでる、と。来なければ、お前らの家に行って殺すといってる、と。それで力弥は小沼に連絡を取ったのだが、聖也はゴンニイが住んでいるアパートに行った。とりあえずコンビニエンスストアで食い物を調達してこいといわれて出たものの、金を渡されたわけではなく、聖也も持ち合わせがなかった。代わりに自転車を盗んでアパートに戻ったらゴンニイに取りあげられ、また食い物の調達を蒸しかえされたという。

食い物の代わりに自転車を盗んだという話は聖也から聞いていたが、その自転車が老婆の死亡につながる引ったくり事件に使用されたのだ。

直後、冬休みに入り、三学期になると聖也は学校に来なくなっており、担任教師からは転校したとだけ告げられた。引ったくり事件や被害者の死亡については学校中でいろいろな噂が飛びかったが、担任からの説明は一切なく、学校とは一切関係ないので、校外では事件について一切喋らないようにと固く口止めされた。

力弥は恐る恐る訊ねた。

「チャリのことで警察に行ったのか」

「うん。取り調べされた。盗んだことは素直に認めたけど、そのあとコンビニに行ってたといったらセツユっての、あれだけで済んで帰されたんだよ。ちょうどその頃母ちゃんに新しい男ができて、団地を引っ越すことになったんだ。でも、おれは邪魔だからばあちゃん家にいろってことになって。母ちゃんは現住所とかばあちゃん家にしてたんで、わりとすんなり転校できた」

そこにゴンジが来た――力弥は唸《うな》りそうになった――よりによって……、クソッ……、ついてなさすぎる。

聖也がぼそぼそと話しつづける。

「おれ、避けてたんだよね。でも、どっちも毎日学校へ行ってたし、トイレの前でばったり……」

石段の冷たさが尻から背筋へと這《は》いのぼってくる。それでも力弥は立ちあがる気になれず、聖也の話に聞き入っていた。

2

黒板の上に取りつけられた四角いスピーカーから二時間目の終わりを告げるチャイムが鳴りだしたとたん、教壇に立つおばさん先生が一段と声を張りあげた。

「いいかな、今日やった係り結びは古文では重要だからね。期末試験にも必ず出す。もう一度いうからね、ぞ、なむ、や、か、こそという係り助詞があって文末を……」

チャイムが鳴りつづけ、教師はさらに声を張った。

「連体形や已然形で結ぶ法則のこと……」

聞いているのは、教壇の前にいる五、六人ほどでしかない。聖也は鼻の下にシャープペンシルを挟んで唇を尖らせていた。授業中、先生が喋った内容でわかったことは一つもない。何か喋ってるなぁ、声がきんきんしてうるさいなぁと思っているうちに授業が終わった。

チャイムが鳴りだすと女子たちはすぐに前や後ろ、左右の生徒たちとお喋りをはじめ、男子は椅子をがたがた鳴らして立ちあがった。

「……高校なんかの試験ではわりとよく出題されるので、そこら辺も忘れないで」

おばさん先生がずらずら並べた高校は有名なのかも知れないが、聖也は聞いたこともなかった。聞いても自分には関係がなければ、憶えもしない。教室の前方、真ん中あたりに固まっているグループは高校の名前を出されるとしゃんとする。きっとそういう高校に行って、トーダイやヒトツバシに行って、医者にでもなるつもりなのだろう。

聖也は高校に入ろうとも入れるとも思っていなかった。中学二年の正月明けに転校してきた。教師が何をいっているのかわからないのは前の学校と変わりない。それでも前の学校よりいくぶんましかも知れない。前の学校では授業中もずっとお喋りをしていたり、スマートホンでゲームをしていたり、いきなり叫んだかと思うと走りだしたりする奴がいた。この学校に来てからは、チャイムが鳴るまでは、スマートホンは机の下か机に立てた教科書の陰で使っていて、チャイムが鳴ると同時に堂々と出すところが違う。

規律が守られているようでもあるが、学校に携帯電話を持ってくるのが禁止されているのは変わらない。教師のポケットに入っている携帯電話がいきなり鳴りだすことも珍しくなかったので、どっちもどっち、携帯だろうが、スマホだろうが誰も注意などしなかった。

「では、今日はこれまで」

教師があたふたと教壇の上に広げた教科書を重ね、わきに抱える頃にはとっくにチャイムは鳴り終わっていたし、教室から出て行った生徒たちも何人かいた。後ろの戸は開けっ放しだ。最前列、真ん中のグループだけが背を丸めてノートに何か書き込んでいる。

聖也は立ちあがり、教室の後ろを通って廊下に出た。席は窓から二列目、後ろから三つ目にある。休み時間になってもそのまま座っていることが多かった。

それでも小学生の頃よりましだと思っていた。深夜まで働いている母親は朝になっても起きてこない。子供の頃から朝ご飯を食べたことがなかった。たまに台所のテーブルにアンパンかスナック菓子があったが、たいていは何も食べないで学校に行っていたので給食まで腹が減ってしようがなかった。中学生になっても相変わらず朝ご飯はなかったが、その頃にはなくて当たり前になっていたし、一年生のとき、同じクラスに力弥という友達ができて、休み時間にはお喋りできるようになったので腹が減っていることも大して気にならなくなった。

転校してからは曾祖母が毎朝たっぷりと朝ご飯を食べさせてくれるようになって、給食まで腹が空くことはなかった。

だが、服装にはまいった。前の学校でも、転校してきてからも全員がジャージーなのは変わらない。ただし、色が違う。たまたまどちらもブルー系だったが、前の学校のは紫がかっていた。母親にジャージーが違うから新しいのを買ってくれといったら、どっちも似たようなもんだろといわれて終わった。しかも前の学校のジャージーの紫はくすんでいて、少し暗い。

暗いという言葉は中学三年生にとっては致命的だ。皆に暗い、暗いといわれる。ジャージーの色だけでないのはすぐに気がついた。そのうち露骨にいわれるようになる。

『ほら、マンガによくあるじゃん。教室の隅に立ってて、顔にいっぱい線が引いてある奴、あれみたいだよね』

クラスで一番明るく、活発、つまりうるさい女子にいわれた。ネクラ君というあだ名で呼ばれるようになるまであっという間だった。

ジャージーの違いが目につくのは教室の中だけではない。だから廊下を歩くにしても二時間目と五時間目が終わったあとだけにしていた。給食を食べた後も席にいるか、教室の窓のところに立って外を眺めている。昼休みはほかの学年の生徒も廊下を行き来していて、人が多く、呼びとめられる恐れがあった。

廊下で話をするような友達はいない。声をかけられるだけで怖かった。

小便しておくかと思った。昼休みは教室にいるので、二時間目と五時間目の休み時間にトイレに行くことが多かった。小便がしたかったわけではないし、できるだけ学校のトイレは使いたくなかったが、昼休みにどうしても行きたくなると困る。ほかのクラスの生徒まで出入りするトイレに前の学校のジャージーで入る度胸がなかった。

トイレの前まで来て、ドアに手を伸ばそうとしたとき、いきなり開いた。思わず手を引っこめる。出てきた生徒のジャージーの色を見て、どきっとした。聖也が着ているのと同じ色なのだ。

出てきた生徒が入口をふさいでいる。待ったが、相手はなかなか動こうとしない。恐る恐る顔を上げた。

目が細く、四角い顔があった。にやにやしている。ゴンジだ。よりによってゴンジだ。

「鈴木じゃねえか。お前もこの学校に転校してたのか」

「ああ、うん」

「おれもだよ。兄貴のことで、親父とお袋が大喧嘩して、お袋が出ていったんだ。で、おれは伯父さんの家にあずけられることになった」

ゴンニイは自転車に乗って引ったくりをやり、転んだ老婆が死んだので少年院送りになった。使った自転車は聖也が盗んできたものだった。

曾祖母の家には祖母がいて、そこに母親と聖也が転がりこむことになった。

『団地っても家賃はかかるからね』

そういっていたが、母親には最初からいっしょに暮らす気などなかったのだろう。引っ越しの荷物を聖也の部屋——母親といっしょに住むはずだった——の押入に突っこんだまま、出ていった。ダンボール箱は半分も開けていない。

「来たばっかりで友達もいなくてよ」

ゴンジがはしゃいだようにいう。

「いつ、来たの」

「三年の新学期からに決まってるだろ」ゴンジが聖也の腕を叩く。「よろしく頼むぜ、相棒」

相棒って……。絶句し、立ち尽くす聖也の全身には鳥肌が立っていた。

「次の日の昼休みだよ。いきなり教室の戸がバーンって開いて、そこにゴンジが立ってた。給食中だったけど、皆手が止まっちゃって、そっちを見たんだ」

聖也はぼそぼそと話しつづけた。力弥が訊く。

「ゴンジに何組っていったのか」

「いや。でも、四組しかないから自分のクラスにいなきゃ、あと三つだもの。一つずつ回れば、すぐわかるよ。あとで聞いたんだけど、二つ目、となりのとなりがゴンジの教室だったんだ」

「担任とか、副担とかいなかったのか」

「いた」聖也は両足のかかとを石段につけ、膝を抱くような恰好になった。「その日は副担がいて、教壇で食ってた」

「何もいわなかった？」

「いったよ。何してる、君はどこの生徒だって。ゴンジに君だよ、聞くわけないじゃん。ゴンジは教室をじろじろ見て、それでおれを見つけて席まで来たんだ。それでおれの腕を引っぱってさ。遊びに行こうぜとかいって」

「副担は？」

「教壇に座ったまま、何もしなかった。おれは腕を振って、ゴンジの手を外してさ。今、給食食ってるからどこも行かないっていったんだ。そうしたらゴンジは、調味料が足りねえなとかいって唾を垂らしたんだ。女子がキャーとか悲鳴あげちゃって。後ろの方では別の女子がネクラ君が二人とかいってるんだよ」

「ネクラ君か」力弥が拳《こぶし》でごしごしと顎をこすった。「それ、つらいね」

聖也ははじかれたように顔を上げた。まじまじと力弥を見つめる。

「どうしたんだよ？」

力弥がびっくりしたような顔をして見返し、それから恥ずかしそうに笑った。

「いや」

聖也はまた地面に目を落とした。

そうだった、ネクラ君と呼ばれるのはつらかった。つらいと思ってしまうとよけいにつらくなるので考えないようにしていた。あのとき、昼休みの教室に力弥がいてくれたら……。

どうして転校なんかしたんだろう。暗くても寒くても団地の部屋に一人でいるのは案外平気だったたし、腹が減るのも昼まで我慢すれば給食が出る。力弥さえそばにいてくれたら何もかも我慢できた。

聖也は膝を抱えたまま、躰を前後に揺らしはじめ、何度も何度もうなずいた。

転校なんかしなければ、転校なんか——胸がきりきり痛む。

中学二年の三学期に学校を移らなければ、また力弥といっしょにいられれば、いろんなことが我慢できて……。

「でも、もっと悪かったのはその日の夕方だよ。学校が終わって、家に帰ったあとなんだけどさ」

話しつづける。止められなかった。力弥といっしょにいると中学二年のときと全然変わらないような気がした。


部屋に寝転んでマンガを読んでいたとき、曾祖母が下から声をかけてきた。

「聖也、お友達が来たよ」

はねおきた。今まで一度も友達など遊びに来たことがない。団地にいたときも、曾祖母の家に引っ越してきてからも。

ゴンジか……、違う……、ゴンジにはうちを知られていない……、いや、ゴンジだ……、ゴンジしかいない……。

返事もできず、ぐずぐずしているうちに階段を駆けあがってくる音が家中に響きわたった。聖也は怖くて動けなくなった。

襖が乱暴に開かれ、にやにやしているゴンジが立っていた。

「じゃんじゃ、じゃーん」

知らず知らずのうちに後じさっていた。ゴンジは襖を閉めようともしないで部屋に入ってくる。靴下が黒く汚れていた。

聖也はようやく声を圧しだした。

「ど、ど、どうしてうちを」

「学校の外でお前が出てくるのを待ってたんだ。それからあとをついてきた。お前、ぜんぜん気づいてなくて、おかしくて、おかしくて、笑いそうになるのを我慢するのが大変だった」

そういいながらもゴンジが目の前に座った。ジャージーの腹のところが膨らんでいる。まだにやにやしていた。窓際まで下がり、背中を窓の下の方に押しつけていながら聖也はまだ畳を足でこすっていた。ゴンジの笑い方が気持ち悪い。

「何だよ」

「じゃーん」

ジャージーのファスナーを下ろして腹に手を入れたかと思うとゴンジが黒い袋を取りだした。赤い仮面が描かれている。

「何だよ」

聖也はまたくり返した。

「見りゃ、わかんだろ。スナック菓子だよ。持ってきてやった。激辛だ」

「あまり好きじゃない」

辛い物は本当に苦手だった。だからラーメンにもコショウをかけない。

「お子ちゃまだねぇ」ゴンジが馬鹿にしたようにいい、袋を床において背の部分を開けた。「知ってっか。これ、パーティー開けっていうんだぜ」

「知らないよ」

部屋に香辛料の匂いが広がった気がした。袋の内側は銀色で、油でぎとぎと光っており、中には小さな輪になったスナック菓子があった。全体がオレンジ色に染まっている。

聖也は首を振った。

「おれ、辛いの苦手だから」

「せっかくおれが調達してきてやったっていうのに食えねえってのか」

ゴンジが顎を引き、上目遣いに聖也を睨んだ。白目の中で黒目がぽつんと小さくなる。

ゴンジがわざと調達といったのはわかっていた。

『おい、聖也、ちょっとそこのコンビニ行って、食う物調達してこいや』

ゴンニイの声が聞こえたような気がして聖也は首をすくめた。

初めて調達といわれたときには意味がわからなかった。だから訊いた。調達って、何ですか、と。使い走りになって買ってこいという意味だと思ったから金をくださいといったら蹴りを入れられ、自分で何とかしろといわれた。

『でも、三十円しか持ってなくて……』

いいかけたとたん、また蹴りを入れられた。しようがないのでコンビニエンスストアに行き、アルバイトが一人しかいないのを確かめ、レジをうかがいながら菓子コーナーで袋に入ったポテトチップスをジャージーの前に入れ、ファスナーを引きあげて出口に向かった。あと一歩で自動ドアが開くと思ったとき、ガラスにレジの奥から飛びだしてきた中年の店長が見えた。

マットを踏んだ。でも、自動ドアはすぐには開かず、ようやく十センチくらい開いた隙間に肩を入れたとき、腕をつかまれた。それから事務所に連れていかれ、三時間ほど説教されたが、幸い警察は呼ばれなかった。

初めての万引きだった。

「ほら」

ゴンジが聖也の手首をつかみ、引きよせ、ひねった。肘の関節がゴキッと鳴って痛みが走る。

「痛いよ」

「食えっていってんだろ。人がせっかく持ってきてやったんだからよ」

上を向かせた聖也の手のひらに山盛りにオレンジ色のスナック菓子を載せる。ざらざらしていた。

「お前一人に食わせるわけじゃないから。おれも食うから」

ゴンジもスナック菓子を山盛り手に載せ、聖也を睨んだ。

「せーのでいっしょに食うからな。裏切るなよ」

聖也は自分の手に盛られたスナック菓子を見た。まだ肘がずきずきしている。ざらざらしているだけでなく、油っぽい感じがして気持ち悪い。

「わかったか、裏切るなよ」

「わかった」

「よし、それじゃ、せーの」

逃げ場はない。聖也は目をつぶって口の中に菓子の山を押しこんだ。辛いというより熱い……、いや、痛い。笑い声が聞こえた。ゴンジが大笑いしている。右手に持ったスナック菓子はそのままだ。聖也は口を押さえ、水を飲むために階段を夢中で駆けおりた。

「それから毎日だよ」

苦笑いしてつぶやく聖也の横顔を力弥は見つめているしかなかった。聖也が顔を上げ、力弥を見る。

「休み時間になるとおれの教室に来て、放課後は玄関で待ってて、いっしょに帰ってくるんだけど、必ず……」

聖也が顎で自宅のある方を指した。

「うちに寄るようになった。そのうち休み時間が終わって、次の授業の先生が来るんだけどゴンジはおれのそばから離れない。となりの列の生徒の椅子を取って、座ってるんだ。椅子を取られた生徒は立ってるわけだろ。だから先生が何やってるって訊く。そうしたらゴンジは大声で先生を怒鳴るんだ。うっせえよ、とかいって。授業が始まると歌いながら教室ん中を歩いたりしてさ」

ゴンジはゴンジのままか、と力弥は思った。中学一年のときも似たようなことをくり返していた。とにかく皆が授業をしていて自分一人だけ取り残されるのは気に入らない。そうかといって勉強はしない。だから騒いで、妨害する。

膝を抱えた聖也が足下に視線を戻した。

「学校なんか行けなくなって休むようになったんだ。ばあちゃんに電話してもらって、今日は具合が悪いって。担任は母ちゃんにも電話かけたみたい。携帯だから母ちゃんがどこにいるかなんてわからんだろ。で、やっぱり母ちゃんも聖也は具合が悪いみたいなことをいって口裏合わせるんだよ。そうしたらゴンジは朝のうちに……、たぶん一時間目が終わったあとくらいだね、うちに来る。そんで帰らない」

「どうしてそんなことを」

「ゴンジは学校にいられなかった。だけど一人じゃいやだからおれを巻きこもうとしたんじゃないかな」

死んでいてもゴンジを許せなかった。死んでいるから尚更《なおさら》なのかも知れない。

3

ゴンジが休み時間ごとに教室にやって来るのがいやで学校に行かなくなると、今度はうちに押しかけてくるようになった。困った聖也は学校に行くふりをして、朝のうちに家を出るようになったが、行くところもなく、公園やときには浅草、上野まで歩いて夕方近くに家に帰るようになった。

数日して、帰宅すると曾祖母がちゃぶ台の前に座るようにいった。そこには二枚名刺が置かれていて、教頭、学年主任とあった。学校に行くふりをしているのがばれたのだが、曾祖母に叱られることはなかった。代わりにゴンジのことを訊かれた。聖也は正直にすべてを話した。

「教頭先生がね、ゴンジが二度とお前にちょっかいを出さないようにすると約束してったんだよ。それでお前に学校へ来いって」

じっと聖也を見ていた曾祖母がいった。

「どうする？　いやだったら無理して行かなくていいよ」

「いや……」聖也はうつむいた。「ゴンジが教室に来ないなら大丈夫。学校、行くよ」

「そうかい」

曾祖母がつぶやき、小さくため息を吐いた。

翌日、学校に行った。休み時間になるのが怖かったが、ゴンジが姿を見せることはなかった。二時間目の休み時間にいつも通りトイレにも行ったが、廊下でも会わなかった。昼休みが無事に過ぎ、放課後になってもゴンジは現れず、聖也は素早く教科書やノートをデイパックに詰め、教室を出た。

最後の難関が待ち受けている。玄関に出るためには、ゴンジのいるクラスの前を通らなくてはならない。廊下に目を落とし、戸が開きっぱなしになっているゴンジのクラスの前を足早に通りすぎようとした。

そのときにゴンジが現れなかったわけを知った。

教室の後ろの方に七、八人が輪になっていた。その中には女子生徒も二人いた。囲まれている中でゴンジが土下座して床におでこを擦りつけている。立ちどまらなかったが、足は遅くなった。

「おれ、調子こいてました。申し訳ありません」

ゴンジの声が聞こえたが、聖也の方には目を向けようともしない。

男子の一人がしきりに手を動かしている。何をやっているのか最初はわからなかった。

別の男子がわきからのぞきこんでいう。

「もう大丈夫じゃね？」

「そうだな」

手を動かしていた男子が右手に持ったナイフを左腕にこすりつけているのだとわかった。

ナイフ？——聖也は立ちすくんでしまった。

ナイフを持った男子がゴンジのそばにしゃがみ、床についている手にナイフを押しあてた。

「熱《アチ》っ……、いじゃないですか」

一瞬叫んだゴンジだったが、すぐに敬語になった。三年生だから周りにいるのは同級生か、一、二学年下の生徒ばかりのはずだ。

ナイフを押しつけた男子が声を上げる。

「うおっ、見ろよ、こいつの腕。摩擦熱って意外と威力あるんだな。赤くなってきてる」

囲んでいる生徒たちがのぞきこんで笑い、ゴンジもナイフを押しつけられた右手を胸元に引きよせ、へらへら笑っている。

胸が苦しく、見ていられなくなって歩きだそうとした聖也のわきを足早に通りすぎていく人影があった。

ぎょっとして目を上げる。聖也の担任教師だ。まっすぐ前を見たまま、大股に遠ざかっていく。一度もゴンジたちのクラスには目を向けようとしなかった。

翌朝、聖也は家を出ても学校には向かわなかった。

ゴンジが休み時間にも放課後にも来なかったのは、教頭が約束したからではなく、同じクラスの連中につかまっていたからだ。昨夜は、うとうとすると土下座して床にひたいをこすりつけているゴンジの姿が浮かんできて、はっと目を覚ますのをくり返していた。躰が熱っぽいような気がして、だるいのは風邪ではなく、寝不足のせいだ。

布団の中では、聖也のわきを通りすぎながら一度もゴンジに目を向けようとしない担任教師の姿も思いだした。おそらく担任だけでなく、教頭もゴンジが教室で何をされているか知っているだろう。誰一人頼りになる者などいないことだけはわかった。

ゴンジなんて……。

考えるのをやめた。

うちを出ても、どこも行くところが思いつかない。浅草に行こうと思ったわけではなく、たまたま足が向いた。

いきなり声をかけられた。

「おい、兄ちゃん」

目をやった。髭を生やして、髪を短く刈ったオヤジが聖也を見ている。ひと目見て、胸のうちでつぶやいた。

ヤッベえ奴だ……。

太った男だった。アロハシャツを着て、首には太い金のネックレスをしている。茶色のレンズが入ったサングラスをかけている。

「ちょっと手ぇ貸せや」

男はビルの後ろにある駐車場に停めた大きくて黒い四輪駆動車の後ろ扉を開け、ダンボール箱を出そうとしていた。半分くらいまで出たところでダンボール箱が斜めになっている。

「聞こえねえのか」

男に怒鳴られ、聖也はあわてて駆けよった。男が顎でダンボール箱を指す。

「そっち側を持ってくれ」

「はい」

「落とすな、しっかり持てよ」

「はい」

何が入っているのかはわからなかったが、箱はやけに重い。聖也は必死に力をこめ、何とか箱を落とさないように手をかけていた。

「もうちょっとだからな」

男にいわれ、聖也はうなずいた。声も出せなかったのだ。朝から暑い日でたちまち汗が噴きだしてくる。

「こっちだ」

男が建物の後ろの開いている扉のところへ誘導していく。中は倉庫のようだ。

「よし、ここらでいい。いいか、そっと下ろすんだぞ」

「はい」

何とかダンボール箱をコンクリートの床に置く。立ちあがり、顔中に噴きだした汗を袖で拭った。

「ありがとな。兄ちゃん、名前は」

「あ……、いえ……、大したことはしてませんから」

「はあ?」

男が聖也に左の耳を向け、手のひらで囲うような仕種をする。小指が途中で断ち切られているのがわかった。

「鈴木です。鈴木聖也」

「聖也君か。おれは牛頭っていうんだ。牛の頭と書いて、牛頭《ゴズ》」顔を近づけてくる。

「牛頭はな、地獄の鬼の名前だ。地獄の鬼だって名前くらいあってもいいだろ。違うか」

「はい……、いえ……、名前があっていいと思います」

聖也は後ずさりしていた。

「怖がることはねえ。名前は鬼だが、お前を取って食おうってわけじゃねえ。困ってるところを助けてもらったんだ。礼はしなきゃな」

後ずさりしていたのは牛頭が怖かったのもあったが、それより息がたまらなく臭かったからだった。


「そこがコクマかぁ」

力弥がつぶやくようにいい、聖也はうなずいた。

「おれ、行くところなかったからさ。そんで朝、行ってきますってうちを出て、コクマに行って倉庫の整理をするようになった」

「牛頭が何をしてるか、知ってたのか」

「警備主任」

答えてから力弥を横目で見た。力弥がまっすぐに見返してくる。

「知ってる。事務所に万引きした女を連れこんで悪さをしてた。おれにいたずらされたくてわざと万引きしていく婆ぁ連中もいるって牛頭はいってた。嘘だろと思ったけど、事務所に連れこむのは婆ぁばっかりだったしさ。おれもほかの店員も気づかないふりしてた。でも、この間の子は若かったろ？」

「ああ……」うなずきかけた力弥があわてて首を振る。「ごめん。いえないんだ」

聖也はにやりとしてみせた。

「職務だもんな」

力弥が首をかしげ、頭を掻いて、また鼻を引っぱる。聖也は力弥の腕をぽんぽんと叩いた。

「冗談だよ」

「やっぱり通報したのはお前だったんだな」

「そう。婆ぁならどうでもいいけど、いくら何でもあんなに若い子はヤバいよな」

「まあね」力弥がうかがうように聖也を見返した。「可愛い子だったし」

聖也は首を振った。

「顔はよく見てなかった」

声が震えることもなく、さらりと嘘が吐けたのが不思議な気がした。

「コクマには長く通ったのか」

「三ヵ月くらいかな。そのあと事件があったから」

聖也はふたたび目を伏せ、上体を大きく揺らしはじめた。しばらくの間、そうして何もいわずに躰を前後に揺すっていたが、肚を決めて切りだした。

「おれ、ゴンジを殴ったんだ。あのとき……、ゴンジが溺れ死んだときさ」

「どうして、聖也が……、信じられん」

「殴れっていわれたからさ。ゴンジを殴らなきゃ、お前が身代わりになるかっていわれたんだ。だから手のひらでペシってやったんだよ。そうしたらゴンジがいきなり川の真ん中に向かって、そこで転んで、頭が見えなくなって……」

いつの間にか聖也の声は涙で濁っていた。

「おれ、弱虫だから。どうしようもない弱虫だから」


牛頭と出会ったのが四月、それからほぼ毎朝うちを出て、コクマに通うようになった。正規のアルバイトではなく、あくまでも牛頭の手伝いという形で毎日二千円ずつ小遣いをもらった。いずれにせよ聖也にとっては初めて手にする大金には違いなかった。荷物の搬入、整理がなければ、事務所でテレビを見ており、出勤してくれれば牛頭とお喋りをして過ごした。何より聖也を驚かせ、喜ばせたのは牛頭がゴンニイについて組の関係者に訊いてくれたことだ。ゴンニイはヤクザなどではなく、組事務所に出入りしている不良グループの一人の、さらに知り合いに過ぎなかった。

取るに足らねえガキだ、今後四の五のいってきたらおれがぶっ飛ばしてやると牛頭がいってくれたときは目の前が明るくなったような気さえした。

学校にはすっかり行かなくなった。中学までは憲法に定められた国民の義務だったが、教員の考えているのは一にも二にも波風立てず、あるいは見て見ぬ振りをつづけて、問題児が卒業するか自分が転勤するのを待っているだけだと牛頭はいう。一応、決まりだから聖也にも登校をうながすものの、教員——聖也の場合は教頭と学年主任——にとって大事なのは、生徒が学校に戻ることではなく、不登校生徒の家庭を訪問したという事実でしかない。

『義務教育ってのはな、憲法で決まってるから退学にはできないけど、小学校で六年、中学校で三年経てば卒業させられる。書類なんざいくらでもでっち上げられる』

牛頭の話を聞いていて、ゴンジがイジメられている教室には目をやろうともせずに急ぎ足で通りすぎた担任の後ろ姿を思いうかべた。

日に日に暑くなってきた。学校に通っていれば、そろそろ夏休みだろう。午後八時に倉庫の仕事を終え、コクマを出てきた聖也はうちに向かっていた。腹が減っていた。曾祖母は毎朝家を出ていく聖也が学校に行っていないことに薄々気づいていたかも知れないが、何もいわない。学校からの連絡もなかった。あと八ヵ月で聖也は卒業する。卒業してしまえば、学校は一切関係なくなる。教師たちが望んでいるのは、聖也やゴンジとの関係が消えてしまうことだけなのだろう。

コンビニエンスストアの前を通りかかったとき、いきなりゴンジが前に立ちふさがった。

「しばらくぶりだな、鈴木」

聖也は何もいわずに見返していたが、ゴンジは気にする様子もなくコンビニエンスストアの方に目をやった。

「こいつッスよ、鈴木って。兄貴に全部罪をなすりつけて逃げた狡《ずる》くてセコい奴」

何？　何いってるんだ、こいつ……。

コンビニエンスストアに目をやると自転車が五、六台止められていて、男女が固まっていた。ゴンジのクラスの生徒たちだ。

ゴンジに目を戻したときに気がついた。しきりに手の甲を掻いている。両手の甲に細長い三角形の跡がいくつもついている。摩擦で熱くなったナイフを押しあてられているようだ。

婦人用自転車が一台、聖也の前に来て止まる。ハンドルを握っている男子生徒はゴンジと同じクラスで、イジメグループの一人で、桁違《けたちが》いに体格がよかった。サドルに尻を載せ、足をついているのではっきりとはわからないが、身長は百七十センチを超えているだろう。聖也より確実に二十センチは高い。体重も相当に違いそうだ。はっきりいってデブだ。

デブは聖也を見下ろしていった。

「後ろに乗れ」

「いや……、うちに帰んないとばあちゃんが待ってるし、腹減ってるんで」

もう一台の自転車の後ろにまたがりながらゴンジがいう。

「水遊びしに行くんで、わざわざお前を迎えに来てやったんだぞ。付き合えよ」

相変わらず目の前のデブがじっと見下ろしている。聖也は仕方なく、自転車の後ろに乗った。走ったのは十五分か、せいぜい二十分でしかない。公園のわきを抜け、堤防わきに出た。全員が草むらに自転車を入れ、コンクリートの堤防を越えて河川敷に出た。

ゴンジが目の前に立ち、周りをほかの生徒が囲んだ。近づいてきたゴンジが身をかがめ、聖也の顎の近くに顔を寄せた。息がたばこ臭かった。

「暑くてやりきれないよなぁ。日が暮れたっていうのにまだ三十度以上あるんじゃないか」

聖也はわずかに後ずさった。意外なことにゴンジも下がり、二人の間隔が開いた。ゴンジが川を指さす。

「暑い夜は水遊びでもして涼もうぜ」

「いやだよ」

「どうしてだよ」ゴンジがいかにも傷ついたという顔をする。「おれたちは親切でいってやってるんだぜ。さあ、服脱げよ。パンツまでな。水の中で服を着てれば溺れちまう」

「いやだって」

いきなりだった。ゴンジの後ろに回ったデブ――聖也を自転車に乗せてきた生徒だ――が足を上げた。あっと声を出す間もなく、ゴンジを蹴り倒す。コンクリートの堤防に転がったゴンジがさっと後ろを向いたが、相手を見て、首を振った。

「ちょっとぉ、勘弁してくださいよ」

「水遊びというんなら、まずお手本を見せてやらなきゃ」

別の生徒がいった。痩せてすらりと背が高く、リムレスのメガネをかけている。イジメグループのリーダーだ。女子が一人抱きつくようにして立っている。

「えっ？」

ゴンジがびっくりして訊きかえし、それから周囲を見まわした。

「さっさと脱げよ、ボケ」

甲高い声でそういったのはリーダーに抱きついている女子だ。笑顔はなく、目が怖い。デブがゴンジに一歩近づく。ゴンジが堤防の上に座りこんだまま、さがってくる。聖也は立ち尽くしたまま、動けずにいた。

別の男子がナイフを取りだした。いつも摩擦で熱くしたナイフをゴンジに押しつけている奴だ。しかし、今夜は使い捨てライターを出して直接火であぶりだした。風のない、蒸し暑い夜だ。それでもライターの炎は揺らめき、ナイフがきらきらと光るのを見てにやにやしながらいう。

「スペシャルだ。真っ赤になるまで熱くしてやる。その方が水遊びしたくなるだろ」

弾かれたように立ちあがったゴンジがTシャツを脱ぎ、七分丈のパンツを下ろした。蹴り飛ばすようにサンダルを脱いで裸足になる。

「相変わらず汚えパンツ穿《は》いてんな」

せせら笑ったのはボス格に抱きついている女子だ。

ゴンジが穿いているブリーフは白だろう。暗い中でもすり切れ、ところどころ穴が開いていて尻のところが黒ずんでいるのがわかる。ブリーフを下ろすと白い尻が現れた。

ゴンジが素っ裸で立ち尽くし、両手で前を覆っている。

ナイフをライターであぶっていた男子が目を見開く。視線はゴンジの股間に向けられていた。

「隠すなよ。そこに印つけてやるから」

ボス格が聖也に目を向けた。

「そいつを殴れ。殴れば、お前は許してやる」

はっとしたようにゴンジがふり返り、聖也を見た。大泣きして顔がぐしゃぐしゃになっていた。

「殴れよ。いやならお前も脱げ。二人仲良く水遊びだ」

聖也はゴンジに近づき、拳を握って振りあげた。

皆がにやにやして聖也を見ていた。ゴンジが声を殺してしゃくり上げている。聖也は振りあげた拳を開き、ゆっくり手を動かしてゴンジの頭を叩いた。

ペシッ——間の抜けた、小さな音がした。

しかし、ゴンジがわっと悲鳴を上げたかと思うと川に向かって駆けだした。

あっという間の出来事だった。水音がして、何歩か川の真ん中に向かって進んだかと思うといきなり転んで頭が水の中に沈んだ。

「やっべえ」

ナイフを持った男子がいう。

「逃げるぞ」

聖也をのぞく全員が堤防を駆けあがっていく。聖也は動くこともならず、暗い川面を見つめていた。

「そうかぁ……、ペシッとなぁ」

力弥が何度もうなずきながらいった。聖也は力弥に目を向けた。

「おれのいうこと、信じるのか」

「ああ」

あっさりうなずく力弥の表情が晴れ晴れとしているのが何とも不思議に思えた。

「どうして？　家庭裁判所じゃ……」

「関係ない」

力弥が見返してきた。胸の真ん中に手をやり、くるくる動かす。

「この辺にもやもやしてたのがスッキリ晴れた。実は、ネットでいろいろと読んだ。嘘ばっかりだと思ったよ。腹が立った。おれが知ってる聖也と全然違う」

「人は変わるもんだろ？」

「変わるところもあれば、絶対に変わらないところもある。ペシッというのが聖也らしい。その方がおれには納得できる」

あの夜の出来事を話すのは初めてではなかった。しかし、聖也の話を信じてくれたのは力弥が初めてだ。

「スマホって持ってる？」

「持ってるよ」

力弥が懐に手を入れ、スマートホンを目の前に持ってきた。見る見るうちに顔つきが変わる。

「ヤッベ」

「どうした？」

「もうこんな時間なんだ。おれ、制服着て交番にいるけどさ、まだ生徒なんだよ。それで一応寮にも門限があって……、今から走って帰れば、何とか間に合うか……、いや、無理かな」

「大丈夫か」

「何とかなる。それでおれのスマホがどうかしたか」

聖也は力弥が手にしているスマートホンを見た。

「それって、力弥の？　だから何というか」

「おれのだよ。警察のじゃない」

「じゃあ、おれの番号いうからさ。今、電話してくれる？　登録するから」

「いいよ」

力弥がスマートホンを持つ。

「080……」

番号を告げると親指が動いた。スマートホンのサイズは聖也の持っているものより一回り大きく見えたが、力弥の手の中ではあまり大きさを感じさせない。番号を打ち終えるとジーパンのポケットに突っこんであるスマートホンが振動する。取りだした。番号が表示されている。

「いいよ、切って。あとで登録しておくから」

「おれも登録しておく。悪いけど、これで」

「ああ」

立ちあがったかと思うと力弥が駆けだした。相変わらず足が速い。聖也はスマートホンのディスプレイに目をやった。

ＬＩＮＥが入っていた。

4

とにかく刑事はよく歩くというのが機動捜査隊に異動した本橋の実感だ。携行しているスマートホンの歩数計で見ると、午前九時に当務についてから午前零時までの間に二万歩、日付が変わって交代のため、分駐所に上がるまでにまた二万歩、日によっては一当務で五万歩以上歩くこともあった。

機動隊、ＳＡＴ時代にはフル装備——携行品にはスマートホンも含まれる——での訓練では一日に十万歩を超える日もあったが、もちろん毎日ではない。実任務に就いているときには日に一万歩に満たないのが普通だ。

全身に虎の縞模様の刺青を入れ、全裸で暴れたタイガーキング、空き地に軽自動車を乗りいれていた女、その内縁の夫と相次いで覚醒剤使用、所持の被疑者を逮捕した。さらにカイザーの噂を聞くようになってからは浅草寺の北側一帯——通称観音裏《かんのんうら》を徒歩、もしくは捜査車輛で流してパトロールする頻度が高くなっていた。

助手席の辰見が前方左にある昭和テイストを放つ鮨屋を顎で指す。

「ちょっとここへ寄ってみよう」

「はい」

本橋はルームミラーを見上げ、後ろから車が来ていないことを確かめた。道幅は狭く、駐停車禁止の標識が立っている。暗い通りにはぽつり、ぽつりと飲み屋の行灯《あんどん》や提灯《ちょうちん》が見えた。行き来する車輛は少ないようだし、もし、車が邪魔になれば鮨屋に声をかけてくるだろう。辰見が降りた後、鮨屋の戸口に車を寄せ、運転席ドアのポケットから透明なプラスチックでラミネートされた用紙を出してダッシュボードの上に置いた。用紙には警察車輛であることが明記されている。

車を降り、格子戸の前で待っている辰見に近づきながらフィールドジャケットの襟から出し、背中側に垂らしてあったイヤフォンを左耳に挿した。捜査車輛を離れる際は、たとえ数分であってもイヤフォンを使用しなくてはならない決まりになっている。

格子戸を開け、辰見が中に入る。カウンターの内側には白髪がまばらになった店主――七十前後か、もう少し上と本橋は見当をつけた――が一人で立っていた。木の椅子が十脚ほど並ぶL字のカウンターで上にはガラスのショーケースが設《しつら》えられている。丸石を埋めた床は隅々まで掃除が行き届いており、奥は小上がりになっていた。

店主が小さな目を見開き、辰見を見ている。ひたいに寄ったしわが深くなった。

「辰ちゃんか……、警察を辞めたんじゃないのか」

「定年だ。そして今は定年延長の出戻りさ。世知辛《せちがら》いねぇ。年金が出るまで食いつながなくちゃならない」

店内に客の姿はなかった。辰見が椅子を引いて腰を下ろす。本橋はとなりに座った。店主が目を向けてきたので会釈した。会釈を返した店主が辰見に目を向ける。

「驚いたな」

「おれも驚いた」

そういって辰見がカウンターに積み重ねてあるガラスの灰皿を取る。鮨屋のカウンターに灰皿が常備してあるところがまた昭和だ。辰見がタバコを取りだしてくわえた。使い捨てライターで火を点け、煙を吐きながらいう。

「どこもかしこも禁煙だが、ここは大丈夫なんだな」

店主がふっと笑う。

「観音裏で禁煙なんぞといったんじゃ暴動が起きらぁ。で、何にする？　とりあえずビールかい」

「職務中だよ」辰見が苦笑して首を振り、灰皿の上にタバコをかざして灰を落とした。

「商売にならなくて申し訳ない」

「何の。久しぶりに来てくれたんだ。そいつが嬉しいや。で、今日はどんな事件だい？　近所でヤクザ者でも突っ殺されたか」

昭和をはるかにさかのぼって江戸、まるで時代劇の会話じゃないか――本橋は胸の内でつぶやいた。

「いや、シャブがらみだ。この間、寅王が素っ裸で暴れたろ」

寅王がタイガーキングの名前だ。

「ああ」店主の表情が曇る。「あいつもずっと大人しくしてたんで、クスリとはすっぱり手を切ったと思ってたんだがな」

「ここら辺りで安くて上等なシャブが出回ってる」

「安くて、上等とはね。このご時世に珍しいこった」

「新手だよ。今までのルートをぶっ潰そうとしている」辰見が灰皿でタバコを押しつぶし、カウンターに肘をついて上体を乗りだした。「カイザーって名前、聞いたことないか」

「ないね」店主が首を振る。「うちも昔はヤクザの御用達《ごようたし》だったが、昭和の親分さんは大方死んじまった。生きてる連中も春日部あたりの老人ホームに入ってる。ヤクザ業界も人情紙のごとしかね。若い衆はうちなんぞに洟《はな》も引っかけやしねえ」

ふと言葉を切った店主が天井を見上げ、つぶやくようにいった。

「カイザーっていったっけ？」

「ああ」

「誰かがいってたな。カイザー、カイザー……」

「日本語に直せば皇帝だ」

辰見がそういったとたん、店主の顔がぱっと明るくなった。

「そうだ。この間、牛頭が来たんだよ。野郎にしてもずいぶん久しぶりだ」

「一人だったか」

「いや、若いのを連れてた。若いのっていっても組の者じゃねえぜ。いっしょに入ってきたときは中学生かと思った。まあ、未成年なのか酒は飲まなかったがね。事情はわからんが、牛頭がそのガキに助けられたって話だ。礼だ、食えって。上にぎりなんか注文しやがった。野郎にしちゃ珍しいや」

「そのときにカイザーといってたのか」

「いや、女の話だった。カイザーのレコがどうしたとか。牛頭の野郎、まだコクマにいるみたいだな。そこでカイザーのレコだかが万引きしたとか」

「牛頭は若い男の名前をいってたか」

「セイヤとかいってたな」

「名字は？」

「いや」店主が首を振る。「下の名前だけだったな」

辰見が本橋に目を向けてくる。

「たしか鈴木という従業員から通報があったとかいってましたね」

「鈴木聖也」

辰見がぽつりといい、いきなり椅子を降りたかと思うと店の奥に向かった。店主が目をやってつぶやく。

「辰ちゃんは相変わらずデカだな」

数分で戻ってきた辰見が店主に礼をいい、出るぞといった。店を出て、後ろ手に引き戸を閉めると辰見がふり返った。

「公園六区のＰＢにいる卒配を憶えてるか」

「背の高い奴ですね。粟野とか」

「そう。粟野が中学生の頃、チャリにリャンケツしてておれと小沼とで捕まえた。そのとき後ろに乗ってたのが鈴木聖也だ」

「はあ」

「今、小沼に電話した。栗野から鈴木聖也について照会して欲しいといわれたそうだ。それで教えてやった、と」

「あのとき万引きで捕まった女は十三歳ですよ。それがカイザーの女だっていうんですか」

「わからん」辰見が首を振る。「まずは牛頭に話を聞いてみよう」

本橋はズボンのポケットからキーを取りだし、捜査車輛の運転席に戻った。


稲荷社を飛びだした力弥は走りだした。寮から聖也の自宅まで歩いたので道順は頭に入っている。根岸《ねぎし》四丁目の交差点からゆるやかに湾曲した商店街の歩道を走った。途中、年寄りが乗っている自転車を追い抜き、昭和通りまで出たが、赤信号に止められる。

足踏みしながら信号が青になるのを待った。

歩行者用信号が青になるのを待ってふたたび走りだす。入谷に入ってまっすぐ東へ向かった。国際通りは信号で足止めを食わずに横断できた。走り込んだ先が千束、母が勤める病院のそばなので小学生の頃から慣れ親しんでいる。千束小学校のわきを通りぬけ、また自転車——今度はおばさんが乗っていた——を追い抜いた。

誰かがめちゃくちゃうまいといっていた焼き鳥ダイニングの前を抜け、あとは一直線、富士《ふじ》公園のそばを通って寮に到着した。タクシーを使うことは最初から考えていなかった。歩いて三十分ほどだったので走れば十分とかからずに帰ってこられると思った。

ガラス扉を押しあけ、玄関ホールに入る。右に管理人室の小さな窓があって、中にいる管理人と目が合ってしまった。頭をちょこんと下げ、通りすぎようとしたが、声をかけられた。

「粟野、ちょっと待て」

「はい」

寒空の下、聖也とすっかり話しこんで冷えきっていた躰も全力疾走してきたのでほかほかして汗まみれになっている。

ドアが開き、管理人が出てきた。背はそれほど高くないが、肩幅があって首が短く、胸板が厚い。胴回りも太かった。警察官にはわりと多い体型ではある。

「すみません」

力弥は管理人に深々と頭を下げた。

「どうして謝ってるんだ?」

「門限が……」

管理人が笑う。

「ここは学校じゃないんだ。門限なんてあるわけないだろ。お前だってシフトに合わせて寮を出てるじゃないか」

「あっ、そうか」

ふいに管理人が力弥に顔を近づけ、鼻を動かした。防寒コートの内側は汗まみれだ。思わず身を引こうとしたときには管理人が先に躰を起こした。

「は？」

「大丈夫だな」

「酒だよ。こんな時間に帰ってきたんだ。一杯引っかけてても不思議じゃない。だが、お前はまだ未成年だろ」

「はい」

十九歳の力弥が酒を飲めば、立派な未成年者飲酒禁止法違反だが、警察学校の寮では先輩に飲まされることがあった。なぜかタバコは全面的に御法度《ごはっと》なのに酒に関しては特例が認められているといわれた。そんなはずは絶対にない。

管理人がにやりとする。

「彼女と会ってきたか」

今のご時世であれば、立派なパワハラ、セクハラなのだが、力弥は気にしたこともない。首を振った。

「ちょっと友達と会ってました。久しぶりだったんで話しこんでたらこんな時間になっちゃって」

「酒も飲まずに？　信じられないな」

「お稲荷さんの境内でお喋りしてたんです」

「お稲荷さん？　境内？　中学生かよ」

管理人が呆《あき》れ、苦笑しかけた力弥の腹が盛大に鳴った。

「腹、減ってるのか」

「ぺこぺこです」

「食堂には飯があるぞ」

「いやぁ、今日は夕食は要らないと申告してますので」

「こんな時間まで飯も食わずにいたのか」

「友達とは約束して会いに行ったわけじゃないんです。それでそいつの家を訪ねたんですけど、ちょうどいなくて。夕方にラーメンを食ったんですけど、それからはいつ帰ってくるかわからなかったんで待ってる間に食いそびれて」

「そうか」管理人がうなずく。「ちょっと待て」

いったん部屋に入り、すぐに戻ってきた。手には大きな握り飯を二つ載せ、ラップをかけた皿を持っている。

「これ、食っていいぞ」

「ありがとうございます」皿を受けとった力弥は管理人を見た。「これは?」

「おれの夜食だ。でも、この歳になるとあまり腹も減らん」

管理人がしげしげと力弥を見たあとにいった。

「よく刑事ドラマで張り込みの最中にアンパン食って、牛乳飲むシーンがあるだろ」

「見たことがあります」

「ありゃ、嘘だ。ハリかけてる間は食わんし、飲まん」

「缶コーヒーも?」

「ああ。コーヒーなんてもってのほかだ。どうして飲まず食わずかわかるか」

「いえ」

「お前、どうして飯を食い損ねた?」

「友達の家にはおばあちゃんがいて……、おばあちゃんといっても曾祖母ちゃんなんですけど、九時ごろには帰ってくるっていわれたんですけど、何があるかわからんじゃないですか。できれば、家に入っちゃう前に声をかけたかったんで。飯食ってる最中に家に入られちゃうと面倒くさいなと思って」

「それだよ」

「はあ?」

「ハリかけてる相手が帰ってくるのを待ってるときはまだいい。相手が住処《すみか》に入るのを確認すればいいだけだ。だが、逆に出てくるのを待ってるときはそのあとがあるだろ。追尾か、職質か、確保か。小便したくなってもなかなかその場を離れられない。それにお巡りさんが車の陰で立ち小便ってわけにもいかないしな」

「そうですね」

「というわけで飲まず食わずなんだ。それ、食ったら寝ろ。明日は？」

「日勤です」

「それじゃ、朝飯は食えるな。ご苦労さん。おやすみ」

「おやすみなさい」力弥は皿を持ちあげた。「それにありがとうございます」

「いいよ」

　手を振って管理人が部屋に戻ったあと、力弥は階段を二段飛ばしで四階まで上がった。部屋に入り、皿を机に置くとコートも脱がずにスマートホンを取りだし、聖也の電話番号を登録しはじめた。

『それって、力弥の……』

　電話番号を口にする前に聖也が訊いてきた。私物だと答えた。嘘ではなかった。しかし、警察学校に入るときに上司に申告している。聖也が電話してきたからといって警察に筒抜けになることはないだろうが、少しばかり後ろめたさはあった。

登録を終え、スマートホンを机に置く。

「さて」

握り飯に目をやった力弥だったが、あわてて立ちあがり、歩きながら防寒コートと上着を脱ぎ捨て、ユニットバスに飛びこんだ。

膀胱《ぼうこう》が限界まで張りつめている。


力弥に電話番号を教えるのにスマートホンを取りだしたとき、詩遠からのＬＩＮＥに気がついた。十分前に入っていた。

今、どこ？――
急いで返信する。
――うちの前
すぐに返事が来た。
来て――

わかった――

――十分で行く

カラオケ――

――どこ？

稲荷社を出て、通りまで走る。やって来たタクシーに手を挙げ、乗りこんで浅草ROXまでと告げた。タクシーを降り、前に詩遠と行ったカラオケボックスまでまた走った。

受付には無精髭《ぶしょうひげ》を生やしたパーマ頭の中年男が座っていた。

「友達が来てるんだけど」

「部屋は？」

「わかります」

男がうなずいたので、そのまま店内に入った。一階のもっとも奥にある小部屋まで行き、のぞきこんだ。照明は落としてあるが、カラオケの機械の灯りでソファに座っている詩遠がぼんやりと見えた。

ドアを開けたとたん、大音量でカラオケが流れだしてくる。中に入る。後ろでドアが閉まる。

詩遠が顔を上げた。目が濡れ、頬に涙が伝っていた。

ふらふら立ちあがった詩遠が抱きついてくる。カラオケの音量に負けないほど大きな声で泣きはじめた。

聖也は両手をだらりと下げたまま、詩遠の涙が頬を伝わって唇に流れてくるのを感じた。

しょっぱかった。

第五章　夜の底へ

1

詩遠は右手を聖也の首に、左手を背中に回していた。詩遠の方が背が高いので、うつむくと自然と目の辺りを聖也の左肩に置く恰好になった。左耳に長い髪が擦れ、がさがさと音を立て、その合間に途切れがちに嗚咽《おえつ》が聞こえた。

聖也は両手をだらりと下げ、立ち尽くしている。詩遠の腰に手を回してあげた方がいいのか考えながら目は左前に見えている液晶の大型テレビに向けていた。

歌が進むのに合わせて歌詞がピンクから白へと変わっていく。前に来たときと同じように詩遠がでたらめに選曲した一曲なのかも知れない。流行ったのは、去年の春、就業支援センターにいた頃だ。ユキオが毎朝牛舎の寝藁を掻きだしながらヤケクソみたいに大声で歌っていたので憶えている。

結局、ぼくは君と出会うため、この宇宙の、片隅の地球の片隅に生まれ、君と出会うため、今という瞬間を生きている……。

一番を全部歌いきったあと、二番は替え歌にした。

結局、肉になるため、この地球の、片隅の日本の北海道に生まれ、肉になるため、餌を食ってクソを垂れている……。

そのときは何とも思わなかったが、入所して半年後、十四歳になり、乳の出が悪くなった牛が市場に出されるのを見て、ユキオがヤケクソみたいに歌う理由が少しわかった気がした。

母親にさえふり返ってもらえなかったユキオだが、牛たちはいつもじっと見ていた。ユキオがやって来ると飼い葉桶の上から鼻を出し、長く、太い舌でユキオの手を嘗めようとした。牛たちはユキオを頼りにしていた。ユキオも一生懸命に牛の世話を焼いた。仕事だったから、更生したかったからではないと思う。牛たちは名を呼べば、顔を上げ、ユキオを見る。寄ってくる。目と目の間を撫でるとうっとりとまぶたを閉じる。ユキオは臭えよと悪態を垂れながら笑っていた。

だが、その日がくれば、牛は房から引きだされ、トラックに乗せられ、運ばれていく。センターに来て半年後、聖也も同じ体験をした。ユキオに声を合わせて歌うことはなかったけれど……。

相変わらず床がびんびん振動するほど大音量だが、ゆっくりとしたテンポの流れるような曲に替わった。詩遠も少し落ちついてきたようだ。聖也は詩遠に抱きつかれたまま、入ってきたときと同じ恰好で突っ立っている。

「ユーナが死んだ」

詩遠がかすれた声でいった。耳元だったのではっきりと聞こえた。

「ユーナって、誰?」

「埼玉から来てた高校生。妹みたいに可愛《かわい》がってた」

「妹みたいって、相手は高校生だろ」

「歳なんか関係ないよ」

「そうかな。いくつ上だった?」

「三つ。でも、あたしが可愛がってた。ユーナはあたしのバッグからクスリを盗《と》ってった。財布に入れてあった金も」

遊園地に行ったとき、詩遠が取りだした財布を思いだす。一万円札が何枚も入っていた。聖也はごくりと唾を嚥みこんで訊いた。

「金って、いくら?」

「五十万」

詩遠がいやいやをするように首を振る。また髪が耳をこすってがさがさと音がする。

「お金なんかいいの。クスリだよ」

「シャブ……、だろ」

「そう。ユーナにも極上品だってわかったんでしょ。だからパクってった。お金は、たぶんついでだと思う。だけど馬鹿だから前と同じように注射して、心臓がパンクして死んじゃった」

躰を離した詩遠が聖也の両肩に手を置き、真正面からのぞきこんできた。照明を落としたカラオケボックスの中で濡れた目が光る。金色ではなく、黒く見えた。

「ねえ、聖也の部屋、行ってもいい？」

「おれの部屋って……、これから？」

「そう。あたし、行くところがない」

詩遠が顔をくしゃくしゃっとさせる。涙が溢れ、唇を歪め、声を圧しだした。

「ダメ？」

「いやぁ……、たぶん大丈夫」

一度口に出してしまうと本当に大丈夫なような気がしてきた。うちに向かう途中、曾祖母に電話を入れればいいだろう。

友達、連れていきたいんだけど……。

大きくうなずいた。

「大丈夫」

「ありがとう」

いきなり詩遠が唇を左の頰に押しつけてきた。ほんの一瞬だったが、温かくて、柔らかくて、濡れているのはわかった。

聖也の両肩に置いていた手を離した詩遠がソファに放りだしてあったショルダーバッ

グを取り、腕をからめてきた。聖也はカラオケの機械をふり返った。

「止めなきゃ」

「放っておけばいいよ。さ、急ご」

部屋を出て、廊下を半分ほど進んだところで受付が見えた。無精髭の愛想の悪い男が立ちあがっている。受付の前には男が四人ほどいた。黒いスーツを着たのが二人、一人はちりちりのパーマをかけている。あとの二人は革ジャンパーを着て、髪の毛をポマードで光らせ、リーゼントにしていた。革ジャンパーの二人はどちらも頬が殺《そ》げていて、日本人には見えなかった。

聖也の腕をつかんでいた詩遠がぎゅっと握る。ふり返った。受付を囲んでいる男たちを見る詩遠の目が大きく見開かれている。

「ヤバっ」低い声でいい、詩遠が聖也の腕を引いた。「逃げよう」

「逃げようって、どうして」

「早く」

詩遠がぐいぐい腕を引っぱり、部屋の方へ引き返す。廊下の突き当たりに灰色の扉があり、上に非常口と書かれたランプが灯っていた。

だが、ドアの前にはダンボール箱が積みあげてある。

「出られそうにないよ」

「何とかして」
詩遠の声は震えを帯びていた。

鮨屋を出て、本橋は辰見とともにコクマに回ったが、すでに営業時間を終えており、誰もいなかった。とりあえず浅草警察署銃器薬物対策係の木戸を訪ね、鮨屋から得た情報を提供して、その後の捜査状況の進展を確認することにした。

駐車場に捜査車輌を入れ、短い階段を上り、立哨をしている警官の敬礼に会釈を返した本橋は辰見につづいて署内に入り、中央の階段に向かう。

「とりあえず刑事の方で調書をまいてですね……」

階段わきで黒のスーツを着た中年男が夫婦らしき男女二人に話をしていた。男女は背を向けていた。女はむっちりとした躰を黄色っぽいセーターに包み、グレーのスカート、たくましいふくらはぎは黒いストッキングに包まれていた。脱色をくり返し、ぱさついた髪を頭の後ろで一つにまとめている。男は黒のジャンパーを着て、白髪交じりの頭を短めにカットしていた。表情は見えなかったが、二人とも刑事の話が理解できていないことはわかった。

被疑者なり被害者なりから供述を取り、書類、いわゆる調書を作成することを警察では〝まく〟という。刑事にしてみれば、日常のありふれた言い回しに過ぎなくても娑婆《しゃば》の人間にはまず伝わらない。

長く機動隊勤務をしてきた本橋だが、警察官になりたての頃は交番に立つ地域課勤務をしていた。機捜に異動となってからは第六方面本部麾下《きか》の警察署の刑事課に頻々と出入りするようになっている。警察署の受付周辺を目にするたび、境界線《ボーダー》という言葉が脳裏に浮かんだ。

まずは諸手続きに訪れる人たちがいる。もっとも一般的なのは交通関係だろう。運転免許証の更新、交通違反にともなう反則金の納付、車を購入する際の車庫証明、道路使用許可、標識に関する申請などもある。放置自動車に関する苦情を持ちこんでくる者もいる。次は風俗営業、古物取扱い、警備業、探偵業と警察署で許可を取らなければならない業種は案外多い。数は少なくなったが、猟銃《りょうじゅう》の所持許可、免許の更新も警察署で行う。落とし物を拾って届けてくる人もいれば、事件、事故の被害者、加害者もいる。

本橋が漠然《ばくぜん》と感じるボーダーは、必ずしも善悪の分かれ目ではなかった。対立する者同士が向かいあえば、どちらも善、社会正義を掲げている。最たるものが戦争だろう。戦っている当事者はどちらも自分が正義だと主張する。

正義など口にする奴の数だけあるということだ。

その点、警察が気にするのは法律に抵触するか否かだけでしかない。法律がなければ、警察は一切動かない。そこに正義だの善悪だのを持ちこめば、ひたすらややこしくなるだけだ。

辰見と本橋は階段を上がり、二階の刑事課のある部屋に入った。数人がいて、机に置いたノートパソコンに向かっている。午後十一時をとっくに回っている。かつてならデカ部屋といえば、もっとたくさんの刑事たちが行き来し、座っている者もパソコンではなく、同僚と向かいあって話をしていた。深夜でも雑然として、ざわざわしていたものだが、政府の打ちだした働き方改革の波は警察署にも押しよせている。

デカ部屋のもっとも奥に銃器薬物対策係があり、係長席に木戸がいた。辰見が近づいてくるのに気がついた木戸が立ちあがる。

「邪魔する」

「どうぞ。その辺の椅子を使ってください」

辰見と本橋は空いている椅子を木戸の机のわきに引きよせ、腰を下ろした。

「鮨屋に寄ってきたんだ」辰見が切りだした。「機捜に来た頃からの馴染みで、最近のシャブ事情を聞きに……、ほら、あそこだ」

ようやく思いだした辰見が屋号を告げると木戸がうなずいた。管内にあり、ヤクザ者御用達となれば、刑事たちの間では有名なのだろう。

「最初、親父はカイザーって名前は聞いたことがないといってたんだが、ひょいと牛頭が来たっていいだしてね」

「いつ？」

木戸が机に両肘をついて身を乗りだす。

「つい最近らしい。牛頭がカイザーの名前を出してたというんだ」

「ほう」

「連れは若い男だが、ヤクザじゃないようだ。最初に見たときは中学生かと思ったって、親父はいってた」

「中学生ですか」

「本当のところはわからんが、そこまで若くはないようだ。牛頭だが、連れを聖也と呼んでたそうだ。それとコクマで万引き事案があったときに通報してきた店員が鈴木と名乗った。鈴木聖也と来て、思いだした。今、六区ＰＢに粟野というのが卒配で来てるんだが、かれこれ六、七年前か、おれと小沼が警邏中にチャリを二人乗りしてる中学生を捕まえた。このときの中学生が粟野と鈴木という」

「小沼って、去年まで機捜にいた？」

「そう」

「六、七年前なんて私にしたらつい先週って感じですけどね。そのときの中学生が今じゃ我が社で卒配ですか」

「歳とるはずだ」

「ごもっとも。それで小沼は何かいってましたか」

「二、三日前だったか、粟野が警視庁に来て昼飯を食った。そのときに鈴木について訊かれた。傷害致死で前科があるって噂を聞いたが、本当かと」

「マエ、あったんですか」

「ああ」辰見がうなずく。「マエといっても事件当時十四歳だったから家裁から少年院送致となった。イジメグループのリーダー格だったから初犯だが、しっかり二年打たれた。少年院を出て、それから北海道に行った」

「北海道に？　何で、また」

「就業を支援する施設があるという話だ。鈴木はそこに十ヵ月くらい在所して、東京に戻ってきた。母親が東日暮里に住んでる。もっとも母親の祖母の家らしいがね。鈴木はそこにいる。少なくとも書類上ではそうらしい」

「小沼は鈴木の住処を教えたんですか」

辰見がうなずくのを見て、木戸がぼそぼそという。

「中学の同級生ねぇ」

世間では個人情報保護がうるさく取り沙汰されているものの警察内部で情報を提供するのはよくある話だ。

辰見が前屈みになり、低い声でいった。

「牛頭が鈴木に助けられた礼だといって鮨をおごった」

「あのけち臭い野郎にしては豪勢ですね。何で、また?」

「あの通報で公園六区PBから片倉部長と粟野が臨場した。女はブラウスの前がはだけていたが、狂言だったろ。そいつがカイザーの女だって話してたらしい」

「まさか」木戸が小さな目をぱちぱちさせる。「まだ十三歳でしたよ」

「牛頭の話だ。たしか外国籍で未就学だったな?」

「ちょっと待ってくださいよ」

木戸が机のもっとも下段にある大きな抽斗《ひきだし》を開け、ファイルを取りだした。メガネをかけ、ページをめくる。

「ありました。スリランカですね。もっとも父親はあの子が生まれる直前に母国に強制送還されてます。名前は……、やたら長いですね。へーらてむ……、でぃやん……、通称はヘーラテムですね」

「強制送還された理由は?」

「オーバーステイですね。おっ、日本にいた頃は観音裏でカレーの店をやってたらしいですな。店名はスパイスフラワー……、十四年前となると私がここに来る前だな。強制送還されたあと、閉店したようです」

木戸が鼻に載せたメガネの上から辰見を見やる。

「右に同じだ。十四年前ならおれも機捜にいない。スパイスフラワーって名前にも心当たりはない」辰見が腕組みする。「とりあえず牛頭に話を聞いてみるか。野郎がどこからカイザーの女って話を聞いたのか」

「そうですね」木戸がメガネを外し、ファイルを閉じる。「しかし、牛頭の話にしてもどこまで本当かわからんですよ」

「まあね。実はここに来る前にコクマに寄ってきたんだが、人っ子一人いなかった。連絡先、わかるかい？」

「ちょっと待ってください」

立ちあがった木戸が別の机の列に行く。おそらく組織犯罪担当の席だろう。辰見が腕組みしたまま、首をかしげ、眉間にしわを刻んでいる。

「どうかしたんですか」

本橋が問いかけると辰見が目を上げた。

「川原《かわはら》さんって先輩がいてな。アサケイ刑事課のヌシみたいな人だった」

「だったって……」

「いや、死んじゃいない」辰見が腕を下ろし、ひっそりと苦笑する。「そのはずだ。もう何年も会ってないがね。とっくに定年退職してる。ひょっとして川原さんならヘーラ何たらのことも知っているかも」

戻ってきた木戸が辰見にメモを差しだす。

「これが牛頭の携帯電話の番号です。しかし、マルボウの方で別件があって今日の午後から電話を入れてるそうなんですが、つながらないといってました」

「そうか」メモを受けとり、ちらりと見た辰見がポケットに入れる。「おれも電話を入れてみるが、マルボウの方が先かも知れん。そのときは」

「お知らせします」

「ありが……」

デカ部屋の何ヵ所かに置かれた無線機が声を発し、同時に本橋の耳に突っこんであるイヤフォンからも同じ音声が流れだした。

〝至急至急、第六方面本部から所轄および各移動、浅草のカラオケボックスで人が刺され、倒れているのを客が発見……〟

辰見と本橋は立ちあがるや否や駆けだしていた。

2

赤色灯を回転させ、サイレンを吹鳴して突っ走る捜査車輛は千束通りを南進し、言問通りとの交差点で右折、国際通りを西浅草三丁目の交差点で突っ切って次の角を左折した。直進しながら本橋は左にちらりと目をやった。

浅草署に行く前に立ち寄ったコクマの看板が過《よぎ》っていった。

カラオケボックスで人が刺された現場は古い住宅が密集する一角にあった。減速し、集まりはじめた野次馬を左右に押しのけるようにしてゆっくりと進んだ。四階建ての古いビルの一階にカラオケボックスのネオンサインが出ている。店の前にはミニパトが一台、荷台に通称〝弁当箱〟を溶接した白い自転車が止められ、入口の前には制服警官が立っていた。制服警官の一人が来店した客らしき男女の前に立っていた。

辰見がセンターコンソールのマイクを取り、口元に持っていく。

「六六〇三から第六本部」

〝本部〟

「六六〇三にあっては刺傷事案の現場に到着、これより車を離れる」

〝本部、了解〟

マイクをフックに戻した辰見が左耳に受令機から伸びるイヤフォンを挿し、後方を確認してドアを開ける。エンジンを切った本橋もつづいた。背後からサイレンが近づいてきて、屋根に赤色灯を載せた同じ型のセダンがすぐ後ろに止まった。班長の稲田、相勤者の米谷が降りてくる。

辰見が稲田と見交わし、半歩下がる。小さく頭を下げた稲田が男女の前に立つ制服警官に近づいた。

「ご苦労さま。こちらが？」

「第一発見者です」

「わかった。まず私が話を聞く」稲田はきびきびと告げ、辰見と本橋をふり返った。「とりあえず現場を見てきて」

「了解」

辰見が答え、本橋は捜査車輛のトランクからバッグを取りだした。カラオケボックスの入口前には制服警官が立っている。敬礼を受けた辰見が答礼した。その手には白い綿の手袋が着けてあった。辰見と本橋は入口の前で靴にプラスチックのカバーを装着し、自動ドアのボタンを押して中に入った。

受付台の前にも制服警官が立っていたが、こちらは靴カバーを着けていた。辰見に敬礼する。答礼した辰見が訊いた。

「被害者は？」

制服警官がちらりと受付を見る。

「この中です」

「客は？」

「二組あったようです」

「ようですって、どういうことだ？」

辰見がくり返した。警官はまっすぐ辰見を見て答えた。

「自分が現着したときには手前から二番目の部屋だけに客がいました。一番奥の部屋ではカラオケが鳴りっぱなしで、廊下の突き当たりにある非常扉の鍵が外されておりました。ほかの部屋は空でした」

「わかった」辰見がうなずき、本橋をふり返る。「とりあえずマルガイを見よう」

まずは受付台に手を触れないようにして中をのぞきこんだ。狭かった。奥行きは一メートルほどでしかない。受付台の上にはバインダーに挟んだ表があった。おそらく受付簿だろう。

カウンターと壁の間に男がうつぶせで倒れていた。年齢は四十歳から五十歳、やや太り気味で黒っぽいセーターにすり切れたジーパン、白い靴下にかかとをつぶしたスニーカーを履いている。左に顔を向けているのでうつろな表情を見ることができた。そして床一面に血溜まりが広がっている。顔面は蒼白《そうはく》、目を見開き、口もわずかに開いている。

呼吸をしていないのはわかった。

「背中を刺されてるな」

辰見が低い声でいい、本橋はうなずいた。

「傷は右腰の少し上くらいですかね」

そこだけセーターが濡れているようにかすかに光沢を帯びており、右の靴下が赤く染まっている。

「そうだな。受付越しに刺された感じだ」躰を起こした辰見が小部屋が並ぶ廊下と受付を交互に見た。「廊下に顔を向けているときに背中からひと突きってところか。抵抗した様子は見られない。ぐさっとやられて、ばったりか」

得物が何かを知る手がかりはないが、おそらく傷は内臓――傷の位置からすれば右の腎臓――に達しているだろう。内臓を傷つけられると人間は十中八九即死する。ぐさっ、ばったりという辰見の言い回し通りだ。

辰見が本橋に目を向けた。

「どう思う?」

「手慣れてる感じがします」

「目的は金でもなさそうだ。レジには手をつけられた様子がないし、男の尻ポケットには財布が残っている」

「一番奥の部屋にいた客がやったんですかね」

「どうかな」辰見が顎でバインダーを指した。「見てみろ」

本橋はふたたびカウンターの内側に身を乗りだし、バインダーを見やった。横に午前十時から午前五時までの目盛りが振ってあり、縦に一番から六番までの枠があった。廊下を見やる。部屋の入口上にはプレートが飛び出ていて①から⑥まで振られていた。もっとも奥の部屋が六番だ。表に目を戻した。二番の枠には下手くそな字でトクダと書かれ、午後九時から午前一時まで線が引いてあった。六番は正午から午前五時まで線が引かれているが、客の名前はない。

「六番の客はずいぶん長い時間部屋を使うようにしてますね」

「名前も書いてない。常連かもな」辰見が受付を離れ、廊下を歩きだした。「ちょっと見てみよう」

二番の部屋はひっそりしていた。窓から中をのぞくと男が二人、身を寄せるようにしてソファに座っている。男のうち一人が本橋に気づき、立ちあがろうとするのを手で制し、辰見につづいて奥までいった。

六番の部屋はドア越しに重低音が響いていたが、音楽自体は聞こえなかった。窓に顔を近づけ、ざっと見まわしたが、人影はない。

非常口の前にはダンボール箱が三つ転がっていた。一つがやぶれ、チラシが散乱している。おそらく非常口の前に積みあげてあったのを何者かが引きずり倒したのだろう。ドアノブのサムターンは縦——解錠位置になっている。

「ここから出たようだ。いったん外へ出て、ドアの向こうがどうなってるか見ることにしよう」

「はい」

ドアやノブに指紋が残っているかも知れないので触れるわけにはいかない。受付まで戻ると米谷がいた。

「アサケイの刑事が来るまで班長と私がここに残ります。班長からですが、お二人には周辺検索をしてもらいたいと」

「わかった」

辰見につづき、本橋もカラオケボックスを出る。靴カバーを外し、非常口のある建物の裏へ回ることにした。


「ちょっと待って」

握っていた詩遠の手を離し、聖也は両手を膝において、背を丸めた。目をつぶる。走り通してきたので胸が苦しく、こめかみがじんじんした。

非常口の前に積まれていたダンボール箱を倒した。重かったが、何とか倒すことができた。最上段にあった箱が廊下に落ち、音を立てて潰れ、チラシが廊下にざっと広がった。聖也は思わず受付をうかがった。そのときドアの鍵を外す音が聞こえ、詩遠に腕を取られて非常口を出た。

目の前に隣のマンションの壁があった。カラオケボックスとの間は一メールほどしかない。詩遠が何もいわずに腕を引っ張り、奥へと進む。突き当たりで左を見るとコンクリートブロックの塀とマンションの壁に隙間があったもののさらに狭かった。詩遠がかまわず躰を横向きにして入りこみ、腕を引かれたまま、聖也もつづいた。胸や背中をこすった。隙間を抜け、両側に古い二階家が並ぶ通りに出る。

詩遠がふり返って訊いた。

『どっち？』

何だって？　あてもないのに飛びだしたのかよ、と思ったが、目尻を吊り上げた詩遠には何もいえなかった。右に目をやった。スカイツリーのてっぺんが見え、イルミネーションがのんびり回っていた。

浅草寺の方から国際通りを横断してカラオケボックスに来た。スカイツリーが右にあるということは……。

聖也は詩遠に腕をつかませたまま、左に向かって走りだした。駆けこむ先は自分の家以外に思いつかなかった。それで左に向かった。詩遠は何もいわず聖也の腕をつかんで走りつづけている。

かっぱ橋の食器店街を横断して、松が谷に入った。走りながら詩遠が急いで、ヤバイとくり返すので立ちどまるわけにもいかない。

二人は手を握った。

適当なところで右に曲がり、なおも走りつづけていると公園に突きあたった。中央にそそり立つ水銀灯が周囲を照らしている。おかげで自分がどこにいるかがわかった。

いくつも重なり合うサイレンが聞こえていた。消防車ではなく、パトカーだ。カラオケボックスのある方から響いてきた。詩遠がイライラしたように手を揺すった。

まっすぐ西へ向かい、昭和通りを渡れば、うちが近くなる。だが、息が切れて走りつづけられなくなった。

ようやく顔を上げ、何が起こったのか訊こうと詩遠をふり返った。詩遠は平気な顔をしている。目が合ったとたん、いった。

「お腹ぺこぺこ、もう走れない」

こんなときに飯かよと思ったとたん、腹が震え、ぎゅぎゅっと鳴った。

うちに帰れば、曾祖母が夜ご飯を用意してくれているだろう。だが、もう午後十一時を過ぎている。曾祖母は寝ているだろうし、起こして、詩遠の分まで何か用意してもらうのは申し訳ない気がする。それに電話も入れていない。節ちゃん——祖母のスナックに行けば、スナック菓子くらいはあるだろうが、詩遠について説明するのが難しかった。

とりあえず公園のわきを抜け、入谷に向かう。少し広い通りに出れば、二十四時間営業の店があるはずだ。通りに出て、左右を見渡すと左に牛丼店の看板が見えた。歩きだす。詩遠もどこへ行くのか察したのだろう。黙ってついてくる。まだ聖也の右肘あたりをつかんでいる。力が強かった。

牛丼店に入り、大盛牛丼の食券を二枚買った。客はコートを着たサラリーマン風の男が二人、互いに離れて座っている。聖也と詩遠は彼らの中間辺りに並んで座った。先にいた客はどちらも聖也たちに目を向けようともしない。

疲れた顔をした店員が二人の前に水の入ったプラスチックのコップを置き、カウンターの上の食券を持っていく。すぐに牛丼と味噌汁が運ばれてくる。

何があったのか訊きたかったが、ほかに人がいる場所では話がしにくい。それ以上に聖也も腹が減っていた。

二人は無言のまま、牛丼を掻っこみはじめた。


懐中電灯に照らしだされた建物の隙間を見て、本橋は呻《うめ》いた。

「うっ」

カラオケボックスが入っているビルの裏手に回ってきていた。すぐ後ろに辰見がいる。

非常口ドアを出ると隣のマンションの壁が迫っており、建物との間は一メートルもない。先へ進んできて左にカラオケボックスに隣接するマンションと民家のコンクリートブロック塀との間に隙間を見つけたが、さらに狭く、五十センチもない。

懐中電灯の光を上げ、隙間の先を照らしたときにきらりと光るものがあった。人の目だ。誰何《すいか》しようとして思いとどまる。真正面から光を受けているのは植木だ。相勤者の浜岡と建物の裏側を検索しているのだろう。

「そっちは?」

「誰もいません」植木が建物の隙間を上から下までざっと見る。「私でも、通れそうにないっすね」

「おれも無理だ」

答えた本橋は懐中電灯を下に向けて辰見をふり返った。

「ここを通りぬけるにはガリガリの奴か、子供じゃないと無理でしょう。見ますか」

「いや」辰見が首を振る。「とりあえず入口に戻ろう」

カラオケボックスの前に戻ると赤い光がそこら中に乱舞していた。目の前をゆっくりと救急車が通りすぎていく。刺されたという通報があれば、出動要請されるが、相手が死人なら用はない。ビルの前の通りには、先着したミニパト、機捜の捜査車輛二台にくわえ、パトカーと屋根に赤色灯を載せたセダン——おそらく浅草署の刑事課の車輛——が到着している。

「大渋滞だな」

辰見がつぶやいた。

ビルの入口に稲田と米谷が立っていた。辰見と本橋が近づく。

「裏は？」

稲田が訊いてくる。辰見が本橋に目を向けた。本橋は首を振った。

「非常口を出て右に行った突き当たりの左側に狭い隙間があります。マンションと個人住宅の塀の間ですが」

「本橋じゃ、通りぬけられそうもないか」

「向こう側に植木がいました」

「植木と浜岡には裏を検索するように指示した」稲田が答え、本橋から辰見に視線を移した。「マルガイは店長……、といっても雇われだけど。通報してきたカップルに聞いたんだけど、ここはふだんでも客が少なかった」

「ホテル代わりか」

辰見がぼそっとつぶやき、稲田の視線がきつくなる。辰見が空を見上げた。カラオケボックスの派手なネオンサインに邪魔され、星は見えない。

稲田がつづける。

「中にいた客に話を聞いた」

「二番の？」

本橋の問いに稲田がうなずく。

「廊下の一番奥にある部屋にも客がいたらしい。カラオケの機械は電源が入ったままだった。そして突き当たりが非常口」

「非常口の前に積みあげてあったダンボール箱をひっくり返して逃げたんでしょう。箱が破れてチラシが廊下に散らばってました」

「たぶん。それで二番の客に訊いたんだけど、何も見ていない」

「そっちもカップルか」

辰見が口を挟む。

「男二人」稲田が素っ気なく答える。「そっちもホテル代わりだったかも……、まあ、それはいい。とにかく二人は廊下をばたばたと走る男たちを見ているんだけどドアのガラス越しだし、短い間の出来事だったから人相、風体ははっきりとはわからない。人数も二人か三人だって。廊下の奥から受付の方に向かって走っていった」

「いつ頃ですか」

「三十分くらい前じゃないかって」

「じゃないかって……」本橋は眉根を寄せた。「人が死んでるのにずいぶんのんびりしたもんですね」

「知らなかったといってる。嘘でもないみたい。ドアが開いたと思ったら警察官が飛びこんできてびっくり仰天したっていってた。臨場した公園六区ＰＢの警官にも踏みこんだときの様子を訊いたけど、ドアを開けたとたん、二人が抱きあったまま、びっくりしたように警官を見てたそうよ」

　辰見が噴きだし、稲田がきっと睨む。

「とにかく何とか証言が取れたのは二番の客だけ。通報してきたカップルはカウンターの中をのぞいて、こっちもびっくり仰天。血溜まりの中に店長が突っ伏していたから」

「防犯カメラは？」

「店の前に向けられたのが一台、入口ホールから廊下に向けられたのが一台、だけど、どっちも故障中だ。部屋にカメラは取りつけられていない」

「故障中って……、役に立たないな」

「このビルは……」稲田がカラオケボックスの看板を見上げる。「来月には取り壊される予定なのよ」

　稲田の視線がカラオケボックスの入っているビルからとなりに移る。そこにはブルーシートで覆われた四階建てくらいのビルがあった。シートの隙間から足場がのぞく。

「こっちは解体中ですか」

「そういうこと」稲田が腕時計に目をやった。「浅草署の刑事が臨場したんで、我々としては周辺検索に移行する。とにかく我々の車を移さなきゃ。間もなく機動鑑識が現着するし……」

「捜査一課が出張ってくる可能性もある」

辰見がぼそりといい、稲田がうなずいた。

直後、イヤフォンに声が流れた。

〝浅草三三から本部〟

浅草三三は浅草警察署刑事課の捜査車輌に割りあてられている呼び出し符丁だ。

〝本部〟

〝救急車を要請する。男性、六十七歳、急性の薬物中毒で心肺停止状態、なお、氏名にあっては牛久保正樹《うしくぼまさき》……〟

辰見が顔を上げ、稲田を見る。イヤフォンを左手で押さえていた稲田がうなずき返した。辰見が本橋に目を向けた。

「病院に行くぞ」

「病院って？」

「牛久保正樹が牛頭の本名だ」

本橋につづいて捜査車輌に乗りこんだ辰見がエンジンをスタートさせる前に足下のスイッチを踏んだ。

ひときわ甲高くサイレンが鳴りわたる。

制服警官が手際よく掻き分けてくれた野次馬の間に本橋はゆっくりと車を乗りいれた。

3

時速百二十キロで走る車にはねられ、手足が千切れ、頭が砕けていたとしても医師が死亡を確認しないかぎり表向きには心肺停止と表現される。まるで蘇生《そせい》可能のようだが、二度と息を吹きかえすことはない。

衣料品スーパーコクマの警備主任牛頭こと牛久保正樹もそうした心肺停止の一人だった。発見時、すでに死後数時間が経過していたと見られる。

牛頭が搬送された病院は千束、吉原《よしわら》ソープランド街の北にあった。駐車場に乗りいれ、辰見とともに入るとロビーには木戸と相勤者が立っていた。ほかにも組織犯罪担当らしき刑事たちが行き来している。

本橋は思った。

デカってのは、一体いつ寝るんだ？

辰見と本橋が近づくと木戸が片手を挙げた。

「お疲れさんです」

「牛頭だって？」

辰見の問いに木戸が渋い表情になる。

「辰見部長が来たとき、マルボウが連絡を取ってるといったでしょ。いつまで電話しても埒《らち》が明かないんで住処《ヤサ》に行ったんですよ。牛頭はこの近所の古いマンションに住んでましてね。で、部屋の電気は点いてたんだが、いくらノックしても返事がない。それで管理人に警察手帳を提示して中を見せてもらったらベッドの上で冷たくなってたってことです」

「死因は？」

「それがシャブの過剰摂取のようなんですが、奴さん、古いタイプの極道なんでシャブには手を出してなかったはずなんです」

覚醒剤を密売している暴力団でも構成員には使用を禁じているところが多い。商品に手を出すなという倫理的な意味合いよりもいったん覚醒剤にどっぷりはまるとまるで信用できなくなるからだ。覚醒剤中毒者はクスリを手に入れるためなら平気で嘘を吐き、盗みを働く。まして商品である以上、目の前にたっぷり並ぶのだ。

木戸が目を伏せる。

「ベッドのヘッドボードには空になったパケと注射器がありました。パケは空のが一つだけです。とりあえず牛頭をここまで運んだだけで家捜しはこれからですが」

夜間出入口につづく廊下からベージュのコートを着た男がやって来て、辰見に近づいた。辰見、それから木戸、相勤者、最後に本橋に目を向け、会釈をする。

辰見が本橋をふり返った。

「紹介しとく。元分駐所にいた小沼だ」

機動捜査隊から本庁捜査一課に異動した小沼の名前は聞いていた。思ったより小柄だし、痩せている。優しげな顔をしていた。

「小沼です」

「本橋です。今、辰見部長の相勤者やってます」

「いいなぁ」

小沼がつぶやくようにいう。笑みを浮かべ、まんざら嘘でもなさそうな顔つきだ。辰見が割りこんだ。

「どうして、ここへ?」

「柳井洋平《やないようへい》、カラオケボックスの店長刺殺の件です」

「浅草の事案だから志願したのか」

「まさか」小沼が苦笑して首を振る。「ぺーぺーの私が志願したところで通るもんですか。たまたまうちの班が当直だったんですよ。それで稲田班長に電話をしたら辰見さんはここに行ってるといわれて、ちょうどいいと思ったんで来たわけです」

「ちょうどいいとは?」

辰見が怪訝そうに訊きかえす。

「柳井と牛頭には接点がありましてね。二人とも観音裏の生まれで、同じ組に出入りしてたんです。牛頭は盃をもらってますが、柳井はもらってません。近所で不良やってて事務所に出入りしていたことくらいはあったようですが」

小沼が木戸に顔を向けた。

「カイザーなる者が界隈《かいわい》に進出してきてますね」

「ああ」木戸がうなずく。「カイザーと牛頭や柳井って店長が関係してるのか」

「その点はまだはっきりしてません」

話を聞きながら本橋は思いを巡らしていた。鮨屋の店主が牛頭が来たことを思いだしたのはカイザーの名前がきっかけだった。そしてコクマで万引きをして捕まり、牛頭に事務所に連れこまれそうになった十三歳の女を結果的に助ける恰好になったのが鈴木聖也だ。少なくとも牛頭はカイザーについて何か知っている。

浅草署のマルボウはカイザーとは別件で牛頭に用があったらしい。それで住処を訪ねたのだが、見つけたのは死体だった。

だが、カラオケボックスの店長はどうつながる?

鍵は十三歳の女が握っているということか……。

女の年齢を思いうかべるたび、双子の娘の顔が脳裏を過っていき、胸の奥にかすかなうずきを感じる。

小沼がつづけた。

「これまでにつかんでいる情報では、カイザーというのはドゥチュエフェイ……、日本語で朱雀會《すざくかい》という組織の一員らしいということです」

「朱雀か」辰見が低い声でいう。「方角としては南だな」

小沼がうなずく。

「拠点はマカオにあるんですが、構成員は多国籍です。中国、台湾、フィリピン、ベトナム、マレーシア、カンボジア、シンガポール、インド……、そしてスリランカ」

辰見が目を細め、さぐるように小沼を見た。

「コクマで万引きをした女ってのがスリランカ国籍だった。東南アジアの犯罪組織ってことか」

「そもそもは華僑《かきょう》……、中国出身で海外で商売をしている人たちの互助会です。互いに金や商品を融通しています。商品はいろいろですが」

「シャブも含まれるというわけか」

「大本はアヘンですね。十九世紀半ばのアヘン戦争時代にまでルーツをさかのぼることができます。そもそも国家に縛られず、自由に行き来して商売をしてる連中ですから。その朱雀會が勢力を拡大していて日本にも手を伸ばしてきているんです」

「外国人観光客だな」

「それと彼らの背景には中華人民共和国の南下政策もあるでしょう」

「迷惑な話だ」

「そうですね」小沼がうなずき、言葉を継いだ。「先ほど話に出ていた万引きした女の父親ですが、十四年前に強制送還されてます。母親は日本人で北茨城在住なんですが、この母親と連絡が取れなくなっています。コクマでの一件があったとき、茨城県警とも協働したんですが、同じように母親に連絡をしてもらおうとしたけど……」

「つかまらないってわけか」辰見が鼻を鳴らす。「何かあったかな」

「わかりません」

「いろいろ外人がからむ事案になってきた。これもご時世かね」

「たしかカイザーも外国人相手の商売を始めようとしていたはずですが」

小沼がちらりと目をやり、木戸がうなずいた。

「来年のあれが諸悪の根源よ」

辰見が吐きすてる。あれが東京オリンピックを指しているのは明らかだ。外国人観光客の数は年々増加し、来年は一千万人を超えるといわれている。

辰見が首を振りながらつづけた。

「仲見世《なかみせ》が軒並み店賃《たなちん》を倍にするってもめたろ。雷門近くの温泉まで廃業するって噂があるくらいだ」

「あの温泉が、ですか」小沼が目を剝く。「改装したばかりでしょ。客も増えてると聞いてますけどね」

「ガイジンさんがね。浅草そのものをそっくり変えようっていうのかね。クソ面白くもないご清潔な街に」首を振った辰見が改めて小沼を見返した。「鈴木聖也が微妙にからんでる。粟野も何か知ってるかもしれん」

「辰見さんから電話をもらってびっくりしたんですが、何があったんですか」

「本橋といっしょに鮨屋へ行った……」

屋号を口にすると小沼がうなずく。辰見が話しはじめた。


聖也は小さな鈴のキーホルダーをつけた鍵を引き戸の鍵穴にそっと挿した。鈴をつけておけば、落としたときに音で気がつくと曾祖母はいう。錠前を外し、できるだけ音をたてないようにゆっくりと引き戸を開け、玄関に首を突っこんで耳を澄ませた。家の中は静まりかえっている。

曾祖母は毎晩午後九時に布団に入り、翌朝五時に起きる。もっと早くに目が覚めているのだが、起きたところですることがないので布団の中にいるといっていた。曾祖母が寝ているのは居間と襖一枚隔てた小さな部屋で仏壇が置いてある。

玄関の天井に吊ってある電球は一晩中消さない。聖也のためでなく、祖母のためだ。

祖母が経営するスナックは一応午前一時閉店だが、客が帰るまで開けている。早く帰って来たところで、することもないからねと祖母はいう。早起きしても別にすることがないという曾祖母に似ていると思う。

「入って」

聖也は圧し殺した声でうしろにいる詩遠にいった。

「お邪魔します」

詩遠も低声でいう。聖也しか聞いていないのだから挨拶など要らないのだが、聖也の口元は自然とほころんだ。礼儀正しさが何となく嬉しかった。

詩遠が廊下に上がると、聖也は詩遠と自分のスニーカーを取った。詩遠に彼女のスニーカーを差しだす。

「靴は持って、上がって」

「わかった」

詩遠が首をかしげながらも受けとった。聖也が考えていたのは万が一、夜中に誰かが来たときには二階から逃げなくてはならないということだ。だが、自分の家が知られるとは考えにくかったし、考えたくもなかった。

先に立った聖也は一足ずつゆっくりと階段を上ったが、それでも古い家なので軋《きし》む。詩遠がすぐ後ろにつづいてくる。上った先の左が聖也の部屋で右の部屋を祖母が使っている。まだ祖母は帰ってきていない。

襖を開け、中に入って蛍光灯からぶら下がっている紐《ひも》を引いた。輪になった蛍光灯が点くまで間がある。何もかも古いのだ。二、三度またたいてから点いた。ふり返った。詩遠は襖の間から顔をのぞかせ、部屋の中を見ている。

「入って」

「うん」

詩遠が部屋に足を踏みいれ、襖を閉めた。

四畳半の部屋は変色した畳が剝きだしになっている。映らないテレビと敷きっぱなしの布団があるだけだ。

とりあえず掛け布団を直し、手で示した。

「よかったら座って。椅子も座布団もないんで」

「ありがとう」

詩遠が布団の端に腰を下ろし、ショルダーバッグをかたわらに置いた。赤い革ジャンパーが蛍光灯の白い光を浴びている。暖房器具もない部屋は寒かった。聖也はテーブルの前に行き、窓枠にもたれるように座った。

部屋を見渡している詩遠の目がきらきら光っている。

小さく首を振った。

何があったのかを訊かなくちゃ……。

しかし、先に詩遠が口を開いた。

「ここが聖也の部屋なのね」

「そう。ばあちゃんの家だけどね。ばあちゃんといっても正確には曾祖母ちゃんなんだけどね。本当の祖母ちゃんは近所でスナックやってて、店が終わったら帰ってくる。向かいの部屋が節ちゃんの部屋」

「セッちゃん？」

「本当の祖母ちゃんのこと。曾祖母ちゃんがばあちゃんで、自分は節ちゃん。店でもうちでも節ちゃんで通してる」

「お母さんは？」

「母ちゃん……、お袋は埼玉にいる」

子供っぽい気がしてお袋と言いなおしたが、何だか落ちつかなかった。今までお袋などと呼んだことがない。あわてて言葉を継ぐ。

「この家を建てたのは大工をしてた曾々祖父ちゃんだけど、曾々祖父ちゃんが死んだあと、曾祖父ちゃんが継いだ。曾祖父ちゃんも大工だった。その曾祖父ちゃんも死んで、ばあちゃんが一人になったときに節ちゃんが出戻ってきて、そのときにはもう母ちゃん……」

またださ——聖也はうつむいた。下を向いたまま、ぼそぼそとつづける。

「お袋を連れてたんだ。お袋はそのときまだ五歳で、ここから小学校、中学校に通った。高校にも受かったんだけど、一年で中退して、それからしばらくは寄りつかなかったんだって。そんで五年くらいしてから戻ったんだけど、そのときは赤ん坊のおれを抱いてた。ばあちゃん……、曾祖母ちゃんは呆れちゃったけど、節ちゃんもいたし、母ちゃんにしてもほかに行くところもなかったから結局ここに皆で住むことになった。母ちゃんはしばらく節ちゃんの店で働いてたんだけど、お客さんと仲良くなっちゃって、その人もおれのことをすごく可愛がってくれたんで、結婚することになって、ここを出て足立区の団地に移ったんだ。その人が鈴木っていって、長距離トラックの運転手をしてた。優しい人だったよ。でも、だんだん景気が悪くなって、仕事がきつくなって、そんで事故を起こしちゃったんだ。人をはねちゃったのさ。居眠り運転だって。それで鈴木さんは刑務所に入って、その間、おれはそのまま団地にいたけど、母ちゃんはまた節ちゃんのスナックで働くようになった。節ちゃんのスナックは本当に近所でね、だから母ちゃんは店が終わっても団地には帰ってこないで、ここに泊まってた。だけど、あとで聞いたら節ちゃんの店で働いてたのは、最初の一ヵ月ぐらいで、それから北千住や池袋で働いていたんだって。団地にはたまに帰ってきたけど、ほとんどはおれ一人で……」

ずいぶん静かだなと思って目を上げた。詩遠は布団に横になって目をつぶっている。

規則正しい寝息が聞こえた。

「寝た?」

そっと訊いた。詩遠は目を開けようともしない。聖也は立ちあがり、押入から毛布を出してかけた。自分が毎日使っている布団で詩遠を寝かせるのは申し訳ないような気がしたし、何より掛け布団を抜き取ろうとすれば、起きてしまうかも知れない。

ふたたび窓際に戻り、ジーパンのポケットに入れたままのスマートホンを抜いた。欠伸《あくび》が出る。最上部に小さなマークが出ている。新着ニュースがあるというお知らせだが、ニュースなどろくに見たこともない。いつも画面を開き、すぐに閉じてしまう。ディスプレイの最上部に出ているマークがうっとうしいからだ。

もう一度欠伸をしてニュースを開いた。閉じようとする寸前、見出しが目に入り、指を止めた。記事を読みすすめる。

浅草のカラオケボックス店長、刺殺

本日、午前零時過ぎ、西浅草のカラオケボックスで店長(42)が刺される事件がありました。店長は即死し、警察は殺人事件と見て捜査を開始しました……。

そのほかのニュースも開いて見ていった。住所からして間違いなく詩遠を迎えに行ったカラオケボックスだ。柳井という名前に憶えはなかったが、四十二歳なら無愛想で、いつも機嫌の悪そうな顔をしていた店長に合うような気がした。何より午前零時過ぎといえば、四人の男が受付にいるのを見て、詩遠が逃げだそうとした時間に間違いない。

あの店長が殺された？

機嫌の悪そうな顔をしていたのは憶えているものの、顔そのものはうまく思いだせなかった。カラオケボックスに行くたび、うつむいていてほとんど顔を見ていなかったからだ。

ニュース画面を閉じ、テーブルに置く。両手で顔をこすった。くたびれきっているのに眠気はふっ飛んでしまった。

どうしよう……。

スマートホンが振動し、びくっと躰を震わせる。ディスプレイには力弥と表示されていた。手を伸ばせず、振動をつづけるスマートホンを見ている。

留守番電話サービスは利用していないので力弥が諦めるか、スマートホンを取りあげて受信操作をしないかぎり震えつづけるだろう。

カラオケボックスの店長のことか……、おれと詩遠がいたことが警察にわかった？

……、でも、どうして力弥から？

「出ないの、電話？」

声をかけられ、跳びあがりそうになる。詩遠がまっすぐに聖也を見ている。瞳に蛍光灯の白い光が溜まっていた。

力弥はスマートホンを耳にあてたまま、呼び出し音を数えていた。すでに二十回を超えている。

「出ないのか」

目の前に立っている小沼が訊いた。力弥はスマートホンを下ろさずに答えた。

「はい。ずっと呼んでいるんですが」

ぐっすり眠っていたところを寮長に起こされた。ドアを開けると寮長の後ろに小沼、辰見、それに躰の大きな相勤者——本橋が立っていた。寮長が去り、小沼が入ってもいいかと訊いたのでうなずいて三人を入れた。

小沼が鈴木聖也の電話番号を知っているかといきなり切りだした。辰見と本橋は何もいわずに力弥を見ていた。素直に知っていると答えると、電話をかけてくれといわれた。何も説明されなかったが、小沼の強い眼光に気圧され、力弥は私用のスマートホンを手にして、登録したばかりの聖也の番号にかけた。

小沼が力弥の目をのぞきこんで訊く。

「呼び出し音は鳴ってるんだな？」

「はい」

「電話番号は間違いない?」

「はい。聖也がいった番号をその場で打ちこんで電話をかけました。聖也のスマホが鳴りだして、あいつが画面を見てました。間違いないと思います。それから登録しましたから」

「鈴木聖也もお前の番号を登録したか」

「それはわかりません」力弥は生唾を嚥み、声を圧しだした。「電話番号を交換して、すぐに帰ってきましたから」

「何時頃だ?」

「午後十時過ぎでした。それから自分はまっすぐ寮に帰ってきて、聖也の番号を登録しました」

力弥は小沼、辰見、本橋の順で見ていった。耳元には呼び出し音がつづいている。唇を嘗めた。

「何があったんですか」

「今のところ、何も」小沼が首を振る。「しかし、鈴木聖也が何か知ってる可能性がある。お前が知ってる携帯電話の番号を……」

辰見が小沼の腕に手をかけた。

「今夜のところはそこまでしなくていいだろう。まだ推移を見なくちゃならんし、粟野にしても明日は勤務がある」

「はあ」うなずいた小沼が力弥に目を向ける。「もう今夜のところは電話はいい。鈴木も寝たのかも知れない。改めてアサケイの地域課を通じて依頼が行くかも知れない。そのときには電話番号を提出してくれるな？」

力弥はすぐに答えずスマートホンを下ろして通話を切った。

「な？」

「はい」

力弥は床を睨みつけたまま、声を絞りだした。

4

電話が切れ、ディスプレイの表示が着信から着信アリに切り替わる。聖也はじっと見つめつづけていた。

詩遠がもぞもぞと躰を起こし、長い髪を掻きあげて訊いた。

「誰から」

「ひっ……」

非通知といいかけて気が変わった。聖也はテーブルに置いたスマートホンに目をやったまま答えた。

「友達、警察の」

詩遠が息を嚥む気配が伝わってきたが、目を上げなかった。

「警察に友達がいるの？」

「友達がお巡りになった。中学のときの同級生なんだ」

力弥について嘘を吐く気になれなかった。とくに詩遠には……。

聖也は詩遠に目を向けた。

「さっきニュースを見た。あのカラオケボックスの店長が殺されたって」

詩遠はちっとも驚いた様子を見せなかった。

「殺されるのがわかってたみたいだね」

聖也の問いに答えようとせず、詩遠はまた前髪を掻きあげて天井を見上げた。聖也は詩遠の小さなあごを見ていた。

やがて詩遠がぼそぼそといった。

「あそこにパパがいたから」

「パパって……」

カラオケボックスの受付の様子が頭の中を過っていく。受付台の内側には店長がいて、その前に四人の男たちが立っていた。二人はいかにもヤクザという感じのスーツを着て、あとの二人は革ジャンパーにリーゼントで日本人には見えなかったが、若そうに見えた。

「スーツを着てた？」

「そう」詩遠がうなずき、聖也に目を向ける。「二人いたでしょ。奥っていうか、入口に近い方に立ってた」

聖也は探るように詩遠を見た。

「パパって、外国人じゃなかった？」

「スリランカ人。だけど生まれたのがスリランカというだけで、親は華僑だって聞いてる」

「華僑って何？」

「中国人の商人」

「それじゃ、パパは中国人なのか」

「中国系といった方がいいかな。顔を見ただけじゃ、日本人と変わらないよ」

詩遠が外国人っぽくない理由も同時にわかった。

「でも、パパの顔を知らないんじゃなかった？　詩遠が生まれる前に強制送還されたっていってなかった？」

詩遠がジャンパーのポケットからスマートホンを抜き、聖也に見せた。待受画面は顔にイタズラ書きをした詩遠の写真だ。猫の耳と髭が描いてある。

「今はこれがある。パパともＬＩＮＥしてる。テレビ電話もね」

「いつから？」

「三年前。あたしが十歳になったとき、ママがスマホを買ってくれた」スマートホンをポケットに戻した詩遠が両足を投げだし、後ろに両手をついた。「柳井はママと知り合いだった。浅草を歩いてるときに向こうから声をかけてきたのね」

つい先ほど読んだニュースに柳井という名前があったのを思いだした。だが、聖也は混乱していた。

「ママと知り合いって、どういうこと？」

「あたしが生まれる前、パパとママは浅草でカレー屋さんをしてた。スパイスフラワーって名前の。柳井は常連さんだったのね。それでママの名前を出して、娘かって訊いてきた」

足を引き、あぐらをかいた詩遠がまっすぐに聖也を見る。顔を圧迫されるほどの目の力を感じる。

「あたしの本当の名前はヘーラテムディヤンセー……」

詩遠の口から訳のわからない呪文が流れだす。聖也は目をぱちくりさせているしかなかった。

「っていうの。最初にいったのはファミリーネームね。それからパパのパパやママのファミリーネームとかがくる。もともとスリランカのファミリーネームは長いのが多いんだけど」

「詩遠の名前は？」

「マァッラ。タミル語で花という意味」

「スパイスフラワー」

「そう。ママはパパのことを忘れないといって、お前の名前はマァッラだといいつづけた」

「パパとママはずっと仲がよかったのかい」

「お金。パパからはあたしの養育費が送られてきてた」

「向こうに帰ってからも仕事がうまくいってたってことか」

「わからない。だけどパパはスリランカにはそれほど長くいなかったと思う。マカオとシンガポール……、それくらいかな、あたしが教えてもらったのは。旅が多い仕事だっていってた」

「何してるの？」

いやな予感があった。予感というより恐怖に近い。

牛頭の顔が浮かぶ。「あれ、ヤバいみたいよ。すごーくヤバいみたい」といっていた。

「カイザーっていえば、わかる？」

詩遠はカイザーの女ではなく、娘だ。聖也はごくりと唾を嚥みこんだ。

「それで、パパは何をしに日本に戻ってきたんだ？」

「あたしを連れていくためだって、ママがいってた……、っていうかＬＩＮＥが入った。でもあたしは知らない国なんか行きたくない。ここがいい。日本がいい。生まれて、育った国だもの。あたしはマァッラなんかじゃない。詩遠……」

そのとき家の前に車が停まる音が聞こえた。ドアが開き、閉まる。四回。フォードアの車だ。今まで誰かが車で来たことなどない。詩遠も音を聞いているのだろう。不安そうな顔をしている。

とっさに聖也は立ちあがり、蛍光灯を消した。

話し声が聞こえたが、何をいっているのかわからない。詩遠がそばに寄ってくる。肩に手を回した。

詩遠が震えている。

警察か――聖也は闇の中で耳を澄ませた――もしかすると……。

「わかったか」

本橋はスマートホンを耳にあて訊いた。

「先輩こそわかってるんですか。これ、完全な服務規程違反ですからね。発覚すれば、私だけじゃなく、先輩もただではすみませんよ」

警視庁第六機動隊企画室の丹澤が電話口で警告する。無視して、もう一度くり返した。

「わかったのか」

「はい」

浅草警察署待機寮から出て、署に向かう途中の交差点角にある文具店の前で本橋は足を止めた。辰見と小沼が本橋のわきに立ち、それぞれメモ帳を手にする。

「何番だ？」

「0、8、0……」

丹澤が告げる電話番号を、数字を一つずつ区切ってゆっくりと本橋は復唱し、辰見と小沼が書きとっていった。

牛頭が病院に救急搬送され、死亡が確認された。刺殺されたカラオケボックス店長と牛頭には昔からのつながりがあった。また牛頭が数日前、鈴木聖也を連れて馴染みの鮨店に行き、コクマで万引きをして通報された女——少女といってもいい年回りだ——がカイザーと関係していると話している。万引き犯の女が事務所に連れこまれるのを見て一一〇番通報を入れたのが鈴木なのだ。そして鈴木は公園六区交番に卒業配置されている粟野力弥の同級生で、二人は六年前、辰見と小沼によって補導されている。自転車に二人乗りしていたためである。

鈴木がどこにいて、何をしているかを確かめてみようといいだしたのは辰見だ。刑事の勘を持ちだすまでもない。何らかの情報を握っているのは、カイザーと関係している十三歳の女か、鈴木なのだ。その女と鈴木とに面識があるのか、現時点で確証はない。粟野が鈴木と会ったのは、東日暮里にある稲荷社の境内で、午後十時に別れている。そこから鈴木が西浅草のカラオケボックスに向かえば、店長刺殺事案の発生前に到着できる。

あらかじめ粟野が私物として所有しているスマートホンの電話番号を浅草署地域課で調べておき、辰見、小沼とともに粟野と話をすることにした。本橋は第六機動隊の丹澤を電話で起こし、粟野の電話番号を告げて監視するよう頼んだ。部下ではないので、あくまでも丹澤の好意に頼らざるを得なかったが、もっとも断られるとは最初から考えていない。機動隊で最初に配属された中隊に所属した先輩、後輩の間にはたとえ部署を異動し、退職したとしても断ち切れない鉄の絆《きずな》がある。

本橋は辰見と小沼がメモ帳に目を落としているのを確認した上でもう一度電話番号をくり返した。二人が目を上げ、うなずく。

「それじゃ、引きつづきその二つの番号を監視しててくれ。それと粟野がかけた先は鈴木という男だが、そちらの位置確認を頼む」

「ちょっと待ってくださいよ。それ、もっとヤバいっすよ」

「そうだな」

「そうだなって……、ねえ、先輩、何が起こったんですか」

「起こってる、だ。すでにソウイチが動いている……」

本橋の言葉に小沼が眉を上げ、わずかに肩をすくめる。

「今のところ二人死んでるが、今夜中にもっと死人が出るかも知れない」

丹澤が電話口で鼻を鳴らすのが聞こえた。

「先輩、変わりましたね。ソウイチとか、コロシとか、そんなもん知ったことか、じゃなかったんですか」

「おれは今、刑事ってだけだ。とにかく頼んだぜ。また連絡する」

「勘弁してください。明日は羽田空港配置なんですよ」

「そいつは大変だな。じゃ、引きつづきよろしく」

電話を切った。

三人は横断歩道を渡り、浅草警察署までやって来た。捜査車輛は正面駐車場に入れてある。玄関先で立ちどまった小沼が辰見と本橋を等分に見る。

「それじゃ私は浅草PSに入ります。捜査本部の立ち上げにかからなくちゃなりませんので」

「ご苦労さん」辰見がいい、浅草警察署の建物を見上げた。「連続なんかにならなきゃいいがな」

「まったくです」

それじゃといって小沼が浅草署の階段に向かい、本橋は辰見とともに捜査車輌に乗りこんだ。


右に寝返りを打ち、布団の中で躰を反転させて左側を下にする。ふたたび仰向けになったところで力弥は目を開け、天井を見上げた。子供の頃からわりと寝付きはいい方だったが、さすがに今夜はちっとも眠くならなかった。

首を持ちあげ、枕元のデジタル時計を見る。午前一時を回ろうとしていた。あと五時間で鳴りだす。明日は日勤なので洗顔し、朝食をとって、午前七時半までに出勤すればよい。朝礼を済ませ、九時には交番に入る。

「眠らなきゃ」

わざとつぶやき、目をつぶる。しかし、十秒とまぶたを閉じていられなかった。今度は窓際に置いた机に目をやった。充電器につないだスマートホンを見る。聖也がコールバックしてきたときに備え、マナーモードは解除していた。だが、鳴りだすことはなかった。

ぎゅっと目をつぶり、大きく息を吐くと勢いよく掛け布団をはぐった。寝間着代わりにしているTシャツと七分丈のパンツの上からグレーのスウェット上下を着た。スマートホンを充電器から外し、スウェットパンツの右ポケットに入れ、左ポケットにはキーホルダーを入れた。

ドアをそっと開けて廊下をうかがった。人影はなく、しんとしている。外に出て、階段に向かった。四階建てだが、エレベーターはない。

一度だけ寝坊したことがあった。その日も日勤だったが、目を覚ましたときにはすでに七時十五分になっていた。手早く着替え、部屋を飛びだし、階段を駆けおりて建物を飛びだしたときに朝礼で地域課長に提出するレポートを忘れたことに気がついた。ふたたび部屋まで駆けあがり、レポートを取って署に向かった。何とか七時半にはロッカールームに飛びこんだものの、朝食抜きだったので昼飯を食うまではめまいを感じるほど腹が空いた。

音をたてないように階段を下り、ロビーを突っ切ろうとしたとき、声をかけられた。

「出かけるのかい？」

管理人室の小さな窓から寮長がのぞいている。

「眠れないもので、ちょっと走ってこようかと思いまして」

寮長がじっと見つめてくるので落ちつかない気持ちになった。やがて寮長がうなずいた。

「事情はある程度聞いてる。とても眠れたもんじゃないよな。ひとっ走りしてくれれば、何とか眠れるかも知れん。明日は？」

「日勤です」

「それなら帰ってきて四時間は眠れるな。明日は多少眠いだろうが、まあ、こんな夜もあるさ。気をつけてな」

「ありがとうございます」力弥は一礼した。「行ってきます」

「はい」

寮の玄関を出て、右に向かう。次の交差点で角にある文具店前をもう一度右に曲がると浅草署だ。

交差点をまっすぐに突っ切ったところで走りだした。聖也の家まで走れば、十分だ。一歩踏みだすごとにアスファルトを蹴る力が強くなる。加速すると風を切る音が耳を打つ。ざわざわと不安を掻きたてるような音だ。

走りながら右ポケットに手を当て、スマートホンを押さえていた。

浅草分駐所のソファに深く腰かけ、背もたれに躰をあずけた本橋は腕組みし、うつむいて目を閉じていた。向かいに座っている辰見の携帯電話が鳴り、目を開く。辰見がワイシャツのポケットから携帯電話を取りだし、開いて耳にあてる。

「はい、辰見」

ひと言いっただけで立ちあがる。本橋も立ちあがった。

「わかった、ありがとう」携帯電話を胸ポケットに戻した辰見が目を向けてくる。「粟野が寮を出た」

二人は分駐所を出て、裏の駐車場に停めてある捜査車輛に向かった。辰見が助手席に乗りこんだときには本橋はキーを挿し、ひねっていた。エンジンがかかる。それからドアを閉め、シートベルトを固定する。

「鈴木のヤサはわかってるな」

「小沼部長から聞いてます。この時間ならサイレン無しでも七、八分でしょう」

本橋は車をゆっくりと出しながら答えた。シートベルトの留め具を差しこんだ辰見が答える。

「なめるなよ、あいつはガキの頃から足が速かった」

駐車場を出て、交番のわきへ進む。左折のウインカーを出して、右から車が来ていないのを確かめて出る。

「鈴木から電話があったんですかね」

「どうかな。電話がないから自分の目で確かめに行く気になったんだろう。今夜は眠れないはずだ」

次の交差点を左折して、都道四六四号線に乗りいれたところで本橋はルームミラーをチェックし、アクセルを踏んだ。

エンジンが唸り、加速する。

たしかに眠れないだろうなと胸の内でつぶやいた。

第六章　少年A

1

暗い部屋の窓際で詩遠が背中を丸め、聖也の右肩に頭を押しつけていた。詩遠の肩に手を回した聖也は出会ってから初めて小さいなと思った。

長い髪から立ちのぼる匂いを吸いこむ。甘くて、いい香りがした。

こんなときだっていうのに……。

それでも聖也は目を閉じ、思いきり詩遠の髪の匂いを吸いこむのをやめられなかった。

詩遠の赤い革ジャケットのポケットからスマートホンが振動するかすかな音が聞こえた。

ツー、ツツ――LINEだとわかる。だが、詩遠は身じろぎもしないで頭を押しつけつづけていた。このままいつまでも詩遠の温《ぬく》もりを感じていたいと思った。

家の前を何度か足音が行ったり来たりしていたかと思うと止まった。聖也は目を開け、耳を澄ませた。

玄関の引き戸を叩く音に心臓が止まりそうになる。腕の中で詩遠も躰を硬くする。

警察か、それともカラオケボックスの受付にいた男たちか。警察であれば、力弥が連絡したのかも知れない。しかし、警察がやって来るはずがなかった。カラオケボックスに聖也と詩遠がいたことは誰にも知られていない。逆にあの男たちは詩遠を追っている。

でも、詩遠がおれといっしょにいるって知ってるか……、あり得ないだろ……。怖かった。

引き戸を叩く音がしつこくつづき、やがて曾祖母の声が聞こえた。

「はいはい、こんな夜中に何の用だい？」

「孫を訪ねてきた」

男の声がいった。詩遠のパパなのかはわからなかった。外国人のような訛《なま》りはなかった。曾祖母が怒鳴るように答える。

「孫？　孫ならここにはいないよ。埼玉だ」

曾祖母にしてみれば、孫は聖也の母親だ。

「鈴木聖也がいるだろ」

「聖也は曾孫《ひまご》だ」

「どっちだっていい。聖也に用がある」

「聖也なら今晩は帰ってきてないよ。靴がないもの」

スニーカーを持ってきてよかった。

「いつ帰ってくる？　大事な用があるんだ」

「電話をすりゃいいじゃないか。聖也も携帯くらい持ってるよ」曾祖母がわざとらしく長い欠伸をする。「もう遅いんだし、明日の朝にしておくれよ」

「急ぎの用だ。それに聖也が電話に出ない。何か連絡はなかったか」

「ないよ。どいつもこいつも人に晩飯の支度をさせておいて何もいって寄越さない。まったくどんな神経してるんだか」

「急ぎの用だといったろ。中で待たせてくれ」

「冗談じゃないよ。こんな夜中にいきなり押しかけてきて、どこの馬の骨だかわからない奴をうちに上げるわけないだろ。とにかく明日の朝、出直してきておくれ。あんまりしつこくすると警察に電話するよ」

「急ぎの用だといってるだろ」

「急ぎ、急ぎって何だい？」

「牛頭のことだ。聖也の知り合いなんだよ。アルバイト先のスーパーでもいっしょだ。牛頭が大怪我して病院に担ぎこまれた。生きるか死ぬかって大怪我だ」

聖也は闇の中で目を剝いた。

男がつづける。

「聖也にどうしても直接会って伝えたいことがあるっていうんだ。とりあえず開けてくれ。顔を見れば、怪しい者じゃないとわかるはずだ」

「だからこんな真夜中に……」

いきなり引き戸が連打された。あまりに激しく、近所中に響きわたりそうだ。曾祖母が金切り声を上げた。

「わかったよ。今、開けるから乱暴に叩くのをやめておくれ」

連打がやみ、引き戸の鍵を外す音が聞こえる。

聖也は詩遠の肩に回していた右手を離し、窓枠に置いた二足のスニーカーを取った。一つを詩遠に渡す。二人とも急いでスニーカーを履いた。いつもよりきつく紐を締めた聖也は詩遠の耳元でささやいた。

「逃げるよ」

「逃げるって、どこへ？」

「そんなこと、わかんないよ」

答えながら階下の音を注意深く聞いて窓枠に左手を伸ばす。

「開けたってば」

曾祖母の怒鳴り声が聞こえた直後、引き戸が勢いよく開かれるのに合わせて窓を開ける。

「ちょっと……、何だよ、あんたたち、靴くらい脱ぎなよ」

あんたたち？——少なくとも相手は一人じゃない。

詩遠の腕をつかみ、半ば強引に立たせる。窓の外には一階の屋根が突きでている。瓦を踏み、窓から身を乗りだした。詩遠を引っぱり出し、窓をそっと閉める。

直後、階段を踏みならしている音が響きわたる。聖也は詩遠の腕を引いて屋根の端まで行き、まず自分が飛び降りた。狭いながらも庭がある。すぐに立ちあがって両手を伸ばした。

「さあ」

「降りられないよ」

「両手を屋根においてて、尻を向けて、まず足を降ろして……、早く」

今にも自分の部屋の窓が開くのではないかと気が気ではなかった。詩遠がようやくいわれた通りに尻を突きだす。配送センターの水銀灯の光に革パンツに包まれた詩遠の尻がてかてかてかしていた。

そろそろと降ろしてきた片足を手で受けた。

「早く」

詩遠のもう一方の足が降りてきたと思う間もなくどっと落ちてくる。夢中でつかんだが、詩遠の尻を顔面で受ける恰好になった。何とか足を踏ん張り、詩遠を庭に降ろすと壁に寄ってしゃがみ込んだ。

自分の部屋の窓が開く。

「ここにはいないぞ」

「そんなはずない」

壁に背をあてたまま、聖也は軒を見上げた。二人目の男の声には外国人っぽい訛りがあった。

詩遠のパパ？

同じ声がつづけた。

「この近くだ」

男たちが窓から離れるのを待って、聖也は詩遠の手を引き、裏庭から隣の家との隙間に飛びこんだ。

ＪＲ日暮里駅前に怒号が飛びかっている。歩道に寄せた捜査車輌から離れ、本橋と辰見は深夜の駅前でくり広げられている乱闘を眺めていた。

「なめんなよ、おらぁ」

モスグリーンのジャンパーを着た男が足を飛ばす。爪先を鉄板で保護したごつい安全靴を履いていた。だが、伸ばした爪先は怒鳴りつけた相手には届かない。すでに制服警官が二人がかりで背後から腕を回している。

蹴りつけられた方は金髪をとさかのように逆立て、黒いジャンパーを着ていたが、こちらも警官に羽交い締めにされていた。

「そっちが先にガン飛ばして来たんだべや」

黒いジャンパーの男も負けていない。目を剝き、唾を飛ばして怒鳴っている。

かたわらには座りこみ、顔を押さえている男がいた。指の間から血がしたたっている。一人の警官がしゃがみ、男の顔をのぞきこみ、あと二人の警官は後ろに立って周囲の男たちを押さえていた。

「おい、倒すぞ」

モスグリーンを押さえている警官が相方にいった。

「はい」

さらに三人が組みついて安全靴を履いた足を押さえつけた。

「いいか、行くぞ。せえの」

モスグリーンのジャンパーが歩道に倒され、警官が五人がかりで上から押さえつけた。号令をかけている警官が怒鳴る。

「手錠」

とたんにモスグリーンのジャンパーが首を持ちあげた。

「何でワッパだよ」

「傷害の現行犯だ、ボケ」

警官が怒鳴り返す。

どうやらモスグリーンのジャンパーの男が、座りこんで血を流している男を殴ったのだ。

本橋はかたわらに立つ辰見にいった。

「何とも派手ですなぁ」

「ああ、最近のガキどもは加減ってものを知らない。自分たちが交番のすぐ裏で暴れてることにも気づいてない」

日暮里駅東口前のバスロータリーを囲んで赤色灯を回転させたパトカー、覆面車が臨場していた。その数、すでに七台。さらに近づいてくる複数のサイレンが聞こえている。

本橋と辰見は、分駐所を出て、鈴木聖也の自宅に向かったが、ものの数分も経たないうちに無線機が喚きだし、応援要請を告げた。車は昭和通りの交差点を通過したところだった。日暮里駅前で十数人が入り乱れて、乱闘が起こっているという。ただちに辰見が足下のスイッチを踏み、行き先を変更することになった。

本橋たちのそばに浜岡と植木が駆けよってくる。辰見が片手を挙げた。

「ご苦労さん」

「派手っすねぇ」

浜岡が頭を掻いた。

バス乗り場には六本のレーンがあり、それぞれに二つずつバス停があったが、すでに最終バスが出たあとなので人影はない。

手錠を打たれたモスグリーンのジャンパーの男が歩道に押しつけられたまま、喚きつづけている。

「放せ、コラ、ポリ」

「コラっていうのはこっちだ。それにお巡りさんだ」

背中に上体を乗せた警官が男の頭に肘打ちを入れる。

「あっ、ポリが暴力振るった」

「お巡りさんだっていってるだろ。お前が暴れたから肘が触ったんだ」そういってもう一度肘打ちをくれる。「ほら、お前がお巡りさんの肘に頭突きをかましたんだろうが。これで立派な公務執行妨害だ」

次々に応援が来て、警官の数は喧嘩をしている連中の倍ほどになった。七、八人ずつのグループ二つが真っ向から衝突したようだ。警官たちはそれぞれのグループに分け、さらに中央の三人――モスグリーンのジャンパー、黒いジャンパー、座りこんで顔を押さえている男――を分ける。すでに黒いジャンパーを着た男も歩道に転がされ、押さえつけられている。

騒動は鎮静化しつつあった。辰見に声をかけようと顔を上げたとき、いきなり植木が走りだし、浜岡がつづく。辰見と目が合った。辰見が顎を振り、行けと合図を送ってくる。

本橋も植木、浜岡のあとを追った。

レストランの前で植木が歩いている男に声をかけた。

「タカシ、待ちなさい」

だが、タカシと呼ばれた男は聞こえなかったように――おそらく振りをして――、歩きつづける。駆けよった植木が男の腕を取った。

「何すんだよ」

まだ若そうな男だ。金髪を逆立て、首にじゃらじゃらとネックレスを着けている。右の小鼻にピアスが光った。

「あそこにいるの、あんたの仲間でしょうが」

「知らねえよ、放せよ……」

浜岡と本橋が駆けよると植木の手を振りほどこうとしていたタカシが腕を止め、目をきょろきょろ動かした。浜岡がタカシの右手をつかむ。本橋は植木に声をかけた。

「知った顔なのか」

「浅草警察署の頃からの馴染みです。こいつ、中学生なんですよ」

「中学は卒業したよ、馬鹿」

そういったとたんタカシが悲鳴を上げた。浜岡が決めていたタカシの右肘にほんのわずか力を加えたのだ。

「ポケットの中味を出しなさい」

「うっせ……」

悪態が途中から悲鳴に変わる。浜岡が涼しい顔でタカシを眺めていた。悪態を吐いたタカシだったが、浜岡が手を放すと大人しく薄手のダウンジャケットやジーンズのポケットに入っていたものを歩道の上に並べはじめた。

財布、スマートホン、鍵束、タバコ、使い捨てライター——中学を卒業したばかりだとすれば未成年だ。

植木がタカシを起こす。

「あんた、酒臭いよ」

「いいだろ、酒くらい。おれだって真面目な勤労青年なんだから。許してくれよ」

「許せるわけないでしょう。中学出たって、あんた、まだ十六なんだからね」

「もう十七だよ」

「立派な未成年だ」

浜岡がぼそりといい、わずかに踏みだした。タカシが右手を上げ、頭を守ろうとする。

「あそこで押さえつけられてるのはシゲじゃない。あんたたち、いつも連れ立ってるでしょうが」

「シゲ?」タカシがバス停をふり返り、モスグリーンのジャンパーの男を見やる。「あれ、シゲだ。何やってんだ、あいつ」

「とぼけるな」

植木がタカシの頭を小突く。

「痛えな」

「そんなの痛いうちに入るか。友達放りだして喧嘩から逃げたって知られたら、あんた、観音裏を歩けなくなるよ。そんなのは男じゃない」

「うっせえな。喧嘩なんかじゃねえよ。おれたちは楽しく飲んでただけだ。そうしたらあいつらが因縁つけて来やがったんよ。だからシゲが一発食らわしてやったら大騒ぎしやがって」

「先に手を出したのはシゲなんだね」

「いっただろ」タカシが声を張りあげる。「先にアヤつけてきたのはあいつらなんだって」

本橋は浜岡に目配せした。浜岡がうなずくのを見て、辰見のそばに戻った。

「ここは落ちつきそうですね。植木が早速当事者から聴取を始めてます」

「聞こえてた。アサケイ時代からのお馴染みさんらしいな」辰見が捜査車輌に戻ろうとする。「要らん手間を食ったが、とりあえず鈴木のヤサまで行ってみよう」

車に乗りこむと本橋はロータリーを回った。辰見が無線機のマイクを取り、口元に持っていく。

「六六〇三から本部」

〝本部〟

「六六〇三にあっては日暮里駅を離れ、警邏《けいら》に戻る」

〝本部、了解〟

本橋と辰見にわかっているのは、粟野が寮を出たことだけでしかない。鈴木に関していえば、何も事件は起こっていなかった。

だが、本橋はいやな胸騒ぎを感じていた。


白いセダンにスーツ姿の男が乗りこみ、走り去るのを力弥は見送った。聖也の家の前まで来たときにはすでに車が停まっていたのだ。とりあえずスマートホンのメモ帳に車のナンバーを打ちこみ、もう少し近づいてみようと思ったとき、二人の男が聖也の家から出てきて、あわてて近くにあったブロック塀に躰を寄せた。

車は次の角を左折して見えなくなる。駆けだした力弥は聖也の家に近づいた。引き戸が開きっぱなしになっており、聖也の曾祖母が倒れているのが見えた。

「どうしました？」

老女が躰を起こし、腰に手をあて、力弥を見て目を丸くする。

「おや、あんたは?」

ここに来て、曾祖母に会ったのは昼下がりのことだ。だが、ずいぶん昔の出来事のように思えた。

「怪我、されたんですか」

「突き飛ばされて、尻餅をついただけ。大したことはないよ」

「今さっき出ていった二人組ですか」

「そうだよ。いきなりやってきて聖也はいるかって。靴がないから帰ってきてないっていったのに小うるさくしやがって……」

「ちょっと待ってください。すぐに戻ってきますから」

玄関先を出た力弥は車が消えた方に目をやり、スマートホンを取りだした。発信ボタンを押し、耳にあてる。

相手はすぐに出た。

「はい、小沼」

2

「おれ、あいつを裏切ったような気がしたんですよ。コクマに臨場して、中学二年のときと何にも変わらないあいつを見て」

後部座席で粟野がぼそぼそと喋りつづけていた。となりに辰見が座っている。あいつとは鈴木聖也を指す。

日暮里駅を離れる際、辰見が念のためといって小沼に電話を入れた。そのときに粟野が鈴木の自宅付近にいることを知らされ、拾ったあと、浅草警察署に来て欲しいと告げられた。

今のところ、緊急に駆けつけなければならない事案は発生していない。もっとも殺人――カラオケボックスの店長だけでなく、牛頭もとなれば二件――に乱闘騒ぎが重なれば、平穏な夜とはいえなかった。辰見が班長の稲田に電話を入れ、経緯を説明したあと、浅草警察署に寄る許可を得ている。

「裏切ったって、どういうことだ？」

辰見が訊きかえす。

「おれだけ背が伸びたから」

辰見が低い声でいった。

「それが裏切ったことになるのか」

「辰見さんに捕まったときのこと、憶えてますか。おれも聖也もチビだった」

「そうだったな」

本橋はルームミラーを見上げ、粟野を見た。暗かったが、それでも苦しげに顔を歪めているのがわかった。背が伸びたというのは端的なひと言だと思った。背丈が十センチ伸びるだけで世界がまるで変わってしまう。

粟野が言葉を継いだ。

「それにあいつの噂は聞いてたんです。リンチ殺人で少年院送致になったって。それでネットで調べたりもしたんですけど、何が嘘で何が真実かよくわからなかったし、転校したときに引っ越した先も知らなかったんです。でも、本気で連絡をしたかったら中学生にでも調べる方法はあったと思います」

「どうかな。中学生の手には余る」

「そうかも知れません。だけど、連絡しなかったのは、おれに目標ができたからです。小沼さんと知り合って警察官になりたいと思うようになりました。一度、チャリのリャンケツで辰見さんと小沼さんに捕まってますから警察官は無理かなと思ってたんですけど、小沼さんが心配ないっていってくれて……。聖也の噂を聞いたのもその頃でした。もし、あのとき何とかして聖也に連絡してれば」

「無駄だ」ずばり断ち切った辰見がもう一度くり返す。「中学生には手に余る」

交差点を過ぎたところで本橋は車を止め、ハザードランプを点けた。交差点を右に行けば、目と鼻の先に待機寮があり、ほんのわずかまっすぐ行けば、浅草署だ。

「部屋に戻って、ベッドに入れ。眠れなくても朝までじっとしてろ。明日は？」

「日勤です」

「今はやらなくちゃならないことをしっかりやれ。よけいなことを考えるな」

「わかりました」

外に出た栗野が辰見と本橋に礼をいい、静かに後部ドアを閉めた。本橋は車を発進させた。ルームミラーには歩道に立ったまま見送っている栗野の姿が映っている。左折すると栗野は見えなくなった。そのまま浅草署の駐車場に乗りいれる。

小沼が一階のロビーで待っていた。左手に折りたたんだノートパソコンを持っている。右を指し、先に立って歩きだした。本橋は辰見とともに小沼に従った。廊下を進み、小会議室というプレートが貼りつけてあるドアを開け、照明のスイッチを入れた。長円形のテーブルが置かれ、椅子が十脚ほど囲んでいる。

「どうぞ」

小沼が示した椅子に辰見が座り、本橋はとなりに腰を下ろした。小沼が座ったのは丸い角を挟んだ辰見のとなりだ。ノートパソコンを開き、二人にディスプレイを向ける。暗い中を走る白いセダンが映っていた。

「コロシがあったカラオケボックスの近所にあるコンビニの防犯カメラの映像をキャプチャーしたものです」

辰見が顔を上げた。

「これは？」

「あのカラオケボックスの防犯カメラは故障中でした。間もなく営業をやめるので修理するつもりはなかったんでしょう。周囲は古い住宅ばかりで、となりのビルは解体工事中ですし、カラオケボックスが入っているビルも近々解体されることになっています。二つのビルの土地を合わせて、マンションが建つそうです」

辰見と本橋はともに黙ってノートパソコンを見ていた。小沼がつづける。

「店長が殺害されたのは、昨日の午後十一時頃です。発見された時刻、死体の状況、中にいた客の話からほぼ間違いないでしょう。店にあった受付簿からもう一組客がいたことがわかっています。通路の一番奥で非常口にもっとも近い部屋です。非常口の前にはチラシを入れたダンボール箱が積みあげてありましたが、倒されてました」

「見た」

辰見がノートパソコンに目をやったまま、ぼそっと答えた。

「その部屋にいた者がダンボール箱を倒し、非常口から外に出たことも考えられます。店長を刺した犯人か、事件と何らかの関係があったのかも知れません」

「単にカラオケ料金を踏みたおして逃げだしただけかも知れん」

「受付簿には昨日の昼から営業時間が終わる今朝の五時まで、あの部屋のコマに線が引かれていました。使用中という意味でしょう。カラオケの機械は正常に作動していましたから修理中ということもない」

「故障したとしても、もう修理はしなかったかもな」

「ええ」小沼がうなずき、ノートパソコンを手で示した。「この車ですが、昨夜の午後十時四十七分にコンビニの前を通過し、カラオケボックスのある路地に入っていくまでが映っていました」

辰見が目を上げ、小沼が言葉を継ぐ。

「ほかにも車は何台も映ってましたし、同じ路地に進入していったものもあります。実は辰見さんから電話をもらう直前、粟野からも電話が来ましてね。鈴木聖也の自宅前に車が停まっていると知らせてきました。ナンバーも」

「それがこの車のナンバーと一致した」

「そうです。粟野は鈴木の自宅に行ったんですが、曾祖母が倒れていて、男が二人、鈴木を訪ねてきたといったそうです。乱暴に突き倒されて、尻餅をついたんですが、幸い怪我はなかったようです。それでも高齢者ですからね。念のため、救急車を手配しました」

辰見が腕を組んだ。

「ひょっとしたらカラオケボックスの奥の部屋にいたのは鈴木かも知れない」

「可能性は皆無とはいえないでしょう」

「待機寮を張ってるのか」

「いえ」小沼が首を振る。「でも、寮長は捜査一課のOBなんで」

寮長は辰見に連絡したあと、小沼にも電話を入れていたようだ。順番は逆かも知れない。

様々な事象が同時進行で起こっている。すべてが一点に集束しようとしていた。鈴木聖也、そして粟野がコマの一つだということだ。

「ちょっと失礼」

本橋はスマートホンを取りだしながら立ちあがった。


着信履歴に力弥と五列表示されているスマートホンを聖也はじっと見下ろしていた。最初は午前零時過ぎ、二度目はそれから三十分後で、あとは数分おきに入っていた。いずれも不在着信になっている。

今、聖也はいっしょにいた稲荷社に戻っていた。だが、力弥と並んで座った正面ではなく、裏の暗がりで雑草の上に尻を下ろしていた。となりで身を寄せている詩遠が聖也の手元をのぞきこんだ。

「誰？」

「友達」

「警察の?」

「そう」

着信履歴の一列をタップする。画面が切り替わり、力弥の名前が大きく表示され、その下に発信と書かれた緑色の四角形が出た。

玄関で曾祖母と男が話しているのを聞いた。

『急ぎの用だ。それに聖也が電話に出ない。何か連絡はなかったか』

外国人っぽい訛りはなかったから曾祖母と話をしていたのは詩遠のパパではないだろう。部屋を出て、屋根から降りた直後、聞こえてきた声の方は訛りがあった。着信履歴を見るかぎり力弥以外には誰も電話をかけてきていない。

どうしてうちがわかったんだろうと思いかけ、はっとした。

『牛頭のことだ。聖也の知り合いなんだよ。アルバイト先のスーパーでもいっしょだ。牛頭が大怪我して病院に担ぎこまれた。生きるか死ぬかって大怪我だ』

うちのことは牛頭に聞いたに違いなかった。牛頭には住所と携帯電話の番号を教えている。正規雇いではないにしろ書類は必要だといわれ、渡された用紙に記入した。

生きるか、死ぬかの大怪我って何だろうとは思ったが、心配にはならなかった。それほど牛頭に恩義を感じてはいないし、好きでもなかった。

「電話するの？」

詩遠が圧し殺した声で訊く。聖也は首をかしげてスマートホンを見ていた。

「おれ、力弥に嘘を吐いたんだ」

「嘘って？」

「ゴンジって奴がいた。中学ンときの同級生で、転校する前は力弥と同じクラスだった。ゴンジの兄貴がヤクザの組に入ってて……」

「ヤクザ？」

「吹かしてたんだ」

「何？」

「嘘だったんだ。ヤクザの組なんか関係なかった。だけど事件を起こして、少年院送りになって、それでゴンジも転校しなくちゃならなくなった。おれはその前に転校してたんだけど、ゴンジも同じ中学に来たんだ」

胸の奥がしくしくと痛む。

「ゴンジは転校してきた中学でイジメられてた。兄貴がヤクザだって吹きまくって、それで嫌われるようになった。だけど兄貴のことがあるし、少年院送りになってたのも本当だったから一組の奴らも手を出せなかった」

「一組って？」

「ゴンジは三年一組、おれは三組だった」

スマートホンの電源が切れ、ディスプレイが暗くなる。すぐにスイッチを入れた。ふたたび力弥の名前が出る。

「だけど、そのうちゴンジの兄貴がヤクザの組に入ってるのが嘘だってバレて、ゴンジにしても根性無しのヘタレだと皆わかった。それからイジメられるようになった」

顔を上げ、詩遠を見た。暗がりの中だというのに詩遠の目はかすかな光を受けてきらきらしていた。

「おれが一組の連中に教えた……」


いつものように二時間目の休み時間に聖也はトイレに行った。小便などしたくなかったが、昼休みに行きたくなると困る。トイレには誰もいなくて、ほっとして小便をした。手を洗わずに出ようとしたとき、トイレのドアが開いて背が高く、リムレスのメガネをかけた男子生徒が入ってきた。聖也も顔くらいは知っている。ゴンジが転校してくるまで一組を締めていた奴だ。優等生っぽい雰囲気で、実際成績もよく、生徒会長もしていたが、裏の顔もあった。

「おや？」

眉を持ちあげ、リムレス男子はじろじろと聖也のジャージーを見た。紫がかったジャージーは前の学校指定のもので、学年では聖也とゴンジだけが着ている。

「お前、ゴンジと同じジャージー着てるな」

聖也は何もいえず黙っていた。さらに四人が入ってきた。いずれも一組の生徒だ。最後の一人――将来は相撲取りかというくらいのデブで、背も高かった――がドアにもたれかかって腕組みする。

リムレス男子とほかの三人に囲まれる恰好になった。

「お前だな、ゴンジと同じ学校から来たってのは」

「うん」

「ゴンジの兄貴って、人を殺して少年院送りになったたって、本当か」

「うん」

そのときにゴンジを大人しくさせる方法がふっと浮かんだ。上目遣いにリムレス男子を見た。

「ゴンジはこの中学も大したことないなっていってた。おれが締めるって」

「へえ」

リムレス男子が眉をぐっと寄せ、首をかしげて顔を寄せてくる。柑橘系《かんきつけい》の整髪料が匂った。ほかの三人も輪を狭めてくる。そのときトイレのドアが軋んだが、相撲取りみたいな男子は腕組みしたまま動かなかった。

「いや、おれじゃなくゴンジがいってたんだ」聖也はあわてた振りをして早口にいった。「だけどゴンジの兄貴が人を殺したっていうのは、自転車に乗って、婆さんのバッグをひったくったときに婆さんが倒れて電柱に頭を打って、それで死んじゃった。ヤクザの組に入ってるというのも嘘だし、ゴンジが強そうにしてるのも嘘だ」

「本当か」

リムレス男子が躰を起こす。

「嘘じゃないよ。それからこの学校を締めるには、まず最初にあんたをやっつけなきゃならんって……」

「それからゴンジが一組でイジメられるようになった」

聖也は手にしたスマートホンのディスプレイ表示をオフにし、すぐにオンにした。ふたたび力弥の名前が出る。何度かオン、オフをくり返しているうちに右上にある電池残量のマークが緑から黄色になった。就業支援センターに入ってから契約したスマートホンは中古で買った。最新機種は値段を聞いただけで諦めた。聖也には高すぎる。

「だけど、そのことは力弥にいわなかった。一組の連中に密告したのがおれだって」

「それ、嘘じゃないでしょ。いわなかっただけで……」

革ジャケットのポケットでスマートホンが振動し、かすかな音を聞きつけた詩遠が言葉を切った。ＬＩＮＥが入ったようだ。

「ちょっとごめんね」

そういって詩遠がもぞもぞと動き、ポケットからスマートホンを取りだす。スイッチを押すと画面が明るくなり、闇の中に詩遠の白い顔がぼうっと浮かびあがった。

「ママからだ」

「さっき……、うちを出るときにもＬＩＮＥ来てなかった？」

「それもママから。二回来てるけど、二回とも同じことが書いてある」

「何て？」

「パパが浅草に行ったから気をつけろって。ママは隠れてるから心配しなくていい……」

「隠れてるって？」

スマートホンを見つめていた詩遠の表情がきつくなる。ケースを閉じ、聖也を見た。

「パパに殺されないように」

「てめえ……」

呼び出し音が二十回以上つづき、つながったとたん、スマートホンの通話口で本橋は低く唸るように声を圧しだした。

「寝てただろ」

「いや、そんなことはありません。ちょっとトイレに行ってて」

「小便するときもスマホぐらい持ってろ」

「いや、大きい方で」

なおさら持っていけと肚の底で悪態を吐きながらも用件に戻った。

「さっき番号を教えた携帯の位置はつかめたか」

「いや、それがまだでして」

「何をぐずぐず……」

「待ってください。この番号の携帯はガラケーかも知れないんです」

スマートホンではなく、折りたたみ式の携帯電話ではないかといっているのだ。

「GPSの信号が取れないんですよ。スマートホンだとしても古い機種じゃないですかね。最新のモデルだとGPSを入れておかないとほとんどのアプリが動かないんですが、古いタイプならGPSを切ってることが多いんです」

「どうして?」

「バッテリーの節約ですよ。バッテリーの性能そのものがあまりよくなくてすぐに残量がなくなるんです。それでGPSは必要なときにしか使わないようにしてるんです」

「それじゃ、位置はわからないのか」

「いえ、通話さえしてくれれば、何とか位置はわかります。GPSを使うより精度は落ちますけど。先に教えてもらった番号があるじゃないですか」

「ああ」

栗野の携帯番号のことだ。

「先輩から二番目の番号を知らされたあとにも、そいつから四回も電話を入れてるんですが、一度も出てません。こんな時間だからもう寝ちゃってるかも知れないです」

「よけいなことはいいから引きつづきモニターしてろ。いいか、今度は糞だろうが小便だろうが、スマホを持ち歩け。わかったな」

「さっきもいいましたが、これは明らかな服務規程違反で……」

「以上、通信、終わり」

本橋はスマートホンを下ろし、通話画面を閉じた。

3

あの頃に比べれば、まだマシだと聖也は思った。

足立区の団地にいて、鈴木さんが急にいなくなったあと、母が夜になっても帰ってこなくなった。鈴木さんが仕事中に人をはねて刑務所に入ったと知ったのは、ずいぶんあとだ。料金が払えず、電気が止まった部屋で映りもしないテレビの前で毛布を被り、膝を抱えていた。冬の夜でひどく寒かった。部屋中にスナック菓子の袋やカップ麺の容器が散らばっていた。

目だけ動かし、右の肩に頭をのせている詩遠を見た。顔は前髪に隠れていたが、鼻の先が見えている。

眠ってるのかなと思ったとき、詩遠が身じろぎして聖也を見上げた。

「ごめんね」

声がかすれている。

「どうして謝るの?」

「変なことに巻きこんじゃって」

「気にしないで」聖也は肚を決めた。「訊いてもいい?」

「何?」

「どうして詩遠のパパがママを殺そうとしてるの?」

詩遠の目がすっと細くなる。聖也はあわてた。

「いや、いいんだ。ごめん。変なこと、訊いちゃって」

「パパはね、別の人間になろうとしている」

「何だって?」

詩遠のいっていることがまるで理解できなかった。

「聖也は知ってる？　外国人はさ、外国人ってだけで指紋を登録しておかなきゃならないんだよ」

「どうして？」

「外国人だからでしょ。ちゃんと役所に届けて、日本に住む許可をもらわなくちゃいけない。パパが強制送還されたのは日本にいることを許された期間を超えちゃってたから。パパはもともと観光客として日本に来たのね。日本にいられるのは二週間でしかなかった」

「浅草でカレー屋さんをやってたんじゃなかった？」

「そう」

「二週間じゃ無理でしょ」

「当たり前だよ。パパは浅草でママと知り合って、恋をして、ママはあたしを妊娠した。パパはママと結婚して、ママの籍に入れば、日本人になれると思ったのね。だけどダメだった」

「どうして？　ママは日本人でしょ」

「そうだよ。でも、パパがママと結婚してあたしが生まれたとき、パパが日本に来て七年経ってた。一度スリランカに帰って、もう一度入国審査を受けて、日本に来るようにっていわれたんだけど、二週間しかいちゃいけないのに七年でしょ。もう一度審査が通るわけない」

「それで、どうしたの?」

「逃げた」詩遠が首を振る。「だけど、すぐに捕まっちゃった。当たり前ね。パパはスパイスフラワーに戻ってたんだから。馬鹿みたい」

聖也ははっと目を見開いた。

「さっき別の人になろうとしているといったよね。ひょっとして……」

「そう、カイザー」

「パパが何をやってるか、知ってたの」

わずかにためらったあと、詩遠はうなずいた。聖也は声を圧しだした。

「どうやって?」

「お金。ママに大金が送られてくるようになった。あっちで商売に成功したってママはいってた」

「クスリ?」

詩遠が目を伏せ、うなずいた。

「パパにとって都合が悪いのはスパイスフラワーの頃を知ってる人がいるってこと」

「それじゃ、カラオケボックスの店長は……、もしかして牛頭さんも?」

「たぶん。それを確かめるためにあのスーパーにいったの。聖也が助けてくれなくても店の中にあたしの仲間がいたんだ。あの爺ぃの弱みをつかんで喋らせるつもりで……」

詩遠が顔を上げる。

「ごめんなさい。聖也の知り合いだったね」

聖也は首を振り、唇の両端を持ちあげ、にっと笑ってみせた。

「別に仲がよかったってわけじゃないから。それよりおれ、よけいなことしたんだね」

「嬉しかったよ。あたしのこと、心配してくれたんだから。さっき牛頭って人が大怪我して病院に運ばれたといってたでしょ。嘘だと思う。病院に運ばれたかどうかはわからないけど、たぶんパパのことだから牛頭さんも殺しちゃってると思う。そしてあの頃のパパを知ってるのがあと二人いる」

聖也はうつむき、あえいだ。

詩遠のママと、詩遠だ。だから詩遠のママは殺されるとＬＩＮＥを入れてきた。

小学校に入る前、母に訊ねたことがある。

『どうしてうちにはお父さんがいないの？』

今から思えば、母が最初の結婚に失敗した頃だ。母があっさりと答えた。

『お父さんとお母さんが喧嘩しなくて済むように。お父さんとお母さんが喧嘩ばかりしてるうちはダメなんだよ』

両親がそろっている方が不幸な場合もあると母は何度もいった。

『喧嘩してるうちにさ、お父さんを包丁で刺しちゃうかも知れないでしょ』母は大声で笑った。『刺されるのはお母さんかも知れないか』

笑いごとじゃないっての。

自分の本当の父親がどのような人か聖也は知らない。父といわれて思い浮かぶのはせいぜい鈴木さんだ。だが、母には気が強いというか、激しいところがある。興奮すれば、それこそ喧嘩相手を刺しかねない。

聖也はまたしてもスマートホンのスイッチを入れた。力弥の名前と発信ボタンが表示される。

「詩遠」

右の方から声が聞こえ、ぎょっとした。だが、女の声だ。詩遠がふらふらと立ちあがり、声のした方を見てつぶやいた。

「ママ」

「詩遠」

詩遠のママが両手を伸ばした。近づいた詩遠がママの手を握ろうとする。ふいにわきから別の手が出てきて詩遠の手首をつかんだ。目を向けた詩遠の顔が引き攣る。呼びかけた男が前に出る。

「マァッラ」

カラオケボックスの受付で見たスーツ姿の男に違いなかった。

聖也はスマートホンの発信ボタンに触れた。

スーツ姿の男が引きよせようとしたが、詩遠は首を振り、逃れようとして聖也をふり返る。

聖也は叫びながら詩遠に向かって駆けだす。直後、背中に何かがぶつかり、膝の力が一気に抜けた。だが、突き飛ばされたおかげで詩遠に抱きつくことができた。

目の前に詩遠の眸があった。

最後の力をふりしぼり、スマートホンを詩遠の革ジャケットのポケットに落とす。ポマードの強い臭いが鼻をついて……。


電子音が聞こえた瞬間、力弥は目を開いた。辰見と本橋に送ってもらい、寮に戻ってベッドに入った直後に眠りに落ちていたが、机の上で着信を知らせるスマートホンを取りあげたときにはすっかり目が覚めていた。

ディスプレイには鈴木聖也と表示されている。耳にあてただけでつながった。

「も……」

いいかけたとたん、女の叫び声が聞こえた。

だが、聞きとれたのはそれだけだ。あとはがさがさと音がするだけで肝心の聖也の声は聞こえてこなかった。女の叫び声もくぐもっていて、通話口からは遠い感じがした。

何が起こってるんだ？

ぐずぐず考えを巡らせている余裕はなかった。スマートホンを耳にあてたまま、部屋を出て階段を駆けおりる。ばたばたと足音をたてたせいだろう。管理人室から寮長が飛びだしていた。力弥の顔を見ただけで、さっと寮の玄関を指さした。

「アサケイへ行け。二階に捜査本部が立ってる。小沼はそこにいる」

うなずいた力弥は下駄箱からスニーカーを引っぱり出し、かかとを踏んづけてつっかけた。玄関のガラス戸を開け、浅草署に向かって走りだす。

文具店の角を曲がり、左右を素早く確認して道路を斜めに横断した。署の正面に回って玄関につづく短い階段を上がった。警衛についているのは地域課の警官だった。力弥を見ただけで、何もいわずにわきへ避《よ》けた。一礼して署に飛びこんだ。受付台の後ろにいた中年の警官が目を剝く。ふたたび一礼した力弥は右にある階段を二段飛ばしで駆けあがった。刑事部屋には当直員が二人いるだけだ。そのまま廊下を走り、奥に向かった。大会議室のドアが開けはなたれている。飛びこんだ。私服の男女十数人が一斉に力弥に目を向ける。小沼を見つけ、駆けよった。

「聖也」

「鈴木か」

力弥は通話口を手で押さえ、小声で答えた。

「はい。でも、変なんです。聖也って女の声がしただけで、あとはがさ、がさ、がさ音がするだけで、聖也は電話に出てません」

小沼が出した手にスマートホンを渡した。その間に捜査員たちが集まってきた。小沼は目を細めてスマートホンの音に集中している。壁際にキャスター付きのホワイトボードが置かれ、資料や写真がマグネットで留められている。

一枚の写真を見て、力弥は思わず声を出しそうになった。そこに写っているのは白いセダンで、聖也の家の前に停まっていた車とよく似ていたが、どこかの通りを走っている最中だ。防犯カメラの映像をキャプチャーしたように見える。あまり鮮明ではなかったが、写真のわきに留められた用紙には車種、白、それにナンバーが印字されている。

顔写真が二枚あった。そのうちの一枚に写っている男に見覚えがあった。禿げ頭で二重顎、分厚いまぶたの下に細い目がのぞいている。スーパーコクマの警備主任、牛頭だ。

「ほら」

小沼がスマートホンを差しだしてくる。受けとった。

「お前のいう通りだ。ほとんど声は聞こえない」

「あの……」

「喋るんならスマートホンを耳にあてたままにしろ。通話口をしっかり押さえてな。向こうの状況がわからない」

「はい」

いわれた通りにした。相変わらずがさがさ音がするばかりでいくら耳を澄ませても聖也の声どころか、人の話し声も聞こえない。

「何だ？」

小沼が訊いてきた。力弥はちらりとホワイトボードを見て、すぐに小沼に視線を戻した。

「あそこに貼ってある写真ですが、コクマの警備主任じゃないですか」

「ああ」

「あの男が事件に何か関わりがあるんですか」

「今のところ、お前に話せることはない。そこらの椅子に座って、電話を聞いてろ。何かあったらおれに知らせるんだ。いいな？」

「はい」

「それと通話口はずっと押さえておけ。鈴木が出てもすぐには答えず、まずおれに知らせろ。話すのはそれからだ」

「わかりました」

近くにあった椅子を引きよせ、腰を下ろした。本物の捜査本部に入るのは初めてだったが、周囲を見まわしている余裕はない。

聖也、聖也――胸の内で呼びかけていた――何があったんだ、聖也。

防刃ベストの胸ポケットから振動するスマートホンを抜いた本橋は耳にあてた。浅草警察署を出てから辰見が運転している。

「はい、本橋」

「出ました」電話口の向こうで丹澤が興奮していた。「たった今、二つ目の番号から一つ目の番号に発信されました」

二つ目の番号は鈴木聖也、一つ目が粟野力弥だ。

「二つ目の番号の位置は？」

「東日暮里四丁目付近です。GPSじゃなく、携帯がつながってる基地局から割りだすので誤差は百メートルですが」

「十分だ」本橋はスマートホンをわずかにずらし、辰見に告げた。「奴はヤサにいるようです」

辰見がうなずく。

「あっ」

丹澤が声を発した。

「何だ？　どうした？」

「動きはじめました。速度からすると車のようです」

「どこに向かってる？」

「ええっと……、ちょっとお待ちください。何しろ……」

「基地局から追っかけてるんだろ」

そんなことはわかってると胸の内でつづける。

「おおむね東に向かってて……、今、昭和通りにかかろうとしてます。下谷《したや》三丁目の交差点付近ですね」

「下谷三丁目だな」

本橋がくり返すと辰見が訊いてきた。

「昭和通りに入るのか、突っ切るのか」

今度は辰見がいった通りに丹澤に告げた。丹澤が独り言のようにいう。

「ほら、ほら……、どっちだ……、突っ切りました。東へ向かってます」

「昭和通りを横断して東だな」

捜査車輛は三ノ輪《みのわ》駅近くの大関横丁《おおぜきよこちょう》交差点を南から北へ進入しようとしていた。互いの進路は交差している。ふいに丹澤が罵った。

「クソッ、どうなってやがるんだ」

「どうした？」

「信号が切れて……、あ、復帰した」

「何があったんだ」

「たぶんバッテリーでしょう。残量が少ないんだと思います。それで電波が弱くなってるんです」

本橋は奥歯を食いしばった。

辰見がぼそりといった。

「人を撃ったことがあるか」

ぎょっとして目を向けた。ハンドルを握っている辰見の横顔はいつも通りだ。

「ええ」

機動捜査隊に異動になって間もなく御徒町《おかちまち》の宝石商を襲った武装強盗を捜していて出くわしたことがあった。相手は手にした散弾銃を班長の稲田に向け、引き金に指をかけていた。

「死んだか」

「いえ。相手は抗弾ベストを着てたんで」

「そうか」

「辰見部長は撃ったことがあるんですか」

「一度だけな。職務ではなかったが……、ありゃ、いやなもんだ」

本橋は待ったが、結局、辰見がそれ以上何かをいうことはなかった。丹澤の声が耳元にびんびん響いた。

「出ました。吉原の方に進んでます」

「吉原の方だな。まだ、移動中か」

「はい」

辰見が小さく二度、三度とうなずく。

「わが家の裏庭に向かってるわけか。上等だ。まだ車か」

「移動速度は変わらんようです」

本橋の答えに低くうなった辰見がぼそぼそと独りごちる。

「どうやって止めるかな。どんな車かわかっていないし、鈴木が何かしたわけでもない。現認したら状況を見て、職質かけるしかねえか」

ふっと思いついた本橋は丹澤に告げた。

「ちょっと切るぞ。すぐにかけ直す。対象におかしな動きがあったらすぐに電話してくれ」

「了解」

電話をいったん切り、電話帳を開く。目指す名前を見つけて発信した。相手はすぐに出た。

「おう、久しぶりだな」

「今、電話大丈夫ですか、先輩」

「お前に先輩って呼ばれると背中がぞくぞくするのはなぜかね」

4

「やった」電話口の丹澤が興奮していった。「止まりました、止まりましたよ。場所は明治通り、白鬚橋《しらひげばし》の西方です。対象車輛は西から来てますので明治通りの北側に停車しています。ちょうどガス工場の真ん前ですから明治通りより北には入れません。間違いなく路側にいます」

「わかった」

本橋は目を上げた。左は隅田川の堤防、正面に白鬚橋西詰交差点が見える。ハザードランプを点け、停車している捜査車輛の運転席で辰見がハンドルに手を載せていた。

丹澤がしつこくくり返す。

「お願いしますよ、本橋さん。これ、服務規程違反ですからね」

「わかってるよ。恩に着る。おれも木田の件は沈黙するから。じゃあ」

木田は自分の妻が韓国旅行に行く際、羽田空港国際線ターミナルで誰と待ち合わせるのかを丹澤に監視させていた。木田、丹澤ともに羽田空港を管轄とする第六機動隊の隊員だ。

「あっ」

丹澤が声を上げる。

「どうした？」

「信号が弱くなって……、切れました。バッテリー残量がついにゼロになったんでしょう」

「わかった。至急臨場するよ」

「とにかくこの件は……」

ふたたび喚きはじめた丹澤を無視してスマートホンを切り、防刃ベストの胸ポケットに戻すと辰見に顔を向けた。

「それじゃ、行ってきます」

「気をつけてな。班長にはおれから連絡を入れておく」

捜査車輛を降りた本橋は帯革につけたケースから警棒を抜き、握ったまま右手をフィールドジャケットのポケットに入れた。左右どちらからも車が来ていないことを確かめ、堤防沿いの道路を横断する。目の前には巨大なガスタンクが並び、手前に公園があった。中央に立った街灯が白けた光を投げかけている。

公園を斜めに横切り、明治通りに出た本橋は右に曲がり、西に向かって歩きだした。防刃手袋を着けた両手はポケットに突っ込んだままだ。

目と鼻の先で白いセダンが路側に寄せ、停車しているのが見えた。すぐ後ろにパトカーが停まり、大柄な制服警官が運転席をのぞきこんでいる。相勤者は白い車の左後方に立っていた。

ちらりと車に目をやって、素早くナンバーを確認する。

これだ。

刺殺事件のあったカラオケボックス付近のコンビニエンスストアの防犯カメラにとらえられ、粟野が鈴木の自宅前に停められているのを現認した車に違いなかった。逸《はや》る気持ちを抑え、歩きつづける。

鈴木が車に乗って移動し始めた直後、いきなり辰見に訊かれた。

人を撃ったことがあるか、と。

そのあと走行中の車を止めるために職務質問をするかといわれた。職務質問は警察官にとって積極的に使用できる数少ない武器だ。さまざまな制約――たとえばあくまでも任意なので、相手の同意なく躰に触れることはできない――はあるものの、周囲の状況から判断して犯罪を犯したか、犯そうとしていると合理的に判断される場合、警察官は当該の相手を停止させ、質問することができると警察官職務執行法第二条に定められている。

車に近づくにつれ、運転席をのぞきこんでいる警察官の声が聞こえてきた。

「こんばんは。すみませんが、ちょっと窓を下ろしてもらえませんかね」

おお、ずいぶん下手に出てるじゃないの、先輩——本橋は胸の内でつぶやいた。

職質しているのは自動車警邏隊の不動木《ふどうぎ》警部補だ。警察学校の一級上というだけでなく、第六機動隊、さらにSATでも同じ部隊にいた。本橋と同じ時期に第六方面本部の自動車警邏隊に異動となっていた。SAT時代には何度か相勤者として出動したこともある。

もしかすると殺人犯が乗っているかも知れない白いセダンを停め、職質する方法に思いを巡らせているとき、ふと不動木の顔が浮かんだ。臨機応変に危険に対応できるだけでなく、あうんの呼吸で動いてくれる相手だ。

電話を入れたとき、不動木は荒川警察署にいた。何と日暮里駅前の乱闘騒ぎに臨場し、被疑者を検挙して連行したのだという。本橋は移動中の車を見つけて、職質をかけて欲しいと頼んだ。経緯を説明しようとして、機先を制された。

『で、車種とナンバーはわかってるのか』

小沼から聞いている白いセダンについての情報を告げた。次に該当車輌の現在位置と向かっている方角をいうと、すぐに出るといって電話を切った。そしてものの十分としないうちに不動木から電話がかかってきて、日本堤一丁目交差点付近で該当車輌とすれ違ったといった。

白いセダンは都道四六四号線に入ったところで左折、明治通りとの交差点を右折したのである。浅草分駐所の目の前、まさにお膝元といっていい場所だった。

そこで本橋はカイザー事案以降の経緯を説明し、昨夜浅草のカラオケボックス店長が刺殺された現場付近で防犯カメラにとらえられた車輌だといった。

『ヤバい連中が乗ってる可能性が高いっす』

『了解。周りを見て停めよう』

さすがは先輩と本橋は思った。左側には高い塀がつづいていて、向こうはガス会社の工場になっている。歩道上に人影はなく、バス停はあるもののとっくに運行時間は終わっていた。明治通りはさすがに車の行き来があるものの、深夜ゆえ交通量はさほど多くない。

「何かありましたか」

運転席の男が答えるのが聞こえたが、本橋は目を向けず、塀寄りを歩調を変えずに歩いていた。

「まずいですよ。後ろ、四人乗ってるでしょ。定員オーバーですよ」

「一人は子供なんですけどね」

「子供さんがいるようには見えないんですが、とりあえず車から降りてもらっていいですか」

「急いでるんですがね」

「事情はお察ししますけど、このままどうぞというわけにはいかないんですよ。我々も職務でしてね」

職質の基本は粘り強さにある。

いくらゆっくり歩いていても白いセダンのわきを通りすぎるのにさほど時間は要しない。

どうしたもんか——本橋はポケットの中で警棒を握り直し、下唇をそっと噛んだ。

音がまったく聞こえなくなったスマートホンを耳にあてたまま、力弥は立ちあがった。小沼が目を向けてくる。力弥は小沼の前へ行った。

「何も聞こえなくなりました。今までも何度か音が途切れてたんですが、今回は全然ダメです」

「かけ直してみろ」

「はい」

力弥はいったん電話を切り、発信画面に切り替えて耳にあてた。すぐにつながったが、メッセージが流れてきた。

「あなたがおかけになった番号は電波の届かないところにあるか、電源が入っていません」

スマートホンを下ろし、首を振った。

「ダメです。バッテリーが切れたんじゃないでしょうか」

「何か手がかりは？」

「いえ、ずっとがさがさ音がしていただけで話し声とかは聞こえませんでした」

「そうか……」

小沼が目を伏せ、顎に手をやる。しばらく沈黙していたが、やがて顔を上げ、力弥を見た。

「お前にはいってなかったが、鈴木の携帯はずっと追跡していた」

「いつからですか」

「お前がここに駆けこんできた直後からだ。詳しいことはおれにもよくわからんのだが、電波を発信していれば、ある程度は位置を特定できるらしい」

「ＧＰＳとか、ですか」

力弥もスマートホンの仕組みはよく理解できていない。小沼が首を振った。

「鈴木が使ってるのがスマホかどうかはわからんが……」

「スマホでした。電話番号を交換するときに見ました。間違いありません」

「それじゃ、古い機種なんだろ。とにかくGPSでの位置特定はできなかった。百メートルほどの誤差があるけど、電波を発すれば、鈴木の携帯がつながっている中継局からだいたいの位置を割りだせる」

力弥は一歩踏みだした。

「いま、聖也はどこにいるんですか」

「わからん。お前も何度か通話が途切れたといってたろ。それで失探して、ふたたびつながったときに再追跡してた」

「おれに電話をかけてきたときの場所はわかってるんですか」

「おそらく自宅か、自宅近辺だろう。しかし、その後車に乗ったか、乗せられて移動している」

「車って……」

力弥は絶句した。目を動かし、ホワイトボードに留めてある白いセダンの写真を見た。小沼も力弥の視線を追う。だが、すぐに首を振った。

「あの車に乗っているとはかぎらない」

小沼がまっすぐに力弥を見る。

「心配だろう。友達だから当たり前だ。だが、これ以上お前がここにいても何もできない。寮に帰って、明日の勤務に備えろ。いいか、お前は今警察官なんだ」

唇を噛み、うつむく。自分がいかにも子供っぽい仕種をしているのはわかっていた。息を吐き、うなずいた。

「わかりました」


車の左後方に立っている不動木の相勤者は本橋に目を向けようとしなかった。本橋も目をやらなかった。

白いセダンのわきを通過し、離れかかったとき、対向車線を走っていたシルバーグレーのセダンがいきなりUターンしてきた。

思わず足を止めた本橋はつぶやいた。

「無茶な」

そうした無茶をやる人物をたった一人だけ知っている。シルバーグレーのセダンは白いセダンの斜め前に停まると同時に赤色灯を屋根の上に出し、助手席のドアが開いた。

「やっぱり」

ため息混じりに本橋はつぶやく。降りたったのは班長の稲田だ。

直後、明治通りのセンターライン付近を走っていた同じくシルバーグレーのセダンが向きを変え、白いセダンの後ろにつける。ハンドルを握っているのは辰見だ。

白いセダンの左後ろのドアが開き、革ジャンパーを着た若い男が歩道に降りてくる。

不動木の相勤者が声をかける。

「すみません。すぐにすみ……」

革ジャンパーの若い男はさかんに首を振っている。

「ナニ？　ワカラナイ？」

右手をドアにかけ、躰はドアの陰になっていた。

いやな予感がした。

「ワタシ、関係ナイ」

ふいに不動木が車から離れ、相勤者に向かって怒鳴った。

「下がれ、左手、何か持ってる」

不動木と目が合う。本橋は右手を抜いた。

車から降りた若い男が警官に向かって突進してくる。身構えた警官が拳銃に手を伸ばす。だが、ためらいがあった。

本橋はためらわなかった。右手を振って警棒を伸ばすと若い男が突きだした左手に叩きつける。

ぐしゃりと手首の砕ける感触があり、歩道に大ぶりのナイフが転がった。すかさずナイフを踏んづけた本橋は後方に蹴り飛ばしておいて、倒れこんだ男の背中に乗った。右手を押さえこむ。投げだされた左手はぴくりとも動かない。手錠を抜き、男の右手に打った。不動木の相勤者は男の両足をそろえ、その上に座りこんでベルトを両手でつかんでいる。

そのときには稲田、米谷が白いセダンの前方に回りかけていた。ふいにエンジン音が大きくなる。不動木が運転席からわずかに離れ、拳銃を構えていた。

「動くな。動けば、撃つ」

これで警告段階は終わった。威嚇《いかく》射撃は必ずしも必要ではなく、いつでも撃てる。不動木がつづけた。

「降りろ。全員、降りるんだ」

運転していた男は不動木がボンネットに押さえつけ、助手席の男は米谷が同様にボンネットに押さえつける。

右の後部ドアからは革ジャンパーを着た若い男と中年の女が降り、最後に開けはなたれた左後部ドアから革ジャケットを着た若い女が出てくる。見覚えがあった。

スーパーで万引きをして牛頭に捕まった少女だ。

不動木が運転していた男を引きおこす。

「これで全員か」

「見りゃわかんだろ」

男が吐きすてる。

「車内検索するぞ。まずトランクを開けろ」

いくつものサイレンが錯綜《さくそう》し、近づいてくる。本橋はぐったりして動かなくなった若い男を不動木の相勤者にまかせ、白いセダンの後部に回りこむ。不動木に急《せ》かされ、運転していた男がトランクを開けた。

本橋は懐中電灯のスイッチを入れ、中を照らした。木刀とバットが転がっており、乱雑に畳んだ汚い毛布があるだけだ。

鈴木聖也の姿はどこにも見当たらなかった。


トイレから出た力弥は捜査本部が騒がしくなっているのに気がついた。見ていると捜査員が次々に飛びだしてくる。

戻ると小沼が一人残っていた。近づく力弥を見て、唇の両端を下げる。

「寮に帰って、明日に備えろといったろ」

「すみません。ちょっとトイレに寄っていたもので……」顎を引き、小沼の目をのぞきこむ。「何があったんですか」

「白いセダンが見つかって、ナイフを持った男のほか、数名を確保した」

力弥は何もいわず小沼を見つめつづけていた。

やがて小沼が肩の力を抜いた。

「若い女がいた。少女といってもいい。コクマで万引きをした子だ。だが、鈴木はいなかった」

「聖也の携帯を追ってたんですよね？」

「理由はわからん。しかし、鈴木はいない」

「最初に聖也から電話が入ったとき、自宅にいたんですよね？」

「自宅付近、だ。精度は必ずしも高くない。すでに捜査員が鈴木の自宅を訪ねたんだが、祖母さんしかいなかったそうだ」

「曾祖母ちゃんですよ、たぶん……」

ふいに聖也の顔が脳裏を過っていく。

稲荷社——自宅のすぐ裏だといっていた。

力弥は捜査本部を飛びだした。小沼が呼びとめたが、そのまま廊下を走り、階段を駆けおりて浅草警察署を飛びだした。

まだ、息が荒かった。

稲荷社の裏に回った力弥は両膝をついていた。となりにある配送センターの照明が差しこんでいたが、光があたっているのは汚れたスニーカーの爪先だけでしかない。うつぶせになった聖也は微動だにしなかった。

「クソッ」

涙があふれて止まらない。

「こいつは鈴木聖也……、少年Aなんかじゃない」

嗚咽をこらえ、力弥は自分の太腿《ふともも》を両手でこすりつづけていた。

終章　それでも春は

「家族なら全然難しくないですよ。今はスマホの位置を特定するアプリなんかずいぶんありますから」

電話口で丹澤がこともなげにいう。

「親子だしな」

本橋はぼそっと答えた。

当初、カラオケボックス店長柳井刺殺事件解決に向け、浅草警察署に立てられた捜査本部だったが、白いセダンにカイザーが乗っていたと判明して以降、主力が本庁捜査一課から組織犯罪対策部薬物銃器対策課に移行している。何より本橋を驚かせたのがカイザーの正体だ。

十四年前、母国に強制送還された詩遠の父親ではなく、母親こそ、カイザーだった。浅草および周辺地域の覚醒剤市場を独占し、さらには外国人観光客をも顧客として取りこもうとしたカイザー事案は詩遠の母親が発案し、画策した結果だった。また、母親であれば、年頃の娘を心配してスマートホンのＧＰＳ信号を追跡していても部外者がとやかくいえる筋合いではないし、少なくともその点に関して警察に介入《かいにゅう》の余地はなかった。

丹澤が言葉を継ぐ。

「自分はですね、インターネットやクラウドの普及によって最終的には国家というものが無くなるか、無くならないまでも政府は極端に小さくなるんじゃないかと思ってるんですよ。あくまでも個人的な見解ですし、国家権力をもって市民の生命と財産を守ってる立場としてはいかがなものかとは自分でも思いますけどね。社会の安全、安定の維持って、言葉を換えれば体制の護持でもあるわけでしょ」

「うむ」

答えたものの、国立大学出は七面倒なことを考えるものだと思っていた。

丹澤は国立大学理工学部出身でコンピューター工学を専攻していたが、中学生の頃から柔道の選手としても鳴らしていた。警視庁に入ってからも柔道選手としての特別待遇を提示されたが、辞退している。何より丹澤の特技が射撃だったためだ。子供の頃からぽっちゃり体型ではあったらしいが、機動隊に異動したあとのストレスでさらに体重が増え――訓練がきついほど太るという特異体質の持ち主でもあった――、ランニングはあまり得意ではなかったが、狙撃《そげき》ではぬきんでた才能を発揮した。

コンピューター工学、とくにネットに関する知識と技量においても警視庁麾下のみならず全国の機動隊員の中でも図抜けている。ふだんは狙撃よりコンピューターセキュリティ関連の方が出動機会が多い。

いですか」
「今回の事案にしてもシンガポールと北茨城の間では仮想通貨でやり取りしてたじゃな
「詳《くわ》しくはわからんが……」
「既存の金融機関を通さないんですよ。だから警察には見えにくい。だいたい銀行って
のは手数料を取り過ぎなんですよ。そして金が行き来すれば、税金がかかるわけでしょ。
貧しい田舎から出稼ぎに来て、家族に送金するのに手数料だ、税金だってのは邪魔なだ
けです。そもそも国なんてものがなくなれば、国境もなくなるし、戦争も……」
本橋はさえぎった。
「シャブの密売は出稼ぎってわけじゃない」
「それはわかってますけどね。まあ、いずれにしても私が定年するまでは日本国消滅に
はならないと思いますが」
本橋は苦笑し、雑談を切り上げて電話を切った。
目と鼻の先に辰見が二人の男といっしょに立ち、真新しいマンションを見上げている。
浅草警察署の近所だ。一人は小沼、そしてもう一人が老齢で、元浅草署刑事課にいた川
原という七十年配の男性だ。定年退職して、かれこれ十年になるという。
当務が終わった頃、川原が分駐所にひょっこり顔を出した。どうやら辰見が電話を入
れたらしい。

カイザー一味が逮捕され、鈴木聖也が遺体で見つかってから三週間が経過していた。一味の一人、ベトナム人の男がカラオケボックスの店長柳井と鈴木を刺殺していた。白鬚橋のたもとで本橋が蹴り飛ばしたナイフと男の着衣から被害者二名の血液反応が出ている。DNAは現在照合中だ。

牛頭を殺害したのも一味に違いないと見られていたが、どのようにして純度の高い覚醒剤を注射したのかは目下捜査中だ。

いずれも小沼が辰見に話しているのをわきから聞いていただけである。

スマートホンをジャケットの内ポケットに入れ、本橋は晴れあがった空を見上げた。三月に入って、気温がどんどん上昇している。

冬は終わった。

三人に近づき、声をかけた。

「失礼しました」

「いや」辰見がいい、マンションを見上げた。「これが建つ前、ここにスパイスフラワーがあったそうだ。その頃はぼろぼろの二階家だったらしいがね。スパイスフラワーの真裏に組の事務所があった。組長の自宅だったそうだ」

川原があとを引き継ぐ形で話した。

「ヤクザは昔から親分の自宅を事務所にしてたもんだ。私も現役の頃、何度か来たことがあるよ。その時分には三代目が健在でね。昔気質《むかしかたぎ》の侠客《きょうかく》でいい男だった。だが、四代目以降はドライになったというか、義理人情には縛られなくなった」

「暴力団対策法が施行されて以降、義侠なんて気にしない連中が増えましたな」辰見が眉根を寄せる。「気にしていられなくなったといった方が正確か」

川原が辰見に目を向ける。

「ところで、入山が閉店したと聞いたんだが……」

「せいべい屋の？」目を剝いた辰見が首を振る。「知りませんでした。いつですか」

「一月だそうだ。アンジェラスも閉めたとか」

アンジェラスという名前は本橋も知っていた。老舗の喫茶店で閉店が決まってからというもの毎週末には長い行列ができていたものだ。

「ええ、ついこの間です」

「浅草も変わっちまうのかねぇ」

国家が無くなるといった丹澤の声が脳裏に蘇る。

本橋は川原、小沼のどちらにともなく訊いた。

「カレー屋をやってた頃から女房が商売を仕切ってたんですか」

ちらりと川原に目をやったあと、小沼が答えた。

「そのようですね。女房がやり手の仕切り屋なんです。亭主はだらしない奴で。女房にいわれなきゃ、靴下も穿けないような……」

　川原が笑い、口を挟んだ。

「女房は第二の母親というからね。母ちゃんと呼んで甘えていれば、家庭円満ではあるな」

　うなずいた小沼が本橋に目を向けた。

「亭主は外国人登録の際に指紋押捺《おうなつ》を拒否してるんです。すでに日本人と結婚して籍も入れてたし、おまけに女房が妊娠していたからきちんと登録すれば住みつづけられると考えたようです。ところが、指紋押捺だけは断固拒否して、それで強制送還とあいなった次第です」

「どうしてまた？」

「やり手女房の入れ知恵のようですね。この三週間、亭主の方はぺらぺら喋るんですが、女房はのらりくらり躱《かわ》してます。あれは一筋縄じゃいきませんよ」

「女房は何だって指紋を登録させなかったのかね」

「ここでカレー屋をやってたころ、夫婦は東南アジアやインドからスパイスを輸入してました。スパイスも多種多様だし、中にはドラッグめいたものもあったようです。そして女房は裏にあった組事務所の連中がシャブの売をしてるのを目の当たりにしてました。大金が動くのも見ていたでしょう。でも、浅草にいる頃にはシャブには手を出してはいなかったようです」

「それじゃ、いつからシャブをさばくようになったんだ?」

「亭主が強制送還されて、田舎に帰って娘が生まれてからですね。金が必要になった」

「それはわかる」

本橋はうなずいた。双子の娘だけは絶対に飢えさせないと心に誓っていたが、人はパンのみに生きるにあらずで成長するにともない必要な金も増えていった。

小沼がそっとため息を吐いた。

「母国に帰された亭主をいずれは元のように使おうと考えていた節があります。亭主の方も強制送還された直後にスリランカを出て、東南アジア各国を点々としていた。ビジネスチャンスを求めていたのでしょう。ひょっとしたら娘をスリランカ籍にしたまま、学校にも行かせなかったのはいずれ自分の後継者にしようと考えていたからかも知れません」

「あるいは単にずぼらを決めこんでただけか」

辰見が割りこみ、小沼がうなずく。

「いずれにせよその辺りはこれから本部の組織暴力担当が明らかにしていくでしょうが」

辰見がかすかに苦笑する。

「カイザー降臨なんて騒いでたが、今になれば、他愛ない話だ。牛頭も、カラオケボックスの柳井もスパイスフラワーの常連だった。で、あのカラオケボックスだ。解体直前だったろ」

「そうですね」

「ぶっ壊されるまではシャブの取引に使われてたらしい。防犯カメラが故障したまま放置されてたのも、その方が商売上都合がいいからだ」

「なるほど」

スパイスフラワーの女将と面識のあった牛頭、柳井は生かしておけば、面倒な存在になる。白いセダンに乗っていたスーツ姿の男は関西から来た暴力団構成員で、あとの二人は亭主がシンガポールから連れてきた。どちらもベトナム人で東南アジア各国で人を殺しているという。

「それにしても殺す必要なんてありましたかね」

本橋はつぶやくようにいった。

小沼が低い声でいう。

「牛頭が女房に刺さりこもうとしたらしいんです。観音裏界隈でカイザーの噂が立って、ぴんと来たようですね。それで北茨城まで行って、女房に迫った。おれもひと口のせろって。コクマの警備主任だけじゃ、とても食っていけない。そんなところへ目の前に降りてきたのは蜘蛛《くも》の糸ならぬ太い金づるです。飛びついて不思議はないです」

「柳井は牛頭とつるんでたのか」

本橋の問いに小沼が首を振る。

「その点はまだ判明してません。コロシに関する捜査も継続中です」

わずかにためらったあと、本橋は切りだした。

「娘はどうなった？」

もっとも訊ねたかった点だ。小沼はまっすぐ本橋を見返していた。

「児童相談所に……」

小沼の語尾は消えたが、本橋はうなずいた。警察にとって十三歳の娘のケアは管轄外でしかない。

「おや、皆さん、おそろいで」

声をかけられ、全員がそろって目を向けた。自転車に乗ったちゃんこ屋二式の大将が片足を道路につけて止まっていた。川原を見て、懐かしそうに目を細める。

「お久しぶりです。お変わりありませんね」

「城《しろ》さんこそ」

川原が目を細めて何度もうなずいた。

セルフレームのメガネをかけ、グリーンチェックのネルシャツに黒いTシャツを着た男が近づいてきた。後ろにはピンクのシャツにブルーのズボンという恰好の女がいる。二人は手をつないでいた。

「すみません」

　中国人だなと力弥は思った。

「はい、何でしょう」

「ダン、タオ、ダン」

　男がゆっくりという。力弥は女をちらりと見た。丸い腹に手をあてていた。おそらく妊婦だろう。頬笑んでうなずいた力弥は公園六区交番の中を示した。

「どうぞ」

　交番内の机には周辺の地図を敷き、その上に透明なプラスチックのボードを載せてある。力弥は淡島堂を指さして男を見た。男が笑みを浮かべ、大きくうなずいた。中国人が相手なら漢字が通用するので比較的楽だ。

　手を動かし、次に公園六区交番を指した。男が何度もうなずき、わきからのぞきこんだ女に何ごとか説明している。女もうなずいた。

　力弥は交番から浅草寺に向かう斜めの道路を示し、躰を起こして交番の前の通りを指して右から左へと動かした。男がふたたびうなずくのを見て、地図に手を戻した。ゆっくりと手を動かしながらつづけた。

「少し行くとホテルがあります。その角を左に曲がって、次を右に行く」

説明に合わせて手を動かしていき、最後に淡島堂に置いた。

「謝謝」

夫婦者らしき男女は礼をいって交番を出て行った。教育係の片倉が力弥を見上げた。

「よし」

「ありがとうございます」

交番の前に立つと声をかけられた。

「さまになってきたじゃないか」

小沼が自転車を押している大柄な男といっしょに近づいてきた。

「まだまだですよ」

「我が社の仕事にそんなに簡単に慣れてもらっても困るがね」小沼が傍らの男を手で示した。「紹介しよう。いつもお世話になってるちゃんこ場二式の大将、城さん」

力弥はさっと背筋を伸ばし、制帽のひさしに手をあてた。

「浅草警察署の粟野力弥です」

「どうも」城さんは小沼に顔を向けた。「いいねぇ。若いってのはそれだけで清々《すがすが》しいや」

「そうですね」小沼が苦笑した。「あっさり認めちゃうと私も歳をとったって気がしますけど」

「いやいや、あんたもまだまだ若いよ。うちの営業時間に来てごらん。下手したら敬老会の寄り合いだ」

「そんなことはないでしょうけど」小沼がふたたび力弥に顔を向けた。「二式はね、アサケイの先にある。店の前からずらり並んだ吉原の紅灯が見えるって絶好のポジションさ」

「コートーって何ですか」

訊きかえしたとたん、城さんがぷっと噴きだし、小沼が頭を掻いた。

「きらびやかなネオン看板だよ」

「そうなんですか」力弥は小沼と城さんを交互に見て訊ねた。「今日は何ですか、お二人そろって」

「たまたまだよ。今日付でおれも捜査本部をお役御免になってね。捜査そのものはつづくんだけど、捜査一課は規模を縮小することになった。それで引き継ぎをやって二階から降りてきたら辰見さんたちがいてね。近所で立ち話をしてるときに後ろから声をかけられたんだ」

「仕込みを始める前に買い物を済ませなくちゃいけなくて」

城さんがいう。

小沼があとを引き取った。

「ここらまで来るというんでせっかくだから粟野を紹介しておこうと思ってさ」

「どうか一つ、ごひいきに。うまい酒、うまいちゃんこを用意してます」

城さんがいい、すかさず小沼が言い添える。

「ちゃんこだけでなく、一品料理がいろいろとあって、どれもうまい。お相撲さんは本当に美味しい物を知ってるんだなって感心するよ」

「いつでもどうぞ。小沼氏から道々聞いたよ。あんた、中学生の頃に小沼と辰ちゃんにパクられたんだって?」

「はい。道路交通法違反でした」

「男と女の縁は異なもの味なものってえが、似たようなもんだね。それが今や立派なお巡りさんだ」

「とても立派とは……」

首を振りかけると城さんが意外に鋭い声でいった。

「ダメだよ、制服着てるときは新人もベテランもないんだから」

「はい」

背筋を伸ばし、ふたたび敬礼した。城さんが相好《そうごう》を崩す。

「それでいい。青越後《あおえちご》って、そりゃうまい酒があるから飲みにおいで」

「酒は二十歳になりましたらいただきます」

「ええっ」城さんが目を丸くする。「まだ、未成年なの?」

「十九です。今年の八月で二十歳になります」

　ハタチと口にしたとたん、胸の底がうずいた。

　聖也は十九歳のまま逝《い》った。成人できなかったのだ。

「元気そうにしてるんでほっとしたよ。また……、といいたいところだけど、おれもこう見えて結構忙しいからお気軽に約束はできないんだけど」

「慌てなくていいじゃないか」城さんがいう。「夏になって栗野君が大っぴらに飲めるようになったら連れてくりゃいいんだ」

「そうですね」

「青越後、用意しとくよ」

　それじゃといって小沼と城さんが連れだって国際通りの方に向かって歩きだした。その背中に敬礼を送る。

　聖也の死体を見つけたあの日、今日と同じように日勤についていると辰見がやって来た。しばらく力弥の顔を見たあと、ぼそりといった。

『あいつはお前なら助けてくれると信じた』

『警察官だからですか』

『友達だから、だ』

辰見が背を向け、遠ざかっていった。


最初に見かけたとき、その男は髪をニワトリの鶏冠《とさか》のように整髪料で固めて、ダークグリーンのメルセデスをぴかぴかに磨きあげていた。数年後、車が米軍の軍用四輪駆動車を民生用にした馬鹿でかいのに変わり、鶏冠になっていた頭はすっかり禿げあがっていたものだ。

今、男が車庫の中でワックスをかけているのは、白いハイブリッド車だ。

東向島《ひがしむこうじま》の商店街を歩きながら辰見はふくらはぎのだるさに口元を歪めていた。川原と昼飯でもということになったが、二人とも食うより飲む方をもっぱらにして、別れたときには夕間暮れだった。

酔いが残っていて、覚ますのに少し歩いてみようと思った。隅田川の河川敷に広がる公園まで来て、流れを眺めながら歩きつづけ、桜橋《さくらばし》のたもとまで来たときにふと対岸に渡ってみようと思った。

一年ちょっと前まで辰見は東向島のアパートに住んでいた。警視庁を定年退職し、定年延長で八王子署勤務が決まったとき、二十年以上も住んだアパートを引き払った。東向島から八王子まで通勤するには遠すぎる。

ちょっと酔い覚ましのつもりが三キロ以上も歩いてきた。

まさしく酔狂、悪いシャレだ……。

苦笑いが浮かぶ。

長年住み暮らした商店街はヤクザ通りと呼ばれた。暴力団の事務所、つまり親分の自宅が何軒もあり、背後のマンションやアパートには子分たちが住んでいた。たった今、通りすぎようとしているのもそのうちの一つだ。ハイブリッド車を磨いている男に見覚えがある以上、相変わらず組事務所ではあるようだ。建物はコンクリートで通りに面した窓は小さく、今、ハイブリッド車が置かれている車庫を通りぬけなければ、玄関に達しないような造りになっている。襲撃に備えた、いわば要塞《ようさい》になっている。

歩きながら左後ろをふり返った。かつて豆腐屋のあったところには巨大なマンションが建っていた。小さな豆腐屋の跡地だけで建つような代物ではない。豆腐屋の奥には馴染みのあったスナックがあったが、何年も前に閉店し、店主がどこへ行ったのかも知らない。

さらに歩きつづける。

やがて右手にぽっかり開けた土地があった。それほど広くはなく、八台を収容できる二十四時間のコインパーキングになっていた。

辰見は足を止め、じっと見つめた。そこには古い中華料理屋があった。住んでいたアパートのすぐとなりだ。この街を離れて、一年ちょっとでしかない。それなのに馴染みの店は取り壊され、コインパーキングになっている。

つぶやきが漏れた。

「何がオリンピックだ……、クソッタレめ」

本書は書き下ろしです。

本作品はフィクションであり、実在の個人および団体とは、一切関係ありません。

実業之日本社文庫　好評既刊

鳴海章
オマワリの掟
北海道の田舎警察署の制服警官〈暴力と平和〉コンビが珍事件、難事件の数々をぶった斬る！　著者入魂のポリス・ストーリー！（解説・宮嶋茂樹）
な21

鳴海章
マリアの骨　浅草機動捜査隊
浅草の夜を荒らす奴に鉄拳を！——機動捜査隊浅草日本堤分駐所のベテラン＆新米刑事のコンビが連続殺人犯を追う、瞠目の新警察小説！（解説・吉野 仁）
な22

鳴海章
月下天誅　浅草機動捜査隊
大物フィクサーが斬り殺された！　機動捜査隊浅草分駐所のベテラン＆新米刑事が謎の殺人犯を追う、好評シリーズ第2弾！　書き下ろし。
な23

鳴海章
刑事の柩　浅草機動捜査隊
刑事を辞めるのは自分を捨てることだ——命がけで少女の命を守るベテラン刑事・辰見の奮闘！　好評警察シリーズ第3弾、書き下ろし!!
な24

鳴海章
刑事小町　浅草機動捜査隊
「幽霊屋敷」で見つかった死体は自殺、それとも……!?　拳銃マニアのヒロイン刑事・稲田小町が初登場。絶好調の書き下ろしシリーズ第4弾！
な25

実業之日本社文庫　好評既刊

鳴海 章
失踪　浅草機動捜査隊
突然消えた少女の身に何が？　持ってる女刑事・稲田小町の24時間の奮闘を描く大人気シリーズ第5弾！　書き下ろしミステリー。
な26

鳴海 章
カタギ　浅草機動捜査隊
スーパー経営者殺人事件の特異な手口に、かつて対決した元ヤクザの貌が浮かんだ刑事・辰見は――大好評警察小説シリーズ第6弾！
な27

鳴海 章
刑事道　浅草機動捜査隊
その道の先に星を掴め！　犯人をとり逃がした北海道警の刑事が意地の捜査、機捜隊の面々も……大人気シリーズ第7弾！（解説・吉野 仁）
な28

鳴海 章
鎮魂　浅草機動捜査隊
子どもが犠牲となる事件が発生。刑事・小町が、様々な母子、そして自らの過去に向き合っていく。そして定年を迎える辰見は…。大人気シリーズ第8弾！
な29

鳴海 章
流転　浅草機動捜査隊
外国人三人組による金塊強奪事件が発生。犯人から銃を向けられた小町――特殊部隊SAT出身の新メンバー・本橋も登場の人気警察小説シリーズ第9弾！
な210

実業之日本社文庫　好評既刊

梓林太郎
富士五湖　氷穴の殺人　私立探偵・小仏太郎
警視庁幹部の隠し子が失踪⁉　大スキャンダルに発展しかねない事件に下町探偵・小仏太郎が奔走する。傑作トラベルミステリー！（解説・香山二三郎）
あ36

梓林太郎
長崎・有田殺人窯変　私立探偵・小仏太郎
刺青の女は最期に何を見た――？　警察幹部の愛人を狙う猟奇殺人事件を追え！　下町人情探偵が走る、大人気トラベルミステリーシリーズ！
あ37

梓林太郎
旭川・大雪　白い殺人者　私立探偵・小仏太郎
北海道で発生した不審な女性撲殺事件。解決の鍵は、謎の館の主人が握る――？　下町人情探偵が事件に挑む！　大人気トラベルミステリー！
あ38

梓林太郎
スーパーあずさ殺人車窓　山岳刑事・道原伝吉
新宿行スーパーあずさの社内で男性が毒殺された。山岳刑事・道原伝吉は死の直前に彼と会話をしていた謎の女の行方を追うが――。傑作トラベルミステリー！
あ39

梓林太郎
姫路・城崎温泉殺人怪道　私立探偵・小仏太郎
冷たい悪意が女を襲った――！　衆議院議員の隠し子失踪事件と高速道路で発見された謎の死体の繋がりは？　事件の鍵は兵庫に…傑作トラベルミステリー。
あ310

実業之日本社文庫　好評既刊

梓林太郎
爆裂火口　東京・上高地殺人ルート

深夜の警察署に突如現れた男は、頭部から血を流しながら自らの殺人を告白した。事件の手がかりは「カズコ」という謎の女の名前だけ…傑作警察ミステリー！

あ 3 11

梓林太郎
函館殺人坂　私立探偵・小仏太郎

美しき港町、その夜景に銃声が響いた――。謎の女の存在がこの事件の唯一の手がかり？　人情探偵よ、逃亡者の影を追え！　大人気トラベルミステリー。

あ 3 12

池井戸潤
空飛ぶタイヤ

正義は我にありだ――名門巨大企業に立ち向かう弱小会社社長の熱き闘い。『下町ロケット』の原点といえる感動巨編！（解説・村上貴史）

い 11 1

池井戸潤
不祥事

痛快すぎる女子銀行員・花咲舞が様々なトラブルを解決に導き、腐った銀行を叩き直す！　テレビドラマ「花咲舞が黙ってない」原作。（解説・加藤正俊）

い 11 2

池井戸潤
仇敵

不祥事を追及して職を追われた元エリート銀行員・恋窪商太郎。彼の前に退職のきっかけとなった仇敵が現れた時、人生のリベンジが始まる！（解説・霜月蒼）

い 11 3

実業之日本社文庫　好評既刊

今野敏
処断　潜入捜査
シリーズ第3弾、元マル暴刑事・佐伯が己の鉄拳を頼りに、密漁・密輸を企てる経済ヤクザの野望を暴く、痛快アクションサスペンス！（解説・関口苑生）
こ23

今野敏
罪責　潜入捜査
シリーズ第4弾、ヤクザに蹂躙される罪なき家族を、元マル暴刑事の怒りの鉄拳で救えるか!?　公務員VSヤクザの死闘を追え！（解説・関口苑生）
こ24

今野敏
臨界　潜入捜査
シリーズ第5弾、国策の名のもと、とある原子力発電所で発生した労働災害の闇を隠蔽するヤクザたちを、白日の下に晒せ！（解説・関口苑生）
こ25

今野敏
終極　潜入捜査
不法投棄を繰り返す産廃業者は企業舎弟で、テロネットワークの中心だった。潜入した元マル暴刑事・佐伯涼危し！　緊迫のシリーズ最終弾。（対談・関口苑生）
こ26

今野敏
デビュー
昼はアイドル、夜は天才少女の美和子は、情報通の作曲家や凄腕スタントマンら仲間と芸能界のワルを叩きのめす。痛快アクション。（解説・関口苑生）
こ27

実業之日本社文庫　好評既刊

貫井徳郎
微笑む人
エリート銀行員が妻子を殺害。事件の真実を小説家が追うが……。理解できない犯罪の怖さを描く、ミステリーの常識を超えた衝撃作。（解説・末國善己）
ぬ11

南英男
刑事《デカ》くずれ
刑事を退職し、今は法で裁けぬ悪党を闇に葬る裏便利屋・郷力恭輔。彼が捨て身覚悟で守りたいものとは？灼熱のハードサスペンス！
み71

南英男
裏捜査
美人女医を狙う巨悪の影を追え——元SAT隊員にして始末屋のアウトローが、巧妙に仕組まれた医療事故の陰謀に鉄槌を下す！　長編傑作ハードサスペンス。
み72

南英男
切断魔　警視庁特命捜査官
殺人現場には刃物で抉られた臓器、切断された五指が。美しい女を狙う悪魔の狂気。戦慄の殺人事件を警視庁特命警部が追う。累計30万部突破のベストセラー！
み73

南英男
特命警部
警視庁副総監直属で特命捜査対策室に籍を置く畔上拳。未解決事件をあらゆる手を使い解決に導く。元部下の巡査部長が殺された事件も極秘捜査を命じられ…。
み74

実業之日本社文庫　好評既刊

南英男
特命警部　醜悪
闇ビジネスの黒幕を壊滅せよ！　犯罪ジャーナリストを殺したのは誰か。警視庁副総監直属の特命捜査官・畔上拳に極秘指令が下った。意外な巨悪の正体は？

み75

南英男
特命警部　狙撃
新宿の街で狙撃された覆面捜査官・畔上拳。本人は助かったが、流れ弾に当たって妊婦が死亡。その夫は畔上を逆恨みし復讐の念を焦がす……シリーズ第3弾！

み76

南英男
特命警部　札束
多摩川河川敷のホームレス殺人の裏で謎の大金が動いていた——事件に隠された陰謀とは!?　覆面刑事が闇に葬られた弱者を弔い巨悪を叩くシリーズ最終巻。

み77

南英男
報復の犬
ガソリンで焼殺された罪なき弟。復讐の狂犬となった、元自衛隊員の兄は犯人を追跡するが、逆に命を狙われ……壮絶な戦いを描くアクションサスペンス！

み78

南英男
探偵刑事《デカ》
警視庁特命対策室の郡司直哉は探偵稼業を裏の顔に持つ刑事。正義の男の無念を晴らすべく、手段を選ばぬ怒りの鉄拳が炸裂。書下ろし痛快ハードサスペンス！

み79

実業之日本社文庫 な211

情夜《じょうや》　浅草機動捜査隊《あさくさきどうそうさたい》

2019年6月15日　初版第1刷発行

著　者　鳴海章《なるみしょう》

発行者　岩野裕一
発行所　株式会社実業之日本社
〒107-0062　東京都港区南青山5-4-30
CoSTUME NATIONAL Aoyama Complex 2F
電話［編集］03(6809)0473［販売］03(6809)0495
ホームページ　http://www.j-n.co.jp/
ＤＴＰ　ラッシュ
印刷所　大日本印刷株式会社
製本所　大日本印刷株式会社

フォーマットデザイン　鈴木正道(Suzuki Design)

ISBN978-4-408-55482-2（第二文芸）